Liebe Marita!

Mit herzlichen Grüßen,

Nadine Mendel

Viel Freude beim Tai Chi

Rockabella oder nicht?

Nadine Weder

Dank an alle, die mich unterstützten!

Mein größter Dank gilt Sven Hellerforth, von ‚Sven Hellerforth Tattoo' in Hettstedt.
Dein Engagement für dieses Projekt bewegt mich sehr. Mal abgesehen von Deiner finanziellen Unterstützung des Projektes, bin ich auch sehr dankbar für die inspirativen Stunden, die wir miteinander, im Sinne des Buches, verbracht haben.
Ebenso bin ich André Lovesky, ‚Mr. Lovesky Photography' für seine inspirativen Gespräche zum Cover, sowie für die Umsetzung sehr dankbar.
Ein herzlicher Dank geht an Sarah Oppermann. Nicht nur, dass Du das perfekte Model für die Coveridee bist, Du hast auch einen großen inspirativen Anteil am Projekt.
Ich danke auch Tobias Wachsmann für das Ausleihen seiner Hand. Sowie seiner zukünftigen Frau Janine für die Unterstützung bei den stundenlangen, für ihren zukünftigen Mann beinahe tödlichen Fotoaufnahmen. Nicht wirklich tödlich, denn unter einem schwarzen großen Sack hat man eine Weile Sauerstoff. Eine kurze Weile. Aber mit Atempausen zwischen den Aufnahmen haben alle überlebt und hatten sehr viel Spaß.
Ich danke meiner Lektorin, Marianne Günther, von ganzem Herzen. Die Zusammenarbeit mit Dir hat sehr viel Freude bereitet.
Ein eher außergewöhnliches Dankeschön gilt der Band ‚The Firebirds'. Eure Musik hat mich zu den schönen Zeilen des Buches inspiriert.
Vielen Dank auch an meine Freunde, die mich mit Verständnis unterstützt haben. Dieses Projekt kostete bisher sehr viel Zeit. Aber mit gestärktem Rücken, konnte ich energiegeladen daran arbeiten. Dankeschön!

Nadine Weder

Rockabella oder nicht?

Nadine Weder

Paperback: ISBN 978-3-7439-6639-0
Hardcover: ISBN 978-3-7439-6640-6
eBook: ISBN 978-3-7439-6641-3

© 2017 Nadine Weder

Verlag und Druck: tredition GmbH
Halenreihe 42
22359 Hamburg

I

Wanda Jackson – Let's have a party

Ihre feurige Stimme, der berauschende Klang des Rock 'n' Roll dringt in meinen Körper.
Meine Beine, meine Arme, meine Hüfte. Alles an und in mir ist in Bewegung. Bis ins Mark erfüllt und getrieben vom Rock 'n' Roll.
Mein roter Petticoat ist bei jedem schwungerfüllten Schritt unter meinem schwarzen Tellerrockkleid mit den wundervollen tiefroten Schleifen zu sehen. Meine schwarzen Pumps, passend zum Kleid, mit jeweils einer zarten roten Schleife an den Hacken, haben eine Menge auszuhalten. Aber das sind sie gewohnt.
Völlig frei von jeglichen Gedanken, nehme ich nur die Musik, mich, schweißgebadete Gesichter, tanzende Kleider und die Leichtigkeit des Seins wahr.

Dem Rock 'n' Roll ergeben, vergesse ich Raum und Zeit ...

Außerhalb der Tanzfläche spielt eine ganz andere Musik. Die Musik der Moderne. Seltsame Beats, auffällig seltsame bis stinkend langweilige Mode und schnell tickende Uhren begleiten die Menschen da draußen.

Ich brauche das hier. Die Reise um ein paar Jahrzehnte in die Vergangenheit. Eine willkommene Abwechslung zum heutigen Alltag, in den ich leider reingeboren wurde.
Im Grunde habe ich das Gefühl, viel zu spät auf die Welt gekommen zu sein.
Selbst die Autos von damals erregen mich auffällig mehr als der Schrott, der heutzutage zusammengebastelt wird. Hauptsache schnell und schnittig.
Aber für mich ist kaum etwas erregender als ein 1959er Cadillac Seville. Weißes Lenkrad, geile Heckflossen und bequeme Leder-

sitze. Sogar für einen Ausflug ins Autokino geeignet. Keine nervige Handbremse zwischen zwei Menschen, die sich gemeinsam einen Film anschauen möchten. Der gute alte Cadillac bietet Platz für mehr.
Mehr Nähe. Mehr Gemütlichkeit. Mehr Lebensgefühl.
Und bevor ich eins vergesse zu erwähnen, es wäre doch sehr wünschenswert, wenn die Männer ihren Frauen noch heute die Autotür öffnen würden. Gentlemans sind leider selten geworden.

Elvis Presley – Blue Suede Shoes

Und ich tanze, als gäbe es kein Morgen mehr ...

... Viereinhalb Jahre später – im Heute angekommen:

II

Nach meiner heißen morgendlichen Dusche verweile ich nachdenklich vor dem Spiegel.
Von meinen gewellten, langen, feuerroten Haaren habe ich mich längst verabschiedet. Heute trage ich sie zwar immer noch gewellt, aber nur schulterlang und schokobraun.
Wenigstens lässt sich die Augenfarbe nicht dauerhaft ändern. Sonst würde man mich kaum wiedererkennen. Und so habe ich nach wie vor meine miezekatze-grünen Augen.
„Becky?!"
Erschrocken atme ich ruckartig ein, wende meinen Blick zur Tür und atme ruhig wieder aus. Ein kurzes Augenrollen kann ich mir nicht verkneifen, denn ich hasse es, wenn man mich erschreckt.
„Entschuldige, ich wollte dich nicht erschrecken." Mit einem verschmitzten Lächeln kommt er auf mich zu, legt seine Arme um mich und küsst zärtlich meine Stirn. Fast flüsternd sagt er: „Das Frühstück ist fertig. Die Sonne scheint. Du findest mich auf der Terrasse." Er dreht sich geschmeidig um und geht.
Mein Mann.
Seit ein paar Wochen sind wir verheiratet. Einen bezaubernden Antrag gab es nicht. Irgendwann war einfach klar, dass wir heiraten. Die einzige Frage, welche sich stellte, war, wann und wo. Die Antwort darauf war einfach. Standesamtlich mit dem engsten Familienkreis, in der Stadt, in der wir leben. Meine Eltern, seine Eltern. Meine herzallerliebste Freundin Steffi, als meine Trauzeugin, und seine alte ziemlich gute Freundin Hermine, als seine Trauzeugin. Ich kenne sie eigentlich kaum. Wenn ich es mir recht überlege, habe ich sie vielleicht drei Mal gesehen. Wie sie ihre Freundschaft pflegen, weiß ich nicht, aber ich bin leider auch kein gutes Freundinnenbeispiel geworden. Seit ich Chris an meiner Seite habe, funktioniert mein eigenes Zeitmanagement nicht mehr.

Und so bleiben viele Dinge, die mir wichtig sind, auf der Strecke. Immer wieder versuche ich, das durch irgendwelche erdachten Wege besser hinzubekommen, aber ständig kommt die Planung meines Mannes dazwischen.

Vielleicht ist es einfach so, dass man sich als Frau entscheiden muss. Entweder eine eigene Familie gründen und dafür andere Dinge nach hinten schieben oder als Single leben und viel Zeit für Freundschaften und andere Spaßaktivitäten haben.

Ohne es zu bemerken, habe ich mich für die eigene Familienplanung entschieden und andere Dinge in ihrer Wichtigkeit verschoben. Obwohl ich diese Dinge oft sehr vermisse.

Aber die eigene Familienplanung ist für die Zukunft ein fester Bestandteil in tiefer Verbundenheit. Das sollte wohl an erster Stelle stehen.

Außerdem klingt Rebecka Martini doch ziemlich gut.

Und ich bin nicht nur einfach die Frau von Chris Martini, sondern auch die Frau eines viel zu gut aussehenden Mannes.

Seine hellblauen Augen leuchten durch sein dunkelbraunes „out of bed"-gestyltes Haar. Seine Lippen verführen regelrecht zum Küssen. Sein Körper ist einfach perfekt und lädt immer wieder zum Hinsehen ein. Manchmal kann ich nicht aufhören, ihn anzusehen. Verträumt mustere ich dann jeden Quadratzentimeter seines verführerischen Körpers.

Wir lernten uns vor etwa vier Jahren kennen. Er begann in unserer Kanzlei als Rechtsanwalt zu arbeiten. Und schon, als er mir vorgestellt wurde, überkam mich ein Gefühl von völliger Nervosität. Mir wurde mitgeteilt, dass ich ihm nunmehr als Rechtsanwaltsfachangestellte zugeteilt werde. In meinem Inneren schrie etwas „STOPP!!!" Denn bereits zu diesem Zeitpunkt spürte ich, dass mir diese Veränderung an meinem Arbeitsplatz entweder eine traumhaft schöne Zukunft bringen oder eben genau das Gegenteil bewirken wird.

So lächelte ich erst einmal verlegen, bedankte mich für die Mitteilung und zog an meinen neuen Schreibtisch. Direkt vor seinem Büro.

Das schreiende „Stopp!!!" in meinem Inneren behielt ich lieber für mich und ließ den Dingen ihren Lauf.

Im Büro trage ich liebend gern ein Kostüm. Es schmeichelt meiner schlanken, weiblichen Figur. Sexy aussehen macht Spaß und steigert das Selbstwertgefühl.

Natürlich sieht man mir meine Liebe für den Rock 'n' Roll auf Arbeit nicht an. Außer dem roten Lippenstift und meinem persönlichen Elvis-Notizblock weist wenig darauf hin.

Vermutlich verliebte sich der neue Anwalt, Chris Martini, eher in die hübsche Bürofrau als in die Rockabella, die er eigentlich nie richtig kennenlernte. In meinem Unterbewusstsein wird das der Grund sein, weswegen ich, seitdem wir uns kennen- und lieben lernten, dem Rock 'n' Roll auf Wiedersehen gesagt habe.

Okay, unter der Dusche, beim Autofahren und wann immer ich alleine bin, begleiten mich Elvis Presley, Wanda Jackson, The Firebirds und so weiter, aber mein Petticoat hat seitdem keine Tanzfläche mehr gesehen.

Wieso ich mich in ihn verliebt habe anstatt in einen Rockabilly?
Ich glaube, weil ich auf einer Party Rockabillys treffe, aber keine Lust auf ein schräges Abenteuer habe. Die wahre Liebe findet man doch nicht auf einer Tanzfläche. Und erst recht nicht während einer wilden Party.

Und im Leben außerhalb der Tanzfläche lernt man eben zeitgemäße „normale" Männer kennen. Und die sind leider selten bis gar nicht Rockabilly.

„Becky!", ruft Chris von der unteren Etage unseres Hauses. Ich blicke erschrocken auf, werfe mir meinen roten Bademantel über und gehe schnell aus dem Badezimmer. „Ich komme!", rufe ich noch schnell, um ihn zu beruhigen.

Ich renne die Treppen hinunter, durch unser Wohnzimmer und raus auf unsere Terrasse zum Garten. Die Sonne drückt sich langsam durch die leichte Wolkendecke. Es ist noch etwas frisch, um im Bademantel draußen zu sitzen. Aber es ist zu schön, um wieder ins Haus zu gehen. Die Vögel singen. Die Tulpen stehen in ihrer vollen Blüte. Das Grün des Grases entspannt mich durch und durch. Wenn sich nicht immer wieder schreckliche Gedanken aufdrängen würden, wäre ich zumindest langanhaltender durch und durch entspannt.

„Ich habe Hörnchen für dich bei deinem Lieblingsbäcker geholt." Chris sagt dies mit einem verführerischen Lächeln, während er mir den Brotkorb reicht.

„Danke." Mehr bekomme ich gerade nicht raus.

Morgens bin ich normalerweise nicht muffelig. Deswegen überrascht mich die Frage von Chris auch nicht.

„Geht es dir gut?" Besorgt sieht er mich an.

„Ja, ja", antworte ich stotternd.

„Es scheint, als wärst du nicht ganz anwesend", fügt er vorsichtig fragend hinzu.

In dem Moment fällt mir auf, dass ich wirklich nicht ganz da bin. Besorgt legt Chris seine Hand auf meine. „Wenn du reden möchtest, dann rede mit mir, okay?! Ich bin für dich da. Das weißt du doch!"

Ich nicke nur, denn gleichzeitig stelle ich mir die Frage, ob ich das wirklich weiß.

Ich nehme mein Messer in die Hand und sehe entschuldigend zu Chris.

„Es ist nichts. Tut mir leid. Vielleicht habe ich ein bisschen schlecht geschlafen."

Schnell schüttle ich meinen Kopf und beginne, mein Hörnchen zu schmieren.
Chris lehnt sich mit seiner Tasse Kaffee in der Hand zurück und fragt mich: „Was hast du denn geträumt?"
Erneutes Kopfschütteln meinerseits. „Ach nichts. Wirklich. Nur Quatsch wie immer. Vielleicht bin ich heute einfach nur mal müde, geschafft oder wer weiß was", winke ich ab.
Nach einem tiefen Seufzer gebe ich mich entspannt und widme mich dem Frühstück.
„Fahren wir heute zusammen ins Büro?", frage ich Chris nach einer gefühlt ewig dauernder Unterhaltungspause.
Er schlägt sich leicht die Hände an den Kopf. „Ach, das hab ich ja völlig vergessen zu erwähnen. Neun Uhr dreißig ist der Verhandlungstermin in der Scheidungssache der Familie Roger. Ich fahre direkt von hier aus los. Der Termin könnte auch eine Weile dauern. Wie man so streitsüchtig sein kann?!" Zur Abwechslung schüttelt Chris mal seinen Kopf.
Er lacht kurz verächtlich und redet dann weiter.
„Seine Frau will am liebsten alles haben. Unmöglich! Und mal abgesehen davon, dass es niemanden so wirklich interessiert, hat SIE ihn mehrmals betrogen." Chris hebt das „SIE" besonders hervor und redet weiter. „Nun wundert sie sich, wieso ER sich scheiden lassen will. Lächerlich! Einfach lächerlich!"
„Ja, darüber haben wir schon oft gesprochen. Und wir werden diese Frau nie verstehen", reagiere ich auf seine Ansprache und hoffe gleichzeitig, dass mich dieses Kopfschütteln nicht den ganzen Tag begleitet. Man könnte ja denken, ich habe einen Tick oder so etwas.
Um das Thema langsam und vorsichtig wieder zu beenden, sage ich noch abschließend ein paar Worte. „Wir dürfen aber auch nicht vergessen, dass wir nicht wissen, wie sie zusammen gelebt haben. Was hinter ihrer verschlossenen Tür alles passiert sein kann, wissen wir nicht."

Gedankenverloren blicke ich in meine Kaffeetasse.
Chris wird plötzlich kühl und steif.
„Mal abgesehen davon", beginnt er in einem geschwollenen Deutsch und mit erhobenem Kinn, „dass sie eine ekelhafte Hure ist, die nichts bekommen soll, interessiert mich deren Leben überhaupt nicht. Herr Roger ist mein Mandant und ich werde diesen Fall gewinnen, wie immer. Die hätte ihre Schenkel während ihrer Ehe mal lieber zusammengedrückt halten und einer Arbeit nachgehen sollen. Lässt sich jahrelang von ihrem Mann aushalten, macht sich ein schönes Leben und hält jetzt die Hände weit offen. Bei mir als gegnerischem Anwalt wird sie nicht mal annähernd ihre Ziele erreichen."
Zufrieden über seine Ansprache, die erstaunlich kurz war, im Gegensatz zu seinem sonstigen ununterbrochenen Gerede, lehnt er sich in den Gartenstuhl zurück.
Meine Augengröße hat sich während der Ansprache etwas geändert. Quasi vom verschlafenen Schlitzauge zu aufgeschrecktem Koboldmaki.

Da ist er wieder. Der eiskalte Anwalt. Ob ich mich an diese Seite noch gewöhne? Manchmal frage ich mich, ob er zwei Persönlichkeiten hat. Mir gegenüber kann er so herzlich sein und so liebe Dinge sagen. In seinem Beruf wirkt er meist kühl, steif, bissig und hart. Vielleicht bringt sein Beruf diese Seite auch mit sich. Ich sollte jedenfalls zu Hause nicht mehr nach beruflichen Dingen fragen. Denn es erschreckt mich immer wieder, wie er sich selbst zu Hause in dieses erschreckende kleine Monster verwandelt, wenn er an seine Arbeit denkt.

„Gut, dann sehen wir uns im Büro."
Erschrocken zucke ich bei den Worten „im Büro" zusammen.
Bitte sag jetzt nichts mehr, bitte, bitte, bitte ...

Gerade als ich zum Aufstehen ansetze, redet Chris in seinem Vorgesetztenton weiter.
„Du schreibst dann den Ehevertrag für Herrn Bernhardt. Ich hab gestern alles auf das Diktiergerät gesprochen, welches bereits auf deinem Schreibtisch liegt."
Er steht auf. *Fertig mit reden?!*
„Ich hab noch einige andere Schreiben draufgesprochen. Die müssen alle bis heute Mittag fertig getippt und fehlerfrei ausgedruckt in der Unterschriftenmappe liegen."
Immer noch nicht fertig! Aaarrrggghhhh!
Er schaut auf seine Armbanduhr. Hoffnungsvoll sehe ich ihn an. *Fertig?*
„Ich muss los. Wer weiß, was früh für ein Verkehr ist."
Einen Abschiedskuss bekomme ich noch. Seine Lippen sind hart und überhaupt nicht vergleichbar mit denen von meinem Chris heute Morgen. „Bis nachher im Büro", fügt er noch hinzu.
Fast flüsternd und mich kaum bewegend, bekomme ich nur ein „Tschüss" heraus.
Er ruft noch: „Ich liebe dich!", während er im Stechschritt, als hätte ihm jemand einen Stock in den Arsch gerammt, durch das Haus rennt.
Mit gespieltem Enthusiasmus rufe ich zurück: „Ich liebe dich auch!"
Und sowie die Tür zuknallt, atme ich tief aus. *Fertig!!!*

Wann habe ich das letzte Mal eingeatmet?
Hab ich etwa die Luft angehalten?
Ich schreie. Innerlich.
Äußerlich klingt es eher nach einem Grunzlaut.
Wie ich es hasse! Ich hasse, hasse, hasse, hasse, hasse es, wenn er so mit mir redet. Ich hasse es, wenn ich mich zu Hause fühle wie eine kleine Angestellte vor ihrem großen allmächtigen Chef!

Nicht hier! Im Büro kann ich mit dieser Unart noch umgehen. Aber in unseren vier Wänden möchte ich mich mit ihm wohlfühlen. Hier herrscht ein liebevolles Miteinander!!! Sollte es zumindest.
Ich gebe das Schimpfen auf. Schnaufe noch mal stark. *Bringt ja doch nichts.* Doch die negativen Energien lassen sich gerade nicht wegatmen.

Ich gehe zum Plattenspieler.
The Firebirds – Why do fools fall in love
Ein tiefes Ein- und Ausatmen. Die negativen Energien schüttle ich nach und nach ab.
Ich beginne, kreuz und quer durch das große Wohnzimmer zu tanzen. Mit jeder Bewegung, mit jedem Schwung, fühle ich mich freier und freier. Ich gebe mich der Musik hin und denke an nichts. Vom Rock 'n' Roll erfüllt, fühle ich mich leichter und leichter, glücklicher und glücklicher.
„Ende!", sage ich laut. *Das war viel zu kurz! Aber ich fühle mich gut! Richtig gut!*
Schweißgebadet entscheide ich mich für eine schnelle zweite Dusche. Ein kurzer Blick auf die Uhr.
Okay, in einer halben Stunde sollte ich spätestens los. Aber das ist zu schaffen.
Granatapfelduschbad. Der Duft schwebt in meine Nase. Die Zeit ist vergessen. Ich genieße und fühle mich gut. In diesem Moment fühle ich mich stark. Als könnte mich nichts umhauen.
Energiegeladen steige ich aus der Dusche und bereite mein Gesicht, meine Haare auf die Arbeit vor. Intuitiv greife ich nach einem schönen Kostüm in blau und weiß, schlüpfe in meine marineblauen Pumps, greife nach meiner Handtasche und knalle die Tür hinter mir zu.

III

Chubby Checker – Let's Twist again

Ich liebe Autofahren!
Leider schaffe ich auf dem Weg zur Arbeit höchstens drei Songs.
Wenn alle Ampeln auf Rot geschaltet sind und der eine oder andere Träumer vor mir fährt, werden es vielleicht vier Songs.
Warum ich die kurze Strecke überhaupt mit dem Auto fahre, anstatt zu laufen oder das Fahrrad zu nutzen?
Dafür gibt es unendlich viele Gründe.
Hier die wichtigsten:
Erstens: Ich besitze kein Fahrrad. Purer Selbstschutz! Und nein! Ich werde niemals Geld für einen gemeingefährlichen Drahtesel ausgeben. Und wer mir einen schenken will, fliegt samt Drahtesel aus meiner kurzen Liste der Freundschaften. Außerdem versaut dieses Vieh meine Frisur, mit und ohne Helm.
Zweitens: Mal abgesehen davon, dass ich gern spontan unterwegs bin und zusätzlich gern Zeit spare, sind die Fußwege nichts für meine schönen Pumps. Oder soll ich jetzt auch noch Wanderschuhe anziehen und auf Arbeit mein Schuhwerk wechseln? Nein. Für hässliche Wanderschuhe gebe ich kein Geld aus. Und wer mir welche schenkt, fliegt!

„Guten Morgen, Becky", begrüßt mich unsere überaus freundliche Empfangsdame.
„Guten Morgen, Diana." Freundlich nicken wir uns zu. Ab und an unterhalten wir uns über dies und das, aber heute bin ich spät dran.
Manchmal frage ich mich, ob sie ausschließlich als Aushängeschild der Firma oder wegen ihrer Referenzen eingestellt wurde. Sie ist wunderschön. Ihre langen weißblonden Haare in Kombination mit ihren großen blauen Augen erinnern mich an die Eiskönigin. Sie trägt gern elegante Kostüme. Einfach umwerfend. Sie

strahlt immer und hat für jeden ein Lächeln. Selbst für Mandanten, die überaus jähzornig sind. Sie bringt alle mit ihrer bezaubernden Art zumindest zum Schmunzeln. Ich mag sie. Auch wenn wir nicht viel miteinander zu tun haben. Manche Menschen mag man einfach.

Ich laufe durch die Eingangshalle. Die Treppen hinauf. Die gute Laune nach der Begrüßung von der bezaubernden Diana verfliegt auf dem Weg nach oben langsam. Hoffentlich treffe ich nicht auf die Oberziege der gesamten Firma. Ohne von einer herablassenden Bemerkung ihrerseits angeschossen zu werden, kommt man an ihr nicht vorbei.

Warum ich nicht den Fahrstuhl benutze, um auf schnellstem Weg zu meinem Arbeitsplatz zu kommen? Immerhin würde dies zu einer Chancenvergrößerung führen, der Oberziege nicht zu begegnen.

Aber bei dem, was ich erst kürzlich erlebt habe, treffe ich sicher auf Verständnis:

Vor ein paar Monaten waren Chris und ich über ein verlängertes Wochenende in Barcelona. Ein paar Tage nach Lust und Laune shoppen, Strand, Cafés, Tapas und Fußball. Abschalten pur. Wenn Chris nicht selbst im Urlaub arbeiten würde, wäre es zumindest Abschalten pur.

Jedenfalls waren wir einen Abend im Camp Nou zum Spiel des FC Barcelona gegen Deportivo. Klasse Spiel! Trotzdem es für den FC Barcelona um nichts mehr ging. Denn Champions waren sie, ob sie gewinnen oder verlieren, sowieso. An dem Tag haben sie nach dem Spiel den Sieg gefeiert und Xavi verabschiedet. Emotionsgeladene Stimmung.

Ein riesen Stadion, Konfettikanonen, Musik „We are the champions" dröhnt aus den Boxen, feiernde und jubelnde Menschen. Gänsehaut pur. Selbst wer nicht zu den abgedrehten Fußballfans

gehört, sollte sich einen Besuch im Camp Nou gönnen. Es herrscht eine ansteckende feurige, elektrisierende Feierstimmung. Jedenfalls sind wir nach dem Spiel Richtung Parkhaus gelaufen. Es war die Zeit der Teufelsumzüge. Diese sind sehr spannend anzusehen, aber auch gefährlich. Ich hatte nicht den Eindruck, dass einer der Teufel darauf geachtet hat, wie er sein Feuer bewegt. Erstaunlicherweise ist aber niemandem etwas passiert. Vielleicht, weil sowieso jeder Zuschauer einen gesunden Abstand hält. Wer will schon von einem Feuerwerkskörper getroffen werden? Also ich nicht.
Jedenfalls sind wir im Parkhaus in einen Fahrstuhl gestiegen. Ich bin schlecht im Schätzen. Der Fahrstuhl war circa einen Quadratmeter klein. Ein Pärchen mit mittelgroßem Kind stieg mit uns ein. Wie meine Vermutung etwas später bestätigt wurde, handelte es sich hierbei um eine katalanische Familie. Und wie sich außerdem, allerdings ohne jegliche Vermutung, rausstellen sollte, war ich verdammt glücklich, sie an Bord zu haben. Denn nur kurze Zeit, nachdem der Fahrstuhl sich geschlossen hatte, blickten wir uns alle fragend an. Wieso leuchtete der gedrückte Knopf nicht? Mein Herz fing in dem Moment bereits an zu rasen. Der fremde, mir dafür zu nah stehende Mann drückte erneut. Nichts.
Er drückte. Nichts.
Er drückte eine andere Zahl. Nichts.
Mein Puls fühlte sich an, als würden meine Blutgefäße gleich explodieren. Nach außen versuchte ich, ruhig zu wirken, und suchte nach einem Notfallknopf.
Der Katalane sagte etwas in seiner Sprache. Alle lachten verkrampft.
Er drückte auf einen anderen Knopf.
Der Fahrstuhl gab einen Laut. Dann nichts.
Er drückte wieder. Nichts passierte.
Ich drückte einmal, zweimal, dreimal, viermal, fünfmal. Vielleicht sah man spätestens jetzt doch, dass ich völlig nervös war.

Ich versuchte, durch kontrolliertes Atmen nicht in völlige Panik zu geraten.
Es wurde wärmer und stickiger.
Ruhig. Wenn alles völlig schiefläuft, sterbe ich eben hier drin. Das ist doch nicht schlimm. Dann war es das eben. Vielleicht schlafe ich einfach ein und wache nicht mehr auf. Oh Gott! Ich will aber noch nicht gehen! Hoffentlich kommt gleich jemand!
Atme ruhig, ermahnte ich mich selbst. *Und den Kopf zu verlieren, hilft dir jetzt eh nicht! Also ruhig!*
Chris hing an seinem Handy und versuchte, eine Notfallnummer im Internet zu finden. Nichts funktionierte.
Der Spanier begann mit Menschen außerhalb des Fahrstuhles zu reden. Zum Glück hatte sich der Fahrstuhl noch nicht sonderlich bewegt. So konnte ich auf eine einfachere und schnellere Rettung hoffen.
Soll ich mich lieber hinsetzen?, fragte ich mich selbst. *Meine Arme kribbeln. Und meine Beine mittlerweile auch. Die fühlen sich kraftlos und weich an! Hoffentlich werde ich nicht ohnmächtig!*
Die Überlegung, mich hinzusetzen, war allerdings auch sinnlos, denn Platz bot der nette Fahrstuhl sowieso nicht.
Die katalanische Frau bewegte sich urplötzlich und drückte den Knopf mit dem Hörer. Nur hielt sie den Knopf, anders als der Katalane zuvor, lange gedrückt. Es klingelte, als hätte jemand eine Nummer gewählt.
Meine Augen: Koboldmaki.
Dann kam aus dem Lautsprecher ein Geräusch, als hätte jemand aufgelegt.
Meine Augen: Schlitze.
Na toll. Was ist das denn für ein Notfallsystem hier?!
Automatisch wählte etwas neu. Ich hörte eine Stimme und fing sofort an, den Katalanen zu tätscheln und auf den Lautsprecher zu zeigen.

Sie unterhielten sich. Im selben Moment hörte ich seltsame Geräusche an der Fahrstuhltür.
Geöffnet!
Meine Augen, blitzschnell: Koboldmaki.
Meine Beine, noch schneller.
Leider etwas zu schnell für den Katalanen vor mir.
Egal! Ich war frei!
Verständlich, dass ich Fahrstühle meide. Oder nicht?
Francesca Garcia.
Ich ahnte bereits zum Frühstück, dass heute eher nicht mein Glückstag ist.
Sie trägt ihr Haar in einem kalten Schwarz, geschnitten als kurzen Bob mit strengem, geradem Pony. Ihre hellblauen Augen und ihre blasse Haut bilden einen krassen Kontrast zum Schwarz ihrer Haare. Eigentlich ist sie ganz hübsch. Würde sie doch nur ein bisschen mehr lächeln.
Ausgerechnet sie mag roten Lippenstift, wie ich. Ich wünschte mir zwar, dass wieder mehr Frauen Geschmack entwickeln und mehr Mut zu Rot haben, aber ausgerechnet die Oberziege?!
„Guten Morgen, Rebecka", grüßt sie mich kühl. Das Blut in meinen Adern beginnt bereits jetzt schon mit dem Gefrierprozess.
„Deine Augen. Du siehst müde aus." Sie schnauft kurz, bevor sie weiterspricht. „Du solltest deinen Lebensstil überdenken."
Mit einem gespielt übertriebenen Lächeln antworte ich:
„Guten Morgen. Danke für den Hinweis. Vielleicht können wir ja gemeinsam psychotherapeutische Gruppensitzungen besuchen?!"
Ihr Gesicht ist leider mit offenem Mund erstarrt. Nicht schön anzusehen.
Abrupt dreht sie sich von mir weg und geht ihren Weg weiter.
„Natürlich anonym!", rufe ich überaus freundlich hinterher.

Ich zucke mit den Schultern und gehe weiter …

Meinen direkten Weg zum Schreibtisch habe ich kurzentschlossen abgebrochen, um in der Küche noch einen Kaffee anzusetzen und meine Gedanken währenddessen zu sortieren. Die Oberziege müsste ihren Kurs ändern, um mir noch mal zu begegnen.
Ich setze mich, während die Maschine den Kaffee kocht.
„Ich sag ja, du solltest deinen Lebensstil überdenken!"
Erschrocken blicke ich auf. *Wieso ist sie wieder hier?*
Ich sehe, dass der Kaffee bereits fertig ist. Wortlos greife ich nach meiner Tasse und gieße mir Kaffee ein. *Wie lange habe ich hier gesessen?*
Während ich die Küche verlasse, schaut mir Francesca misstrauisch hinterher.
„Vielleicht solltest du dir heute frei nehmen. Du siehst wirklich nicht gut aus."
Sie klingt tatsächlich nett und sieht mich besorgt an.
„Mir geht es gut. Danke", antworte ich gedankenverloren und setze meinen Weg fort.

An meinem Schreibtisch angekommen, beginne ich sofort mit der Arbeit. Konzentriert sitze ich vor meinem Laptop und fertige, wie in Trance, alle Schreiben an. Das Telefon wird dabei ignoriert. Ich sollte mich in erster Linie darauf konzentrieren, die Schreiben fertigzustellen, sonst wird Chris wieder ungeduldig. Und vor allem sehr uncharmant!

„Becky?! Bist du fertig?" Erschrocken sehe ich zu Chris auf.
„Gleich. Ich bin beim letzten Schreiben", antworte ich verwirrt.
„Gut, dann leg mir gleich alles in die Unterschriftenmappe. Ich habe kurzfristig noch einen Termin. In einer halben Stunde muss ich los."
Verdutzt sehe ich ihn an. „Aber du bist doch gerade erst gekommen."

Chris schnauft verächtlich und antwortet mir kühl. „Ich bin schon eine Weile hier. Mal abgesehen davon, kann es dir egal sein. Selbst wenn ich gerade erst reingekommen wäre und gleich wieder los müsste. Das geht dich nichts an."
Ich bin erstarrt. Meine Atmung setzt aus.
„Eigentlich habe ich dir noch ein paar Schreiben auf dieses Band gesprochen. Aber ich möchte, dass du nach Hause gehst, nachdem ich die Unterschriftenmappe vollständig habe. Du siehst müde aus. Francesca hatte mich schon darauf angesprochen."
Chris dreht sich um und geht.
Länger hätte ich die Ansprache sowieso nicht ausgehalten.
Obwohl ich mir so sehr gewünscht hätte, dass er mich mit einem Kuss begrüßt und mir wenigstens liebevoll, vielleicht besorgt sagt, dass er sich Gedanken um mich macht. Er weiß doch, dass ich sonst immer konzentriert bei der Sache bin und nie müde auf Arbeit erscheine. Aber so ...
Und wieso hat ihn die Oberziege schon darauf angesprochen? Hat sie nichts zu tun? Oder wird sie dafür bezahlt, sich in das Leben der Kollegen einzumischen? Wieso rennt sie ständig zu Chris und unterrichtet ihn über mein Aussehen und mein Verhalten und wer weiß was?
Resigniert löse ich meine Schockstarre und arbeite einfach weiter ...

Zu Hause angekommen, fliegt als Erstes meine Handtasche in die Ecke. Welche Ecke, ist egal. Hauptsache geworfen. Meine Tränen fließen ununterbrochen.
Bereits auf der Fahrt hierher haben die Tränen meine Sicht behindert. Auf den Verkehr konzentrieren konnte ich mich auch nicht. Bei genauerem Überdenken fällt mir auf, dass es wohl ein riesen Glück ist, unversehrt angekommen zu sein.
Ich entscheide mich für eine Platte von Lucius, denn der Song „Go Home" könnte gerade nicht passender sein. In diesem Mo-

ment hasse ich meinen Mann. Ich hasse ihn wirklich und ich würde ihn am liebsten rausschmeißen!
Na toll! Wenn man es genauer betrachtet, ist es sein Haus. Ob verheiratet oder nicht. Sein Haus. Wir haben sehr viel gemeinsam an dem Haus gemacht, aber er hatte es noch kurz vor unserer Eheschließung gekauft. Und einen Platz im Ehevertrag hat es natürlich auch. Ich könnte ihn nicht mal rausschmeißen!
Wieso konnte ich mich nicht in einen Mann verlieben, der sich auf liebevolle Art und Weise Sorgen um seine Frau macht? Der einfach immer lieb ist und sich vielleicht mal streitet, aber auf eine kultivierte Art und Weise! Mit schönem Versöhnungssex hinterher! Aber so, wie bei uns die Streitigkeiten verlaufen und enden, könnte ich mir nicht mal Versöhnungssex vorstellen.
Ich schreie fast beim Mitsingen, bis der Song sein Ende erreicht hat. Und mein Ende ebenso.
Dann lasse ich mich auf das Sofa fallen und von der Musik berieseln. Tränen pressen sich immer wieder durch meine Augen.

Als ich bemerke, dass ich jetzt schon eine Weile im Selbstmitleid versunken bin, stehe ich abrupt vom Sofa auf. Ich streiche über mein Kostüm, als wolle ich meine Sorgen runterwischen, und schüttele mich kurz, als wolle ich den kleinen Rest an negativen Energien auch noch abschütteln.
Nein! Wegen einem Mann möchte ich nicht weinen. Der Tag ist viel zu schade, um ihn mit Tränen zu vergeuden!
So ein Quatsch. Mein Mann hat eben sehr viel um die Ohren und ist einfach wahnsinnig gestresst. Ich sollte mir mehr Mühe geben, ihm eine liebevolle, verständnisvolle und unterstützende Frau zu sein. Dann wird er auch wieder ruhiger und liebevoller.
Entschlossen steure ich direkt auf unser Soundsystem zu. Was ich jetzt brauche, ist Rock 'n' Roll!

Tammy Wynette – Stand by your men
Nein, übertreiben muss ich es ja nun auch nicht.

Bill Haley – Rock around the clock
Perfekt!

Während die Boxen dröhnen, fliegen meine Klamotten von meinem Körper. Erst mein Kostüm, dann meine Strumpfhose, mein BH und zuletzt gleitet mir mein Slip die Beine hinunter. Ich schieße ihn wie ein durchgedrehter Teenager in eine wahllose Ecke.
Splitternackt tanze ich durch das Wohnzimmer.
Als der Song sich dem Ende nähert, steure ich direkt auf das Badezimmer zu.
Einen Waschfimmel habe ich nicht. Aber heute brauche ich dringend Wärme ...

Es ist bereits dunkel. Das Abendessen steht bei Kerzenschein auf unserem großen robusten Esszimmertisch, als Chris nach Hause kommt.
Vorsichtig öffne ich den gekühlten Vino Esmeralda und fülle unsere Gläser.
Chris sieht reumütig zu mir, während er sein Jackett an den Kleiderständer hängt.
„Tut mir leid, dass es so spät geworden ist", sagt er, während er zu mir an den Tisch schleicht.
Er legt seine Arme um mich und küsst zärtlich meine Lippen.
Ein leichtes Bauchkribbeln überrascht mich. Es fühlt sich gut an, wenn wir liebevoll miteinander umgehen.
Ich rieche seinen Duft. „Mmmh, du riechst, als wärst du gerade erst duschen gewesen."
Er räuspert sich kurz. „Ich war noch schnell im Büro duschen. Der Tag war anstrengend. Ich war so verschwitzt und wollte für dich gut riechen. Hätte ja sein können, dass du gleich über mich herfällst, wenn ich zur Tür hereinkomme."
Ich lache kurz auf. „Das würde ich mich nicht wagen."

Mit einer Geste präsentiere ich stolz das Abendbrot.
„Bitte setz dich", sage ich und zeige auf den mir gegenüberstehenden Stuhl.
„Danke", sagt er herzlich zurück.
„Hast du dich etwas erholt?", fragt er mich.
Ich nicke und lächle verlegen, während ich über den leckeren Serrano-Schinken mit Melone herfalle.
Noch etwas vom Bruschetta und ein paar Oliven.
Genüsslich speisen wir, schweigend.
Chris hebt sein Weinglas. „Auf uns, Liebling!"
„Auf uns!", entgegne ich, während unsere Gläser in der Luft zusammenstoßen.

Es ist, als würde ich mit zwei Männern zusammenleben. Der eine unausgeglichene Chris, der bösartig, kalt und unendlich verletzend sein kann. Der andere ausgeglichene Chris, der liebevoll, warmherzig und unendlich sexy sein kann.
„Ich bin müde", meint Chris plötzlich.
„Okay, dann beseitigen wir das Chaos und gehen ins Bett?"
„Ja! Du beseitigst das Chaos und ich gehe ins Bett."
Mein drohender Blick trifft ihn und er entschließt sich, mir zu helfen.
Mir wird schnell klar, dass ich auf seine Hilfe hätte verzichten sollen. Er zieht eine bösartige Miene. Und jedes Mal, wenn wir uns aus Versehen berühren, weil sich unsere Wege kreuzen, schubst er mich weg.
Würden andere Paare nicht darüber lachen, wenn sie leicht zusammenstoßen? Zumindest könnte sich der Mann mindestens einmal überlegen, ob er nicht Gentleman sein möchte und der Frau den Vortritt lässt. Ich kann dieses Gefühl nicht ausstehen, wenn er mich so ignorant zur Seite schubst und einfach, ohne mich zu beachten, seinen Weg geht. Rücksichtslos!

Aber ich kämpfe im Inneren gegen jegliche schlechte Laune an. Auch wenn es schwerfällt. Wenn ich jetzt noch etwas dazu sage, dann explodiert er ganz sicher. Also lasse ich es lieber und hoffe auf einen schönen Ausgang des Abends.

Im Schlafzimmer angekommen, legen wir unsere Sachen ab und gehen ins Bett. Ich kuschele mich langsam unter seine Decke und berühre ihn zärtlich. Trotz des anfänglich schlechten Tages habe ich das unbändige Bedürfnis, ihm jetzt ganz nah zu sein.
Doch Chris stößt mich unsanft von sich weg.
„Was ist los?", frage ich erschrocken.
„Nach dem Tag habe ich keine Lust auf Nähe", antwortet er kühl.
„Oh, ich dachte, es wäre wieder alles okay. Haben wir uns nicht vertragen?" Meine Stimme versagt und eine tiefe Traurigkeit zieht sich durch meinen Körper.
„Nachdem du dich letzte Nacht so aufgeführt hast, bin ich heute nicht in der Stimmung."
Verwirrt erhebe ich meinen Oberkörper.
„Nach dem, wie ICH mich letzte Nacht aufgeführt habe?!" Ich fasse es nicht, dass er das sagt.
Ohne sich auch nur in meine Richtung zu bewegen, entgegnet Chris: „Nicht schon wieder. Lass uns einfach schlafen. Morgen sieht die Welt wieder anders aus."
Die Gleichgültigkeit in seinem Tonfall macht mich wütend.
„Was ist denn nur los mit dir? Wie kann man ständig seine Stimmung rasant wechseln?"
„Du wechselst doch ständig deine Stimmung! Oder bist du nicht gerade bescheuert drauf?"
„Ich reagiere auf deinen bösartigen Stimmungswechsel!"
„Klar, jetzt bin ich wieder an allem schuld. Du suchst die Schuld nie bei dir! Also kannst du jetzt bitte aufhören mit Reden. Deine Intelligenz liegt weit unter meinem Niveau."

Die Wut in mir über solch eine Unverschämtheit lässt mein Herz rasen.
Meine Atmung wird schwer. Ich kann es nicht aufhalten. Die Tränen drücken so sehr. Und mein Körper krampft sich zusammen.
„Jetzt heult die auch noch. Wenn du nicht gleich leise bist, schlafe ich auf dem Sofa."
„Ich verstehe nicht, wie man so viele Gesichter haben kann", rutscht es mir leise raus.
„Ich verstehe nicht, wie du so viele Gesichter haben kannst. Außerdem geht es an mir nicht spurlos vorbei, wenn du dich so daneben benimmst wie gestern!"
„Okay! Falls bei dir die Demenz schon eingesetzt hat, hier eine Erinnerung: Du hast mich letzte Nacht geschlagen! Und das war nicht das erste Mal, dass du mich grob anfasst."
Er dreht sich ganz leicht in meine Richtung.
„Du musst mich ja auch ständig provozieren! Du treibst mich doch dazu!"
„Ach so, nur weil ich dich auf Francesca angesprochen habe, weil mir aufgefallen ist, dass sie sich ständig in deinem Büro aufhält, musst du völlig die Kontrolle verlieren? Dann hau ich meiner Frau einfach eine in die Fresse und sie hält ihre Klappe?! Wieso kannst du nicht normal mit mir über Empfindungen, Sorgen oder Ähnliches sprechen? Deswegen muss ich mich doch nicht streiten! Aber ich möchte meinem Mann doch sagen dürfen, wenn ich über etwas verunsichert bin oder mir Gedanken mache."
„Mal abgesehen davon, dass du daran schuld bist, wenn so etwas passiert, habe ich jetzt eine Info für dich: Das Gespräch ist beendet!"
„Fein!" Schnell springe ich auf, nehme meine Decke unter meinen Arm und knalle die Schlafzimmertür hinter mir zu.
Schnellen Schrittes gehe ich ins Wohnzimmer und schmeiße mich auf die Couch. Die Tränen lassen sich nicht aufhalten. Ich kuschele mich intensiv in die Decke. Unfassbar traurig darüber, wie sich

die Stimmung zwischen uns von einem zum nächsten Moment ändert, und ebenso traurig darüber, dass ich jetzt auch noch alleine schlafen muss und mich niemand in den Arm nimmt, versuche ich, Schlaf zu finden.

Doch die Stimmen in meinem Kopf stellen ständig Fragen und regen sich auf.

Soll es wirklich meine Schuld sein, wenn er mich schlägt? Man kann sich doch streiten. Aber was rechtfertigt denn das Schlagen des anderen? Wie konnte ich mich nur so täuschen? Er war ein liebevoller, romantischer Mann. Er hat mich viel und leidenschaftlich geküsst. Wo ist dieser Mann? Habe ich ihn vertrieben? Trage ich die Schuld daran, dass er sich so verändert hat? Oder war er schon immer so? Erst der liebevolle Mann und dann ein Arsch! Wieso habe ich ihn geheiratet? Wie konnte ich diesen Mann nur heiraten? Heiraten bedeutet doch, für immer! Für immer mit diesem Menschen! Es ist ein Versprechen! Geht es nur darum, den Partner glücklich zu machen, egal, wie er mit einem selbst umgeht? Oder sollten beide sich gegenseitig Grund zum Glücklich-Sein geben? Sollten beide nicht glücklich sein? Wir sind noch nicht lange verheiratet und ich kann nur noch an Scheidung denken. Ich denke wirklich an Scheidung! Ich hatte mal ein Eheversprechen gegeben und war mir zu dem Zeitpunkt schon nicht sicher, ob ich eine gute Entscheidung treffe. Warum habe ich nicht auf meine Unsicherheit gehört? Wieso musste ich ja sagen? Ich will keine Geschiedene sein! Mein Traum war es, zu heiraten, Kinder zu bekommen und mit einem Mann alt zu werden und alle Lebenslagen zu meistern. Doch jetzt sieht es so aus, als würde ich eine von den Geschiedenen werden. Zum ersten Mal in meinem Leben verstehe ich es, warum sich manche Menschen trotz Eheversprechen trennen. Es ist so traurig! Aber miteinander nicht auszuhalten.

Mit dem letzten Gedanken, der Sicherheit, dass ich mich von ihm trenne, schlafe ich ein.

IV

Chris ist bereits aufgestanden.
Ohne ein „Guten Morgen."
Ohne einen morgendlichen Wachmachkuss.
Ohne überhaupt nach mir zu sehen.

Dann geht der Tag wohl weiter, wie der letzte endete ...

Nach einer Weile nachdenklich auf dem Sofa liegend, entschließe ich mich zum Aufstehen. Das schlechte Gefühl von letzter Nacht hält sich fest in meinem Körper. Von Kopf bis Fuß auf schlechte Stimmung eingestellt, schleiche ich die Treppe hinauf zum Badezimmer. Nach einer schnellen Dusche pudere ich nur flink mein Gesicht, lockere meine Haare auf und ziehe mich an.
Als ich die Treppen wieder hinunterschleiche, sehe ich, wie Chris mit einer Tasse Kaffee und der Tageszeitung in seinem Sessel sitzt. Er nimmt die Zeitung ein Stück herunter und guckt lächelnd über den Zeitungsrand in meine Richtung.
„Guten Morgen", begrüßt er mich. Skeptisch sehe ich ihn an und antworte nicht ganz so nett.
„Guten Morgen."
Ich gehe zur Kaffeemaschine und bediene mich.
Chris läuft mir vorsichtig hinterher. Er nimmt mich sanft in seine Arme.
„Wollen wir vor der Arbeit gemeinsam frühstücken?", fragt er mich, überraschend gut gelaunt.
„Ach! Ist jetzt wieder alles schön?", frage ich, leider etwas schlechter gelaunt.
Er lässt mich ruckartig los. „Nein! Aber wenn du dich benimmst, benehme ich mich auch!"
„Na dann machen wir mal Frühstück", entgegne ich ihm mit einem zynischen Lächeln.

Nachdem wir schweigend das Frühstück zubereitet haben, sitzen wir schweigend am gedeckten Tisch und essen.
Schweigend räumen wir den Tisch ab.
Schweigend gehe ich ins Bad, um mir die Zähne zu putzen.
Wir sind gleichzeitig mit unserer morgendlichen Prozedur fertig und ziehen uns die Schuhe an. Schweigend.
Schweigend gehen wir zu unseren Autos.
Einen Moment bleiben wir stehen. Chris nimmt mich in den Arm und küsst meinen Mund.
„Alles wird gut. Wir sollten liebevoller miteinander umgehen. Ich liebe dich."
„Ich liebe dich auch", antworte ich fast tonlos.
„Bis nachher im Büro, Liebling."
„Bis nachher." Ich lächle ihn an und steige in meinen niedlichen roten Ford KA. Meine Knutschkuller.

Wanda Jackson – Hard Headed Women
Heute fahre ich eine Extrarunde. Oder zwei, oder drei ...

„Guten Morgen, Rebecka."
„Guten Morgen, Diana."
Sie strahlt mal wieder wie die Sonne. Ansteckend!
Beschwingt vom Rock 'n' Roll und mit gutem Gefühl, steure ich direkt auf meinen Arbeitsplatz zu.
Ich lege meine Sachen ab. Im selben Moment kommt Chris aus seinem Büro.
„Kommst du jetzt erst an?", fragt er mich missgestimmt.
„Ja", antworte ich, noch immer mit dem Rock 'n' Roll in den Knochen.
„Ah ja", entgegnet er mir misstrauisch. „Und wo bist du gewesen?"
Ich überlege einen Moment.

„Nirgends. Es hat nur länger gedauert." Ich spüre eine in mir aufsteigende Unsicherheit.
„Ich bin kurz vor dir losgefahren." Er macht eine kurze Atempause. – „Und bin circa eine halbe Stunde vor dir angekommen?", stellt er fragend fest.
Ich sehe ihn mit offenem Mund an. Wie ich ihm das jetzt plausibel erklären kann, weiß ich nicht. Er würde mein Verhalten eh wieder monieren.
„Machst du uns Kaffee? Ich muss etwas mit dir besprechen."
Gott sei Dank, Themawechsel!
„Ja, klar. Mach ich", antworte ich. Schnell, bevor er es sich anders überlegt und noch irgendeine unangenehme Frage stellt, laufe ich zur Küche.
Kurz bevor ich die Küche betrete, bleibe ich abrupt stehen.
Oh Nein! Nicht die Oberziege!!!
Der Moment des Schreckens verfliegt relativ schnell und ich schreite zur Kaffeemaschine, während Francesca ihren Kaffee mit Milch und Zucker verfeinert.
„Guten Morgen, Francesca."
„Guten Morgen, Becky."
Was ist denn mit der los? Es klingt, als würde sie ihre Begrüßung singen.
Sie lehnt sich mit dem Rücken an die Küchenzeile. „Und? Hältst du es ein paar Tage ohne deinen Liebsten aus?"
Ob es blöd aussieht, wenn ich mich einfach tot stelle?
Vielleicht reicht es auch, mich auf den Kaffee zu konzentrieren ...
Selbstgefällig sieht sie mich an. „Ach, du weißt es noch nicht? Na dann wird Chris dich sicher gleich aufklären." Mit der Nase im rechten Winkel zur Decke dreht sie mir den Rücken zu und verlässt die Küche.
Was für eine Ziege! Atme tief ein ... wieder aus ... Ich höre in mich hinein ... besser!

Wieder entspannter, gehe ich zu Chris.
„Hier, dein Kaffee."
Chris sieht von seinem Schreibtisch zu mir auf. „Danke."
„Und? Was möchtest du denn mit mir besprechen?"
„Setz dich, bitte. Thomas hat mich vorhin angesprochen. Wir Anwälte aus der Kanzlei werden zu einem Seminar eingeladen. Thomas hat alles schon arrangiert."
„Und warum guckst du so verstört? Seminare sind doch nichts Neues und bis jetzt hast du alle Seminare als gut und wichtig empfunden", entgegne ich ihm. Warum mich ein misstrauisches Gefühl durchfährt, weiß ich noch nicht. Das werde ich sicher gleich erfahren. Oder auch nicht.
„Das Problem ist, also für dich eventuell Problem, dass es sich um eine Woche handelt."
„Ach so. Und da muss sicher der eine oder andere Termin verlegt werden?", stelle ich fragend fest.
„Ich kümmere mich sofort darum. Über welche Woche reden wir eigentlich?"
„Die Woche vom neunundzwanzigsten Juni." Chris stellt seine Ellenbogen auf den Schreibtisch und legt sein Kinn auf seinen Fäusten ab.
„Thomas hat etwas mehr arrangiert, als dir und mir sicher lieb ist."
Gespannt sehe ich ihn an. „Ach ja? Was denn?"
„Das Seminar findet in München statt. Das heißt, ich werde nicht wie sonst nach einem Seminartag nach Hause kommen. Wir fahren also Sonntag, den 28. Juni, los und bleiben die ganze folgende Woche dort."
Ich lächle ihn an. „Na, bis Freitag werde ich es schon ohne dich aushalten. Schwer, aber machbar", feixe ich ihn an.
„Also Thomas ist der Meinung, dass wir die Seminarzeit gemeinsam ausklingen lassen sollten. Von Montag bis Freitag soll das Seminar acht Uhr beginnen und erst achtzehn Uhr enden. Da wir

an diesen Tagen sicher nicht mehr so viel gemeinsam besprechen und zusammensitzen werden, hat Thomas noch Zimmer über das Wochenende gebucht. Er möchte nicht fix und fertig abreisen. Und schon gar nicht, ohne mit uns noch einen Drink genommen zu haben."
Wieder beschleicht mich ein ungutes Gefühl.
Wieso hat sich Francesca so darüber gefreut? Sicher nicht nur, weil Chris und ich mal eine Woche getrennt sind. Als Sekretärin von Thomas wird sie sicher mehr wissen als ich in diesem Moment. Vielleicht finde ich das noch heraus ...
„Hm. Na ja, wenn Thomas schon alles arrangiert hat, wird sich nicht mehr darüber reden lassen. Ich finde es zwar völlig daneben, dass er euch einfach völlig verplant, aber sicher hat er es nur gut gemeint." Meine Stimme versagt etwas.
Chris greift nach meiner Hand.
„Er hat es gut gemeint. Und die Woche kriegen wir auch schnell rum."
„Natürlich."
„Wir können uns ja mal überlegen, was wir das Wochenende davor unternehmen können. Ich schau gleich mal meine Termine durch. Vielleicht ergibt sich die Möglichkeit, dass wir Donnerstag schon losfahren können und Sonntag spät zurück", schlägt er mir vor. „Dann machen wir zwei uns ein paar richtig schöne Tage."
„Das klingt gut", antworte ich in freudiger Erwartung.
„Ich geh an die Arbeit. Wir können heute Abend zu Hause mit einem Glas Wein unsere Wochenendplanung besprechen."
Er nickt mir bejahend zu.
Da war er wieder. Der Chris, mit dem ich mich ganz normal unterhalten kann ...

Seltsam. Für die Seminarwoche ist nicht ein einziger Termin zu verlegen. Dafür, dass es in zwei Wochen losgehen soll, ist das merkwürdig. Nicht, dass hier ein Fehler ist. Termine nicht gespei-

chert? Oh wie blöd. Blöde Computer! Einmal eine Sicherung vergessen, ist alles weg!
Verzweifelt haue ich mir auf die Stirn.
Oh je! Ich bin mir sicher, dass ich in der Woche Termine vergeben habe! Wie kann denn alles weg sein? Woher soll ich denn jetzt wissen, wen ich anrufen muss. Das gibt Ärger! Mist! Vielleicht sollte ich vorsorglich alle Mandanten durchgehen und ganz genau überlegen. Der eine oder andere wird mir doch wohl einfallen.

„Ach, Becky!"
Erschrocken sehe ich nach oben.
Was will denn die Oberziege hier?
„Was ist denn mit dir? Du siehst kreidebleich aus!" Sie sieht mich an, als würde sie ein Gespenst sehen.
„Was? Nichts! Kannst du bitte gehen. Ich habe zu tun!"
„Oh, klar", sagt sie freundlich. „Ich wollte dir nur sagen, dass ich mich bereits um die Termine in der Woche vom neunundzwanzigsten Juni gekümmert habe. So hast du keinen Stress damit. Vielleicht trinkst du einen Tee statt Kaffee. Du siehst echt nicht gut aus."
Verdutzt sehe ich zu ihr auf. „Wieso du? Das schaffe ich noch. Vielen Dank", gebe ich beleidigt zurück.
„Ich habe mich für alle Anwälte darum gekümmert. Thomas wollte nicht, dass es Ausreden gibt." Arrogant sieht Francesca zu mir herab.
Angestachelt von ihrer Arroganz, vergreife ich mich leicht im Ton.
„Das ist meine Aufgabe. Schreiben, Termine, alles, was mit der Arbeit von Chris zu tun hat. Meine Aufgaben!"
„Plustere dich nicht so auf. Thomas ist mein Vorgesetzter. Und wenn er mir Aufgaben erteilt, erledige ich sie."

Ja genau. Und wenn du seinen Schwanz lutschen sollst, machst du das auch noch ...
„Gut, dann kann ich mich jetzt den wirklich wichtigen Dingen widmen", gebe ich an.
„Natürlich. Ich möchte ja auch niemandem seine Arbeit wegnehmen."
Mit einer gespielten Tragik fügt sie noch hinzu: „Hach, ich hoffe nur, dass meine Anwesenheit dort nicht auch noch schlecht ankommt."
„Wie meinst du das?" Mein Körper verkrampft.
„Na ja, immerhin bin ich die einzige Sekretärin, die mit nach München fährt. Als Sekretärin von Thomas ist das selbstverständlich. Aber ich mache mir schon Sorgen, dass es im Team nicht gut ankommt."
Jetzt setzt sie sich auch noch hin.
Und überhaupt, wieso fährt die mit?
Bleib ruhig!
Arrogant lehne ich mich auf meinen Schreibtisch.
„Francesca", äffe ich ihre ‚normale' Art zu reden nach. „Ich denke, bei keiner einzigen Sekretärin in diesem Haus kommst du gut an. Also." Ich hole tief Luft und rede in ihrem arroganten Ton weiter. „Mach dir mal keine Sorgen, wie du wo und bei wem wegen DIESER Sache ankommst."
Erbost steht sie ruckartig auf, dreht sich um und geht. Ohne ein einziges Wort.
Mein Kopf fällt auf meine Hände. Zum Glück. Denn sonst hätte es einen großen Knall gegeben, wenn mein Kopf auf den blanken Schreibtisch gefallen wäre.
Wieso hat er mir dieses Detail verschwiegen? Wusste er noch nichts davon? Das bezweifle ich irgendwie. Shit. Hätte ich doch nur meine Klappe gehalten! Wieso muss ich immer so impulsiv sein. Das gibt noch Ärger ...

„Rebecka!" Chris lässt die Haustür zuknallen. Lässig gehe ich die Treppe hinunter, um ihn zu empfangen. Doch am Ende der Treppe bleibe ich stehen. Sein Gesichtsausdruck lässt mein Herz einen Schlag aussetzen.
„Was ist los?", frage ich ihn ängstlich. „Ist etwas passiert?"
Er legt seine Aktentasche etwas unsanfter als normalerweise ab.
„Wieso musstest du mich so blamieren?!", schreit er mich an.
Mit zitternder Stimme frage ich: „wieso blamieren? Was ist denn los?"
„Musst du Francesca so anfahren? Nur weil du ein Problem damit hast, dass sie uns begleitet?"
„Oh, dass sie UNS begleitet! Du hättest dieses kleine Detail schon vorher erwähnen können! Geheimnistuerei kann ich nicht ausstehen." Mein Ton wird schärfer.
„Wieso überhaupt? Ihr Männer könnt doch gleich ganz alleine fahren. Wozu braucht ihr eine Frau? Dann hättet ihr auch die gesamte Belegschaft zu eurem Ausflug mitnehmen können!"
„Ausflug?!" Chris denkt überhaupt nicht daran, sein Gesicht zu entkrampfen.
„Seminar!", schreit er nach wie vor.
Er kommt näher.
„Seminar! Und wenn Francescas Vorgesetzter entscheidet, dass sie ihn begleitet, dann hast du das hinzunehmen!"
Sein böser Atem berührt mein Gesicht. Ich bewege mich kein Stück.
„Dann könnte mein Vorgesetzter auch entscheiden, seine Sekretärin mitzunehmen, oder nicht?", frage ich flüsternd.
„Jetzt mach dich nicht lächerlich!"
„Ich mach mich lächerlich?" Wieder lauter zu werden, ist entweder sehr mutig von mir oder sehr dumm.
„Ja! Du machst dich lächerlich. Und wenn du Francesca dafür verantwortlich machst, dann machst du mich genauso lächerlich vor allen anderen! Wieso musstest du sie so fertigmachen?"

„Wieso regst du dich so auf?", schreie ich ihn an. „Ich habe ihr nichts getan! Es besteht also kein Grund, sie zu verteidigen. Und selbst wenn ich ein schlechtes Gefühl bei dieser Frau habe, liegt es wohl daran, dass sie absolut arrogant ist und schon oft ein reges Interesse an dir gezeigt hat. Als wir zusammengekommen sind, warst du kurz darauf sogar mit ihr aus!"
„Jetzt fang nicht wieder damit an!" Er packt mich unsanft am Arm.
„Wollte ich auch nicht", merke ich kleinlaut an. „Ich verstehe nur die Aufregung um dieses Miststück nicht. Und erst recht nicht, wenn ich ihr nicht einmal etwas getan habe."
Eine Träne läuft mir die Wange runter.
Chris hält meinen Arm immer noch fest.
„Sie kam völlig aufgelöst in mein Büro."
„Wann soll das gewesen sein?"
„Nach deinem Feierabend."
„Ach, in dein Büro? Wieso geht sie erst nach MEINEM Feierabend in DEIN Büro? Das letzte Mal hatte sie heute Morgen mit mir gesprochen. Und dann hebt sie sich ihre Traurigkeit und Wut bis zu meinem Feierabend auf?" Fassungslos sehe ich ihn an.
„Es tut schon sehr weh, dass du dieser Frau mehr vertraust als mir. Denn es gibt keinen einzigen Grund dafür, aufgelöst in deinem Büro aufzutreten."
„Deine Eifersucht kotzt mich an!" Wütend lässt er meinen Arm los, greift in meine Haare und schleudert mich gegen die Couch.
Fassungslos versuche ich zu realisieren, was da gerade geschehen ist. Dann nehme ich meinen Mut zusammen, denn ich will es nicht! Ich will mir das nicht gefallen lassen!
„Du warst heimlich mit ihr aus, ständig tänzelt sie in deinem Büro rum und behandelt mich wie ein kleines dummes Mädchen! Was willst du eigentlich von mir? Wenn du mich so schrecklich findest, dann nimm die doch zur Frau!"

„Du bist so eine erbärmliche Fotze!" Er spuckt mich an. „Erbärmlich! Wieso machst du mich nur ständig so wütend?" Er greift nach dem Tablett neben der Couch und wirft es in meine Richtung. Meine Arme schützen meinen Kopf. Ich lasse sie dort. Weine. Bewege mich nicht weiter. Ich bleibe so verkrampft sitzen, in der Hoffnung, dass es gleich vorbei ist.
Er kommt zu mir, spuckt mich an und geht dann zur Treppe.
„Das Gespräch ist beendet, du dumme Fotze!" Er geht nach oben.
Wie versteinert sitze ich auf dem Boden. Meine Tränen laufen unaufhaltsam. Es fühlt sich an, als würde der Boden unter meinen Füßen verschwinden. Ich spüre meinen Körper nicht mehr. Noch immer fassungslos, suche ich nach klaren Gedanken und versuche zu verstehen, was da gerade geschehen ist. Doch will kein Gedanke zum nächsten passen. In meinem Kopf überrollen sich die Gedankengänge so durcheinander, dass ich nicht mal weiß, was ich genau denke. Meine Atmung wird immer schwerer, als mir bewusst wird, dass ich kurz davor bin, zu hyperventilieren.

Das kann nicht sein! Ich werde verrückt? Was ist denn nur los mit mir? Für was werde ich so hart bestraft? Was habe ich denn nur getan? Ich brauche Hilfe! Ich benötige dringend Hilfe! Er sagt, es sei meine Schuld! Vielleicht ist es meine Schuld? Ich muss mich besinnen und dann im Internet nach Therapeuten suchen! Ich brauche dringend Hilfe ...

Nach einer Weile erhebe ich mich langsam und gehe um die Couch. Ich starre sie an und beschließe, mich fallen zu lassen. Gekrümmt weinend, bleibe ich liegen und warte, bis es vorbei ist.
Chris kommt die Treppe herunter.
„Hey, Liebling." Es tut mir leid. „Du kannst einen aber auch mit deiner Art wütend machen."
Wie in Trance sehe ich blind in den Raum.

Ich habe ihn wütend gemacht? Was ist denn hier nur los? Bin ich wirklich so verrückt, dass ich nicht merke, wie bösartig ich bin? Oder ist er so krank und merkt nicht, wie bösartig er ist? Ich weiß es wirklich nicht mehr!
Ich stelle fest, dass ich keinen klaren Gedanken mehr fassen kann und beschließe, langsam aufzustehen und ins Bett zu gehen.
„Warte doch", bittet mich Chris. Er sieht mich mit traurigen Augen an.
„Ich will ins Bett", sage ich schwach.
„Hm. Ich komme mit, okay?" Er nimmt mich in den Arm. „Das wollte ich nicht", klagt er.
„Ich weiß auch nicht, wieso das passiert. Irgendwas an deiner Art löst solche Reaktionen in mir aus. Lass uns das vergessen, okay? Und wieder ein liebendes Paar sein."
Ich nicke nur müde, denn ich bin kraftlos und weiß eigentlich auch nicht, wie ich mich jetzt am besten verhalten soll. Und vor allem weiß ich gerade nicht, was ich aus dieser Geschichte lernen soll.
„Ich liebe dich doch", sagt er traurig.
„Ich dich auch", entgegne ich mit schwacher Stimme.
„Das wird schon wieder", meint er.
„Ja, lass uns schlafen gehen."
„Okay. Lass uns aber nicht mehr streiten. Wir machen uns jetzt ein schönes verlängertes Wochenende zu zweit. Lass uns darauf freuen, okay?"
„Ja, du hast recht. Alles gut. Das kriegen wir wieder hin."
Nur Nachgeben heißt jetzt zur Ruhe kommen ...

„Guten Morgen, Schatz. Aufgewacht, die Sonne lacht."
Chris weckt mich mit gefühlten tausend Küssen.
„Guten Morgen", sage ich in mein Kissen.

Er riecht so gut. Ein paar Tropfen seines nassen Haares fallen auf mein Gesicht. Sein Bademantel lässt tief blicken. Verträumt greife ich nach seinem Oberkörper und streichle ihn zärtlich.
Während er sich an mich schmiegt fragt er: „Was hältst du davon, wenn ich uns jetzt Frühstück mache? Du gehst solange duschen und dann besprechen wir, was wir an diesem wunderschönen Wochenende zusammen unternehmen."
Ich strecke mich. „Klingt gut."
„Gut." Chris gibt mir einen Kuss auf meine Stirn und verlässt das Schlafzimmer.
Wieso kann es nicht immer so sein? Alles könnte so schön sein! Wenn man sich auf Augenhöhe begegnet, sich liebt und liebevoll miteinander umgeht. Streit ist vielleicht auch wichtig. Aber nicht so. Ich fühle mich so klein, so schwach und wertlos. Ich will mich nicht so fühlen.
Langsam bewege ich mich aus dem Bett. Geschmeidig wie eine Katze schreite ich zum Fenster. Die Sonne lacht. Ich erwische mich beim Lächeln. Schnell dringt das Sonnenlicht in mein Herz.
Gib dem Tag eine Chance! Vergeude ihn nicht, Becky! Lächle! Lebe! Liebe!

Chris sitzt bereits auf der Terrasse. In der Mitte des Tisches ziert ein Rosenstrauß den gedeckten Frühstückstisch.
„Wow, ist der schön!", sage ich begeistert.
„Nicht so schön, wie du bist, meine Frau." Ich muss ihn küssen. Verliebt schaue ich in seine Augen. „Danke", flüstere ich.
Chris küsst mich und deutet dann mit seiner Hand auf den Stuhl neben ihn.
„Ich muss erst an den Rosen riechen."
Betörend!
Ich setze mich neben Chris und drücke ihm einen intensiven Kuss auf die Lippen.

„Und? Auf was hast du heute Lust?" Chris sieht mich erwartungsvoll an.
Ich rede nachdenklich:
„Die Sonne scheint. Es ist herrlich warm. Und wie ich im Internet gelesen habe, betrifft das ganz Deutschland."
Ich beiße mir auf die Lippe und warte seine Neugierde ab.
„Na sag schon!", befiehlt er lachend. „Du entscheidest."
„Wir gehen also nach dem Frühstück nach drinnen, packen ein paar Sachen zusammen und setzen uns ins Auto."
„Super Idee!" *Es ist so schön, wenn er lacht ...*
„Und willst du das verlängerte Wochenende im Auto verbringen oder verfolgen wir ein bestimmtes Ziel?"
Ich denke kurz nach.
„Wir bleiben im Auto." Einen kurzen Moment lasse ich ihn verwirrt sein.
„Natürlich nicht! Wir haben ein Ziel. Circa drei Stunden Fahrzeit ist okay. Dafür übernachten wir gleich da und fahren Sonntag erst spät zurück. Ostsee!"
„Wieso fahren wir nicht an die Ostsee, wenn wir unseren großen Urlaub haben?"
„Na weil wir da nicht wissen, wie das Wetter zu der Zeit ist. Da könnten wir auch in eine schöne große Stadt fahren und uns ein kleines Kulturprogramm offen halten, falls es nicht so sonnig warm draußen ist. Oder wir überlegen doch noch, ob wir nicht eine Auslandsreise machen."
„Und wenn du so kurzfristig keine Unterkunft findest?"
„Dann schlafen wir eben im Auto." Ich verschränke die Arme und gebe mit einem entschlossenen Blick zu verstehen, dass ich keine Widerworte akzeptieren möchte.
„Na dann." Chris hebt sein Sektglas. „Auf ein schönes gemeinsames Wochenende!"
„Ja!"
Die Gläser klingen ...

Die Sachen sind gepackt und werden von uns im Auto verstaut. Oder vielmehr von Chris. Sowie ich meine Tasche im Kofferraum seines Wagens verstaue, nimmt er sie wieder raus und stellt sie anders rein. Das macht er immer. Mittlerweile habe ich mich daran gewöhnt. Egal, wie viel Platz der Kofferraum bietet, ich ordne immer falsch an und er kann es besser ... Beleidigt angehaucht, setze ich mich auf die Beifahrerseite. Chris packt alles noch einmal um. Dann steigt er endlich ins Auto.
„Hast du deine Badesachen?", frage ich aufgeregt.
„Ja. Aber so warm wird das Wasser nun nicht sein."
„Aber vielleicht gehen wir irgendwohin zum Baden. Also falls das Meer zu kalt ist." Ich sehe ihn breit grinsend an.
„Gut."
„Hast du deine Sonnenbrille?", frage ich aufgeregt.
„Auf der Nase", antwortet Chris lächelnd.
„Oh!" Wir lachen.
„Hast du dei..."
„Wie wäre es, wenn du dich entspannen und mich fahren lassen würdest?!", unterbricht er mich schroff.
„Okay", antworte ich, während mein Körper im Beifahrersitz zusammenschrumpft.
Vorsichtig setze ich mich wieder auf und frage: „Musik? Hören? Wir zwei?" Wieder grinse ich ihn breit an.
„Nein."
Wieder schrumpfe ich in meinem Sitz.
„Na gut."
Ich ziehe mein Handy aus der Tasche und öffne das Internet, um nach Unterkünften zu suchen.
Sofort öffnet sich eine Seite mit vielen Suchergebnissen.
Ich scrolle erst ein Stück nach unten, denn über eine Anbieterseite für viele Reisen möchte ich jetzt nicht unbedingt buchen.

Ein Stück weiter unten zeigt sich ein Kartenausschnitt. Auf diesem werden mehrere Pensionen angeboten. Ich klicke sie an und schon öffnen sich Adressen mit dazugehörigen Telefonnummern. Na dann beginne ich mal zu telefonieren ...

Ich lege auf. „Oh je! Die haben auch kein freies Zimmer." Vorsichtig schiele ich zu Chris.
„Na toll, super Idee", grummelt er in sich hinein.
Die Stimmung kippt.
„Sei doch nicht so. Wir werden schon was finden. Wir sind erst in etwa zwei Stunden da. Und falls wir nichts finden, können wir doch wirklich im Auto schlafen. Ist doch egal."
Böse guckt er zu mir rüber. „DU wirst hoffentlich was finden! Die bekloppte Idee kam ja immerhin von DIR!"
Leise versuche ich, ihn zu beruhigen. „Reg dich doch nicht auf. Die Idee ist gut. Und wir werden ein schönes Wochenende haben."
Sein Fahrstil wird rasanter. Am besten sage ich nichts mehr. Das würde die Stimmung nur noch mehr verschlechtern. Dann versuche ich es lieber weiter mit der Zimmersuche ...

„Siehst du? Ist doch toll hier!" Freudig lege ich meine Taschen ab und begutachte das kleine Hotelzimmer.
„Ja, ist ganz schick", antwortet er, besser gelaunt als vor einheinhalb Stunden.
„Und nur zum Schlafen brauchen wir keinen Meerblick", stelle ich laut fest.
Nach der Zimmerbegutachtung muss ich Chris in die Arme laufen. *Mmh, er riecht so gut.*
„Wollen wir an den Strand?", frage ich ihn in freudiger Erwartung.
„Lass uns die Sachen auspacken und dann gehen wir", grummelt Chris.

„Ja!" Schnell renne ich zum Koffer, rolle ihn zum Kleiderschrank und packe meine Sachen aus. Beim Aufhängen fällt mir auf, dass ich mal wieder viel zu viele Klamotten eingepackt habe. Also eigentlich nicht, denn ich weiß ja nicht gestern was ich morgen tragen will. Ganz normal! Meine Waschutensilien bringe ich schnell ins Bad. Duschbad, Shampoo, Conditioner, Maske für die Haare, Creme für die Spitzen, Waschgel für das Gesicht, Serum, Augencreme, Feuchtigkeitscreme für mein Gesicht, Make-up-Täschchen, Zahnbürste und so weiter. Ich stelle mich mit verschränkten Armen vor mein Werk. *Herrlich, eine Frau zu sein*, grinse ich in mich hinein.
Schnell verlasse ich das Badezimmer. Chris steht schon fertig in der Tür. „Gehen wir?", fragt er ungeduldig.
Ohne einen Ton von mir zu geben, laufe ich schnell durch die Tür. Bevor er es sich anders überlegt …

Der Sand unter meinen Füßen erschwert mir das Laufen. Dennoch lässt sich barfuß jeder einzelne Schritt genießen. Das Meer riecht leicht nach Algen, angenehm typisch nach Ostsee. Die Wellen lassen meine Ohren lauschen und entspannen meine Sinne.
Ein bisschen entspannungsstörend sind die vielen Menschen. Nicht, dass ich etwas gegen Menschen habe, aber es sind so viele, dass ich das Bild, in dem ich mich befinde, wie einen Fischschwarm beschreiben könnte. Der kleine Nachteil an einem Wochenende bei Sonnenschein. Das lockt die Menschen aus ihren Löchern an den Strand.
Wir finden tatsächlich einen Platz zwischen der Menge und lassen uns erleichtert nieder.
Wir starren auf das Meer und erfreuen uns an den Möwen. Ich mag ihre Gesänge. Wenn man das, was sie von sich geben, als Gesang bezeichnen kann.
„Geht es dir gut?", frage ich Chris. Er schaut auf das Meer hinaus und antwortet fast flüsternd „ja".

Wir starren weiter auf das Meer. Dieser Moment könnte ewig anhalten. Ich fühle die Natur, rieche das Meer und empfinde durch und durch Glückseligkeit.
Chris holt eine Thermokanne aus seinem Rucksack.
Er kramt noch etwas in dem Rucksack und zaubert zwei Plastikbecher heraus. Er gibt sie mir.
„Halt mal kurz." Chris öffnet die Thermoskanne und schenkt in jeden Becher Kaffee ein.
„Oh, wie schön. Aber hast du zufällig an Kaffeeweißer oder Milch oder Ähnliches gedacht?" Ich schaue ihn in leicht geduckter Haltung an, denn ich freue mich wirklich, dass er an Kaffee gedacht hat, und möchte nicht unverschämt wirken, wenn ich jetzt auch noch Sonderwünsche habe.
„Kaffeeweißer ist schon im Kaffee." Chris grinst mich breit an.
Ich drücke ihm einen dicken Kuss auf seine Wange. Als Zeichen meiner Freude und Dankbarkeit.
Und so schauen wir wieder verträumt aufs Meer und entspannen bei einem Becher Kaffee.
Chris kramt wieder in seinem Rucksack. Er legt eine Packung Kekse zwischen uns.
Begeistert sehe ich ihn an.
Für Überraschungen ist er noch immer zu haben. Wenn er doch öfter dieser Chris wäre ...
Nach einer Weile Sitzen, Trinken und Naschen steht Chris abrupt auf.
Ich sehe zu ihm auf.
„Komm, wir gehen", sagt er.
„Jetzt sofort? Ah, Okay."
Schnell nehme ich den letzten Schluck meines Kaffees und bewege meinen Hintern.
Chris packt die Thermosflasche zurück in seinen Rucksack und ich renne schnell zum Meer, um die Becher leicht auszuspülen.

Trockenschütteln und fertig. Ich renne schnell zurück und lege die Becher in seinen Rucksack.
Chris greift nach meiner Hand und wir gehen weiter den Strand entlang, Richtung Leuchtturm.

Manchmal frage ich mich, ob ich diese Momente als genauso wunderschön empfinden würde, wenn es sie öfter gäbe. Vielleicht würde ich das Glück nach der Zeit unseres Zusammenlebens nicht mehr so sehr in diesen Momenten empfinden, wenn er immer romantisch, liebevoll und einfach ein netter Typ wäre. Vielleicht ist das auch ein blödsinniger Gedanke und man sollte sich doch lieber jeden Moment des Lebens schön gestalten und genießen. Ich grüble zu viel ...

Es ist bereits spät am Nachmittag und wir gehen eine von vielen Fußgängern genutzte Straße entlang. Auf der linken Seite ist der Hafen. Ein traumhaft schöner Anblick. Die vielen Boote und Schiffe, die Möwen, welche jegliche Angst vor dem Menschen verloren zu haben scheinen. Die Verkaufsfischkutter riechen vermutlich zu gut und sie gehen im Futterwahn jegliches Risiko ein. Ich habe mal gesehen, wie eine Möwe direkt auf einen Mann zugeflogen ist. Vor Schreck ließ dieser sein Fischbrötchen fallen. Eins zu null für die Möwe.
Auf der rechten Seite zieht sich eine Einkaufsmeile entlang. Kleine Boutiquen, ein ganz besonderer, extravaganter Schuhladen, Drogerien, Restaurants und so weiter.
Wir kaufen nichts. Darum geht es auch nicht. Einfach nur schlendern, Eindrücke sammeln und die Gedanken auf unwichtige Dinge fokussieren. Abschalten vom Alltag eben.
Nach einer Weile beenden wir unsere Nichtshoppingtour und gehen wieder in Richtung Leuchtturm.
„Da gibt es ein herrliches Restaurant zum romantisch essen und Wein trinken", schwärme ich.
„Da gehen wir jetzt auch hin", entgegnet Chris lächelnd.

„Cool!" Auf leichten Füßen schwebe ich, wie auf Wolke sieben, zum Leuchtturm. Chris ist etwas steifer. Aber was will man erwarten. Er ist ein Mann. Die sind nicht so kitschig angehaucht wie wir Frauen.
Wir gehen hinein und schauen uns erst um, bevor wir uns für einen Tisch entscheiden. Viele Möglichkeiten gibt es nicht mehr, aber immerhin haben wir einen freien Tisch am Fenster gefunden. Keine Frage, da sind wir uns einig.
Der nett lächelnde Kellner zündet die Kerze auf dem Tisch an und reicht uns die Karten.
„Darf es denn schon etwas zu trinken sein?" Er sieht mich an.
„Ein großes Bier", antwortet Chris.
Schnell schwenkt sein Blick zu Chris. Er notiert das Bier und sieht wieder zu mir.
„Für mich bitte ein Radler." Der Kellner notiert, lächelt und geht.
Wir lesen die Speisekarten.
„Ich kann mich wie immer nicht entscheiden. Klingt fast alles so lecker", stelle ich fest.
Chris klappt seine Karte zu und reagiert nicht auf meine Worte. Vielleicht sollte ich alles als Frage formulieren. Sonst kommt es wahrscheinlich nicht als Wunsch zum Kommunizieren bei ihm an.
„Was nimmst du denn?"
Chris sieht in den Raum. Antwortet nicht.
Betrübt sehe ich erneut in die Karte und entscheide mich nach dem Adlerfangverfahren. Ich schließe meine Augen. Mein rechter Zeigefinger kreist über die Speisekarte, direkt auf die Beute zu.
Mein Fingeradler landet auf dem Tisch. Vielleicht sollte ich die Augen ganz leicht geöffnet halten, um wenigstens die Umrisse der Karte zu sehen.
Chris schaut mit einem mörderischen Blick zu mir rüber.
Meine Hände verschwinden unter dem Tisch. Und ich entscheide mich einfach für … keine Ahnung.

Der Kellner kommt zurück. Ich werde panisch.
Chris bestellt zuerst.
Dann sieht der Kellner zu mir.
„Ähm, ähm, ähm", antworte ich schnell.
Der freundliche Kellner schmunzelt. „Möchten Sie eine Empfehlung?"
„Das Rumpsteak. Ich nehme das Rumpsteak", sage ich schnell, bevor noch jemand auf die Idee kommt, mir Lamm zu empfehlen.
„Ganz tot", lächele ich ihn bittend an.
„Well done?"
„Ja, danke."
Mit einem verschmitzten Lächeln zieht er von dannen.
Chris wirkt mal wieder sehr angespannt. Seine volle Aufmerksamkeit widmet er, wie so oft, seinem Handy.
„Ist alles in Ordnung?", frage ich ihn.
„Wonach sieht es denn aus?", ist seine Antwort. Sein Blick bleibt auf seinem Handy haften.

Dass er es nicht schafft, mal einen ganzen Tag nett zu sein, weiß ich schon. Aber was man macht, wenn sich der Gegenüber im Restaurant nur mit seinem Handy beschäftigt, weiß ich noch nicht. Blöde in der Gegend rumgucken? Auch am Handy spielen? Dafür gehe ich doch nicht essen!

Ich entschließe mich also für das Rumgucken. Das Handy kann ich später noch ziehen. Nur für den Fall, dass hier überhaupt keine Unterhaltung stattfindet.
Mir fällt ein älterer Herr auf, der alleine an einem kleinen Tisch sitzt. Er hat gepflegtes schulterlanges graues Haar. Sein Gesicht kann ich nur als interessant beschreiben. Vielleicht ein Schriftsteller oder so was. Ich starre ihn an und stelle fest, dass er eine Ähnlichkeit mit Anthony Hopkins hat. Aber er ist nicht Anthony Hopkins. Er ist ihm lediglich ähnlich.
Jedenfalls ist er alleine und liest ein Buch. Er wirkt auf mich sehr zufrieden.

Ist es möglich, dass ich auch zufriedener wäre, wenn ich alleine durch die Welt gehen würde? Mit einem guten Buch? Ich meine, wenn man ausschließlich mit sich selbst und einem Buch unterwegs ist, dann hat man doch nur die Erwartung, dass das Buch einen unterhält. Kein Gesprächspartner wird erwartet. Niemand, der einen in den Arm nimmt und romantisch ist. Man erwartet nicht, dass einen jemand zum Lachen bringt.
Ich könnte mir selbst aussuchen, was das Buch in mir auslösen soll. Trauer, Wut, Glücksgefühle, Lachanfälle, Nachdenklichkeit, Schmetterlinge oder was auch immer. Dann habe ich nur noch die Erwartung, dass es mir Spaß macht, das Buch zu lesen. Dass mich das Buch unterhält. Und wenn man schon das Genre aussuchen kann, dann sollte da nicht mehr viel schiefgehen.
Gleich morgen kaufe ich mir ein Buch!

Das Essen wird serviert.
Chris legt sein Handy an die Seite.
Wahnsinn! Er kann auch ohne ...
Als der nette Kellner mir das Essen serviert, sehe ich ihn freundlich an und bedanke mich.
Er geht zu Chris und serviert ihm ebenso sein Essen. Chris sieht auf den Teller. Und nur wenn man die Ohren gut gespitzt hat, kann man ein „Danke" aus seinem Mund hören.
Typisch!, ist das Einzige, was mir dazu einfällt.
Nach ein paar Bissen wage ich zu sprechen.
„Und? Schmeckt dir dein Essen?"
Chris blickt zu mir. „Wonach sieht es denn aus?"
„Entschuldige, ich wollte ja nur auf einfache Art versuchen, ein Gespräch zu beginnen", reagiere ich resigniert.
„Na da hast du dir ein spannendes Thema einfallen lassen. Fragst du mich als Nächstes nach dem Wetter?"
„Nein! Ich wollte doch nur ..."
„Iss!"

Mein Muskeltonus erschlafft und ich esse einfach weiter.
Es fühlt sich seltsam an, wenn man zum Essen und Trinken zusammensitzt, jedoch keiner was sagt. Es fühlt sich ähnlich an, als wenn zwei Fremde zusammensitzen und nicht wissen, was sie sich mit dem anderen unterhalten können. Sie trauen sich kein Thema anzusprechen und Gefühle von Unwohlsein und Scham machen sich in deren Körpern breit.
Ob es ihm auch so ergeht?
Ich denke nicht. Sonst würde er doch versuchen, sich auf einen Smalltalk einzulassen, oder?
Vielleicht sollte ich weniger grübeln und mehr essen.
„Wir können morgen früh in das Bad hier im Ort gehen?"
Es hat gesprochen! Ähm, er, er hat gesprochen! Mit großen Augen sehe ich ihn verwundert an.
„Na dann nicht", sagt er schlecht gelaunt.
„Wieso nicht? Klar können wir morgen früh schwimmen gehen!"
„Warum guckst du mich dann so an wie eine Kuh, wenn es gewittert?"
Oh! Der nervt!
Ruhig bleiben! Atmen. Ganz tief ein und aus! Geht es wieder? Ich denke schon ...
„Ich habe nur kurz nachgedacht", antworte ich. „Und ich finde deine Idee toll!"
„So hast du aber gerade eben nicht geguckt!"
„Entschuldige, ich war verträumt und habe deinen Vorschlag nicht so schnell realisiert", rechtfertige ich mich.
„Vielleicht solltest du dich bei einem Neurologen vorstellig machen?"
„Wie bitte?"
„Man könnte sich schon Sorgen machen, dass bei dir neurologisch etwas nicht in Ordnung ist."
„Okay, das reicht jetzt. Willst du morgen früh baden gehen oder nicht?"

„Nein."
„Auch gut."
„Wieso auch gut? Du wolltest also doch nicht dort hin!"
Wieso habe ich gerade das Gefühl, dass meine einzige Erlösung nur noch darin liegt, seinen Kopf in die Hand zu nehmen und auf die Tischplatte zu hauen?
„Wollen wir das vielleicht morgen früh spontan entscheiden?", frage ich vorsichtig.
„Nein."
„Okay. Andere Vorschläge?"
„Du kannst auch mal etwas vorschlagen!", erwidert er widerlich.
„Gut. Dann gehen wir morgen in das Restaurant an der Strandpromenade frühstücken."
„Weiß nicht", grummelt er vor sich hin.
Ich ziehe es vor, nichts mehr zu sagen.
Chris nimmt wieder sein Handy in die Hand und ich beobachte die Menschen um mich.
Ich brauche auf jeden Fall ein Buch!
„Bestell die Rechnung", befiehlt Chris.
Ich sehe ihn zornig an. Doch er bemerkt es nicht, denn sein Blick bleibt auf seinem Handy haften.
Ich seufze.
Dann suche ich nach dem Keller. Er versteht meine Handbewegung sofort und bringt uns die Rechnung.
Chris zieht sein Portemonnaie aus seiner Hose und bezahlt.
Der Kellner bedankt sich höflich.
Wir ziehen unsere Mäntel an.
Chris geht vorneweg. Draußen angekommen, bietet er mir seinen Arm zum Einhenkeln an.
Ich nehme schnell an, bevor er es sich anders überlegt.
Wir schreiten gemütlich zum Hotel.
Ich schiele ab und an zu ihm rüber. Er lächelt etwas.
Vielleicht hat sich seine Laune wieder gebessert?! Hoffe ich ...

Chris schließt die Tür zum Hotelzimmer auf und lässt mich gentlemanlike zuerst reingehen. Wir hängen unsere Mäntel an die dafür vorgesehen Haken an der Wand, ziehen unsere Schuhe aus und gehen ins Schlafzimmer. Ich beobachte, was er macht. Er legt seine Kleidung ab. Ich mache es ihm nach. Nackt legen wir uns ins Bett und kuscheln uns unter eine Decke. Ich bin froh, dass er wieder besser drauf ist. Aber sexuell bin ich nicht erregt. Nach der Laune heute Abend doch verständlich, oder?
Chris berührt mich zwischen meinen Schenkeln. Er denkt nicht einmal daran, dass wir uns zur Einstimmung küssen könnten oder wenigstens kurz streicheln. Ich überlege einen Moment, ob ich ihm sagen solle, dass mich sein Betatsche gerade nicht erregt. Es fühlt sich eben eher wie ein Betatsche an. Aber dann wird er nur wieder böse und fühlt sich angegriffen. Also lasse ich es über mich ergehen. Er signalisiert mir mit einem Drücken, dass ich aufsitzen soll. *Och! Ich habe doch noch keine Lust! Aber was soll es ... Besser als miese Stimmung vor dem Zubettgehen ...*
Ich setze mich auf und lasse ihn in mich eindringen. Mit vorsichtigen Bewegungen steigert sich seine Lust. Bei mir erregt sich nichts. Ich bin vielmehr genervt. Genervt darüber, dass Sex mit einem schnellen Gegrapsche beginnt. Genervt darüber, dass er mich nicht küssen mag. Genervt darüber, dass es ihn nicht interessiert, was mir gefallen könnte. Und dann auch noch genervt darüber, dass ich für seine Befriedigung arbeiten muss.
Sind das rein egoistische Gedanken?
Chris hebt seinen Kopf und leckt meine Brust. Erschreckenderweise muss ich feststellen, dass es mich anwidert und nicht antörnt. Unauffällig hebe ich meinen Oberkörper und versuche, sexy auszusehen.
Meine Bewegungen werden schneller und schneller. Ich spiele ihm die wild gewordene Ehefrau und hoffe nur, dass es ganz schnell vorbei ist.

Und das ist es dann auch. Ich steige von ihm runter und lege mich auf meine Seite. Ich schließe die Augen und spiele ihm die völlig fertige Frau vor. Dabei kreisen meine Gedanken um das eben Geschehene.

Hoffentlich bin ich heute einfach nur nicht gut drauf. Was ist, wenn ich meinen Mann jetzt schon ekelerregend finde? Ich muss ihm bei nächster Gelegenheit in Ruhe erklären, dass ich manchmal mehr brauche als nur einen Griff in den Schritt. Vor allem nach einem solchen Tag. Hätte ich das gerade eben getan, wäre er sicher wütend geworden und ich hätte nicht schlafen können. Weil wir uns sonst im Streit nebeneinandergelegt hätten. Und solch eine weitere Nacht möchte ich so schnell nicht erleben. Eigentlich möchte ich eine solche Nacht nie wieder erleben. Aber der eine oder andere Streit wird sich wohl oder übel nicht vermeiden lassen. Hoffentlich wird der nächste Streit nicht so dermaßen ausarten ...

„Guten Morgen, Schatz."
Ich öffne mit aller Kraft mein rechtes Auge.
„Wie spät ist es?", frage ich müde.
Ist es noch dunkel? Es sieht so dunkel aus.
Chris steht auf und öffnet die Vorhänge.
Fassungslos lasse ich meinen Kopf wieder ins Bett fallen.
Es wird gerade mal hell!
Er legt sich wieder zu mir und flüstert mir ins Ohr:
„Ich habe schon unsere Taschen gepackt."
Mein rechtes Auge öffnet sich erneut quälend.
„Reisen wir ab?"
„Dummerchen. Natürlich nicht. Wir stehen jetzt auf und fahren ins Bad."
„Was?"
„Aufbereitetes Salzwasser. Whirlpool. Und ein Außenbecken mit Ostseeblick."

Okay, jetzt bin ich wach ...
„Und da möchtest du jetzt hin?"
„Ja. Das Bad öffnet um sieben. Wir fahren jetzt dort hin, entspannen und schwimmen eine Runde oder zwei, und dann gehen wir frühstücken."
„Und ich soll jetzt nur noch aufstehen?"
„So sieht es aus."
„Gut."
Ich drücke ihm noch einen Kuss auf seine zarten Lippen und verschwinde im Badezimmer.
Trotz der frühen Weckaktion bin ich glücklich und freue mich auf den Tag.
Es fühlt sich unendlich gut an, wenn Chris so lässig ist. Wir sollten öfter ausbrechen und Zweisamkeit genießen. In der Hoffnung, dass er den heutigen Tag durchhält.
Ich spucke die Zahnpasta ins Waschbecken und sehe mich lächelnd im Spiegel.

Auf, in einen schönen Tag!

Im Schwimmbad angekommen, ziehen wir uns in getrennten Umkleiden um. Gerade als ich zur Frauendusche gehe, kommt mir Chris entgegen.
Er lacht und sieht gleichzeitig peinlich berührt aus.
„Was? Was ist denn los?" Ich weiß noch nicht, um was es geht, aber sein breites Grinsen steckt mich sofort an.
„Da duscht eine Frau in der Männerdusche."
„Dann geh rein und sag ihr, dass sie sich verirrt hat", sage ich erschrocken und belustigt zugleich.
„Das geht nicht", flüstert Chris. „Sie ist nackt."
Ich muss laut lachen.
„Okay, ich mach das", sage ich entschlossen.

Ich bewege mich zur Männerdusche und sehe tatsächlich eine splitternackte Frau.
„Entschuldigung!"
Vielleicht sollte ich etwas lauter reden. Immerhin hört sie nur Wasser plätschern.
„Entschuldigung!", schreie ich sie an.
Sie dreht sich erschrocken um und sieht mich mit großen Augen an.
„Mein Mann würde sich gerne duschen!"
Jetzt sieht sie mich verwirrt an.
„Sie sind in der Männerdusche!"
Ich zeige auf ein Schild mit einem gemalten Bild, welches ganz offensichtlich auf einen duschenden Mann hindeutet.
Die junge Frau hält sich vor lauter Scham ihre Hand vor den Mund und schnappt sich ihr Handtuch.
Sie entschuldigt sich reumütig und verlässt die Dusche mit gesenktem Kopf.
Ich winke ab und gebe ihr zu verstehen, dass alles gut ist.
Ich gehe zur Frauendusche und gebe Chris Handzeichen auf dem Weg dort hinein.
Lächelnd geht er zur Dusche.

Ich gehe aus dem Duschraum in den Badesaal. Vor mir sehe ich ein großes Schwimmerbecken. Ich laufe rechts an dem Becken vorbei und komme auf zwei viereckige Whirlpools zu, wobei nur einer whirlt. Chris hat sich schon in der anderen Ecke des Raumes Liegen gesichert. Ich gehe zu ihm, breite mein Handtuch aus und lege mich auf eine der Liegen. Mir ist kalt. Ich versuche, mich abzulenken, und schaue nach draußen. Vor mir ist das Außenbecken zu sehen. Und direkt dahinter die Ostsee. Traumhaft!
„Los! Komm!", befiehlt Chris. Er steht wie ein Soldat vor mir. Ein halb nackter Soldat.
„Was? Wohin denn?", frage ich erschrocken.

Er lacht. „Na ins Wasser!"
„Oh je! Mir ist jetzt schon kalt."
„Jetzt benimm dich nicht so mädchenhaft!"
Kleinlaut antworte ich: „Aber ich bin ein Mädchen."
Chris wirft mir einen bösen Blick zu.
Schnell bewege ich mich von der Liege und laufe ihm hinterher.
„Das ist das Außenbecken!", sage ich erschrocken.
„Gut erkannt", entgegnet Chris genervt.
Vielleicht sollte ich jetzt einfach meinen Mund halten und meine Zähne zusammenbeißen!

Ich gehe nach Chris ins Wasser.
*Es ist sehr kalt! Huuu!!! Kalt, kalt, kalt!
Nein. Es ist warm. Es ist warm ...*, rede ich mir ein.
Ich gehe weiter rein.
*Es ist warm. Es ist warm ... Es funktioniert nicht! Es ist arschkalt!
Einfach schwimmen! Einfach schwimmen! Einfach schwimmen ...*
Chris sieht mich verstört an.
Sch... Ich habe laut gesungen.
Ich beiße mir auf die Lippe und versuche, mich so viel wie nur möglich zu bewegen.
Chris schüttelt seinen Kopf. Er schwimmt zum anderen Ende und bleibt am Rand hängen. Die einzige Stelle, die von der Sonne geliebkost wird.
Ich schwimme zu ihm, will in seinen Armen landen. Doch sein Blick verrät mir, dass er das jetzt nicht cool findet. Ich stelle mich vor ihn und gucke ihn mit meinem hochprofessionellen Dackelblick an. Dann spüre ich die unerbittliche Gänsehaut an meinem Körper und gebe auf. Ich schwimme vor seiner Nase rum. Mal nach rechts. Dann nach links. Dann nach rechts. Dann nach links. Dann nach rechts.

„Okay! Okay! Du Weichwurst!", sagt er plötzlich und verlässt seinen Sonnenplatz. Er schwimmt zum Eingang. Ich schwimme ihm schnell hinterher. Chris geht rein und steuert auf den einen whirlenden Whirlpool zu.
Jippppiiieee!!!! Warmer Whirlpool!!!
Ich trete ins Wasser.
Okay! Lauwarm!
Schnell tauche ich bis zu meinen Schultern in das Wasser ein.
Für einen Moment fühlt es sich warm an. Immerhin ist es wärmer als das Außenbecken. Aber schnell wird mir klar, dass die Temperatur in dem Whirlpool nicht annähernd so warm ist, wie ich es gebraucht hätte.
Kurzentschlossen rücke ich näher an Chris. Ich kuschle mich an ihn. Zumindest versuche ich es. Er rückt immer wieder ein Stück von mir weg.
„Musst du immer auf mir rumtrampeln?", fragt er ernsthaft.
Ich knicke ein. „Ich wollte mich doch nur anlehnen und deine Nähe genießen."
„Meine Nähe kannst du auch genießen, ohne ständig an mir dranzuhängen", belehrt er mich.
„Na gut", entgegne ich ihm nur und setze mich traurig daneben, ohne ihn zu berühren.
Er legt seinen Arm um mich und sagt: „Da brauchst du nicht immer rumzuzicken. Ist doch alles gut."
Ich lächle ihn künstlich an. „Japp." Frage mich allerdings, was er schon wieder mit Rumzicken meint. Aber mein Verstand sagt mir, dass ich meine Gefühle und Gedanken bei mir behalten sollte. Außer, ich wolle einen Streit provozieren …
Der Whirlpool hört auf zu whirlen.
Wir gehen raus und legen uns wieder auf die Liegen, mit direktem Blick zur Ostsee.
Chris nimmt sein Handy aus seiner Badetasche und verschwindet in die mobile Welt.

Ich habe nach wie vor kein Buch.
Obwohl ich hier eine traumhafte Aussicht genießen könnte, schließe ich meine Augen und beginne zu träumen.

Ich sehe einen Mann. Wie er aussieht, sehe ich nicht. Das ist mir auch egal. Ich sehe, wie er auf mich zukommt. Wie er seine Hände an meine Wangen hält und mir tief in die Augen schaut. Ich fühle die Schmetterlinge in meinem Bauch tanzen. Er küsst mich leidenschaftlich ...

Erschrocken vor mir selber blicke ich auf. Ich sehe zu Chris. Er hängt nach wie vor an seinem Handy. Ich sehe zur See und frage mich, was da in mich fährt, dass ich solche Gedanken habe. Und ob es verwerflich ist, bei den Erfahrungen, die ich gerade mit meinem Mann mache. *Eigentlich schon, denn wir sind verheiratet. Aber es fühlte sich gerade so gut an, dass ich aufs Träumen nicht verzichten möchte ...* Und so träume ich frech weiter vor mich hin ...

Im Restaurant angekommen, bestellen wir gleich das große Frühstück für zwei Personen. Chris wirkt seit einer kurzen Weile wieder völlig entspannt. Ich hoffe, das hält eine Weile an, und versuche einfach, den Moment zu genießen.
„Ich würde mir gerne ein neues Buch kaufen", platzt es aus mir raus.
Chris sieht mich verwundert an.
„Was? Sehe ich so aus als könnte ich nicht lesen?", frage ich ihn frech.
Er lacht und antwortet: „Es fällt mir schwer zu glauben, dass du Buchstaben zusammenfügen und ein Wort daraus entschlüsseln kannst."
„Oh hey!" Ich haue spielerisch auf den Tisch und wir lachen, wie wir es selten gemeinsam tun.

„Und wolltest du mir damit jetzt noch etwas sagen? Brauchst du eine Empfehlung? Die Fibel zum Beispiel. Die kann ich dir für den Anfang empfehlen. Ist nicht ganz leicht zu lesen, aber ich helfe dir, wenn du magst."
„Sarkasmus steht dir gut!"
Diese Seite liebe ich an ihm. Wenn er unbeschwert irgendeinen Schwachsinn erzählt und wir beide uns daran freuen können.
„Ich wollte dich nur bitten, nach dem Frühstück mit mir in den Buchladen zu gehen. Vielleicht finden wir die Fibel ja?!" Ich kann nicht ernst bleiben.
„Ja, können wir machen", antwortet er, ohne einen Ton von Sarkasmus, Boshaftigkeit oder sonst irgendetwas, was mich hätte verärgern können.
Erstaunt über seine positive Reaktion, widme ich mich dem Frühstück.
„Was grinst du so?", fragt Chris lachend.
„Ich freue mich nur", antworte ich, weiter vor mich hingrinsend.
„Warum?"
„Weil ich den Moment mit dir genieße."
„Ah ja?" Etwas erstaunt sieht er mich an. Doch wendet er seinen Blick schnell wieder von mir ab und widmet sich ebenso seinem Frühstück.
Ich ziehe es vor, lieber nichts mehr zu sagen. Jedes falsche Wort könnte die gelassene Situation stören. *Ist es denn eine echte gelassene Situation, wenn man Angst davor hat, das Falsche zu sagen? Ist es dann nicht doch eher eine verkrampfte Situation, die sich nach außen als gelassen darstellt?*
Ich atme schwer. Chris sieht fragend zu mir. Erschrocken sehe ich ihn an und schüttle schnell meinen Kopf. Chris isst weiter.
Ich grüble einfach zu viel ...

V

„So, ich bin fertig." Chris sagt dies mit den Händen in die Hüften gestemmt.
„Hast du alles? Handy, Schlüssel, Portemonnaie, Schlüpfer, Hemden, Hosen, Notizbuch, Stifte …?"
„Ich bin erwachsen!", antwortet Chris genervt.
„Entschuldige, hast ja recht! Ich komme noch mit vor die Tür zum Winken."
Ein unruhiges Bauchgefühl drängt sich auf, während wir nach draußen gehen. Aber ich kann nicht sagen, was dieses Bauchgefühl auslöst.
Chris wirft seine Reisetasche in den Kofferraum und stellt sich im Anschluss an seine Fahrertür. Ich falle in seine Arme und genieße seinen Duft.
„Tschüss, mein Schatz", sagt er und drückt mir einen Kuss auf die Stirn.
„Tschüss, mein Schatz. Und melde dich, wenn ihr angekommen seid."
„Ja, mach ich." Er lächelt noch einmal für mich und drückt mich vorsichtig von sich.
Schnell setzt er sich ins Auto und startet den Motor. Chris winkt kurz. Dann verschwindet er.

Wieso bin ich nicht einfach froh, wenn er aus dem Haus ist?
Wieso bin ich nicht einfach froh darüber, dass ich mich bewegen kann, wie ich will, reden kann, wie ich will? Reden? Mit wem? Egal! Wieso kann ich diese Ruhe nicht einfach genießen?
Stattdessen grüble ich, vermisse ich ihn, beginne ich, mich einsam zu fühlen.
Das beste Mittel gegen Einsamkeit ... Plattenspieler!!!

Elvis Presley – Blue Suede Shoes

Schon mit dem ersten Ton verfliegt meine Unruhe!

Das Wohnzimmer wird zu meiner Tanzfläche.
Herrlich, wenn man in einem Haus wohnt! Keine nervigen Nachbarn!
Musik lauter! ...
Das Haus. Meine Tanzfläche.
Mein Kopf wird freier und freier!
Ich tanze zum Kleiderschrank, ziehe mein Petticoat heraus und tanze zum Schuhschrank. Dann ins Badezimmer. Lockenstab und Make-up.
Wieso?
Einfach nur so. Weil ich gerade Lust darauf hab ...
Alle Gedanken, jegliches Grübeln haben sich vollständig aufgelöst. Mein Kopf ist frei von allem. Ich genieße nur noch!
Und ich tanze! Und tanze! Und tanze!

Völlig erschöpft vom Ausflippen, tanze ich leicht beschwingt zum Fernseher. Schalte ihn und den Videorecorder ein. *Ja, den guten alten Videorecorder habe ich noch ...*
Werfe mich auf die Couch und drück auf Play.
‚Dirty Dancing' ... perfekt ...

Es klingelt.
Wieso klingelt es? Es klingelt nie!
Ich bewege mich nicht.
Es klingelt erneut.
Ich bleibe steif auf der Couch sitzen.

Mein Handy klingelt.
Anruf Steffi
Nein! Wie konnte ich Steffi nur vergessen?! Ich vergesse Steffi nie!
Erschrocken sehe ich an mir herunter.
Sie wird glauben, ich sei verrückt geworden! Was mache ich denn jetzt? Ich kann doch nicht in diesem Outfit vor die Tür gehen!

Aber ich kann sie auch nicht einfach so gehen lassen! Wir sehen uns viel zu selten! Und jetzt habe ich endlich wieder Zeit für sie! Ach was soll es! Sie kennt mich. Sie weiß, dass ich verrückt bin. Sie wird es vielleicht nicht mal merken.
Ich stehe auf und erhebe meinen Kopf.
Es ist alles normal! Es ist alles normal! Es ist alles ...
Langsam und vorsichtig öffne ich die Tür. Ich stecke meinen Kopf zwischen die leicht geöffnete Tür.
Eine hübsche junge Frau mit langen, braunen, dicken, aalglatten Haaren bis zum Hintern steht vor mir. Ihre blauen Augen strahlen. Mit dem Baby auf dem Arm sieht sie noch immer wie meine Steffi aus, nur irgendwie erwachsener.
„Hey!", begrüßen und umarmen wir uns.
„Komm rein!"
Ich trampele nervös auf dem Boden rum.
Steffi lacht wie immer. Dann schreitet sie langsam ins Haus.
„Wow!", sagt sie mit weniger Begeisterung.
„Was?", frage ich verunsichert. Randaliert habe ich doch gar nicht bei meinem Tanzausbruch. Es ist sauber, alles an seinem Platz. Bis auf die Fernbedienung. Aber das kann sie nicht wissen.
„Du warst noch nie hier, fällt mir gerade auf!", sage ich erstaunt.
„Wir treffen uns immer woanders, wenn wir uns mal treffen. Oder du kommst zu uns nach Hause. Aber in deiner vorherigen Wohnung war ich öfter zu Besuch."
Sie sieht sich um.
„Möchtest du Kaffee oder Tee?"
„Ich nehme Kaffee, bitte."
Ich gehe in die Küche. Steffi folgt mir.
„Kann ich dir helfen?"
„Oh nein. Du hast doch deine süße Maus auf dem Arm. Ich mach das schon. Ich hab noch Schokoladenkuchen. Lust?"
„Ja", antwortet sie mit weit aufgerissenen Augen.

„Setz dich doch ins Wohnzimmer", sage ich, während ich den Kuchen rübertrage.
Schnell decke ich den Tisch und setze mich zu ihr.
„Hier sieht nichts nach dir aus", sagt Steffi.
Verwirrt sehe ich sie an. „Wie meinst du das?"
„Ich habe mit ein paar Bildern von Elvis gerechnet. Oder wenigstens ein paar Möbeln im Rock 'n' Roll-Stil. Das sieht schon merkwürdig aus. Du siehst nach wie vor aus wie die Rockabella von früher. Aber alles um dich herum sieht modern aus. Das muss ich unbedingt nachher fotografieren."
„Oh, na ja. Sonst trage ich die Haare nicht so. Das Kleid habe ich auch seit Jahren nicht getragen. Aber es passt noch", behaupte ich stolz.
Dann knicke ich ein. „Es hat sich viel verändert. Chris kann das nicht ausstehen", sage ich, während ich an meinem Kleid zupfe.
Dann beginne ich zu lächeln. „Als er vorhin gegangen ist, bin ich etwas durchgedreht. Ich wollte wissen, wie es sich angefühlt hat."
„Und?"
„Und was?"
„Wie fühlst du dich?"
„Jetzt in diesem Moment etwas seltsam. Aber vorhin! Unbeschreiblich! Ich bin völlig abgedriftet! Ich habe mich frei gefühlt, sexy und gelassen. Toll!", schwärme ich.
„Toll!", freut sich Steffi.
„Und wie geht es dir sonst so?", fragt Steffi.
„Ja, geht. Die üblichen Probleme. Aber Hauptsache gesund", antworte ich abwinkend.
„Na das klingt aber nicht so gut", entgegnet sie besorgt.
„Ah, dass er weg ist, ist eigentlich kein Problem. Aber ich hab dir doch mal von dieser Francesca erzählt."
„Ach hier, die mit ihm mal ausgegangen war", unterbricht sie mich.
„Ja, genau die."

„Ich denke ja immer noch, dass da was gelaufen ist. Immerhin hat er nicht die Wahrheit gesagt. Hätte sie sich nicht verquatscht, dann wüsstest du von ihrem gemeinsamen Abend wahrscheinlich bis heute nichts."
„Ja, wahrscheinlich", entgegne ich leicht bedrückt. „Jedenfalls sind alle Anwälte aus der Kanzlei zu diesem Seminar und Francesca, als einzige KollegIN, ist auch mitgefahren.
Zusätzlich gibt es bei uns zu Hause ständig Streit. Also wir zicken uns nicht nur ständig an, sondern streiten richtig schlimm mitunter. Er hat sich da manchmal nicht so unter Kontrolle." Mein Kopf senkt sich.
„Wie meinst du das?", fragt Steffi. Allerdings so, als ahne sie schon, wie schlimm der Streit ausartet.
„Na ja, manchmal wird er etwas grob beim Streiten. Das macht mir schon Sorgen." Ich hebe meinen Kopf wieder. „Aber egal. Sonst geht es mir gut. Wie geht es dir denn?"
Steffi lässt sich schnell auf den Themenwechsel ein, denn sie spürt, dass ich nicht weiter darüber reden möchte.
„Ach, uns geht es gut. Anna schläft gut in der Nacht, ist gesund und unser ganzer Stolz."
Sie sieht durch und durch glücklich aus.
„Und was machst du die Woche mit so viel Freizeit?", fragt Steffi.
„Das weiß ich noch nicht. Wollte mal ein bisschen spontan sein. Vor allem will ich Entscheidungen treffen. Nur für mich und ausschließlich nach meinem Geschmack."
„Das klingt gut. Wird dir guttun. Mach das mal. Und wenn dir langweilig wird, rufst du an und wir machen uns was aus."
„Na genau. Ich hab übrigens gelesen, dass am Wochenende wieder das jährliche Rock 'n' Roll-Festival auf dem Schloss stattfinden soll."
„Das ist doch genau das Richtige für dich", meint Steffi.
„Ja, aber ich hab noch keine Begleitung." Ich lächele sie Zähne zeigend an.

„Ach, für mich ist das nichts. Und Anna möchte ich mit ihrem Papa auch noch nicht alleine lassen", entschuldigt sie sich.
Ich zwinkere sie bittend an. Ihr Gesichtsausdruck ändert sich nicht.
„Nicht schlimm", winke ich ab. „Vielleicht finde ich noch eine Begleitung. Alleine mag ich nicht hinfahren. Aber ich muss das mal nutzen, wenn Chris nicht da ist", lächele ich sie an.
„Ich finde es gut. Mach das mal."
Es ist sehr gut, dich mal wiederzusehen. Meine liebe Steffi, die es immer ehrlich und gut mit mir meint. Solche Freunde findet man nur sehr selten. Ich bin unendlich dankbar, dass du, egal ob es mir gut oder schlecht geht, ob ich grad eine gute oder schlechte Meinung oder Laune habe, immer für mich da bist. Danke!
„Hallo? Bist du noch anwesend?"
Steffi hält die Kaffeekanne so, als würde sie mir gerade etwas einschenken wollen.
„Was?"
„Ob du noch Kaffee möchtest?" Sie lacht. „Wo bist du denn gewesen?"
„Weißt du, ich bin einfach so unendlich froh, dich zu kennen."
Sie sieht mich verwirrt an. Ich drücke sie ganz fest.
„Ah, entschuldige. Ja, ich nehme noch einen Kaffee."
Sie lacht immer noch.
„Na, dich kriegen wir wohl nicht mehr groß", stellt sie lachend fest.
„Ich denke, nicht", gebe ich zu.

„Guten Morgen, Becky!"
„Guten Morgen, Diana!"
Diese nette Begrüßung ist schon das Aufstehen wert ...
Und keine Ziege kann mir über den Weg laufen ...
Herrlich!!!

Der Arbeitstag wird kurz. Vielleicht sollte ich mich heute nach einer Begleitung zum Kaffee umsehen. Oder ich geh einfach alleine. Mit einem guten Buch ... mal sehen ...

Dieses nervige Ding von Handy ...

„Oh, guten Morgen, mein Schatz", antworte ich meinem Handy, bevor Chris überhaupt was sagen kann.
„Guten Morgen. Ich dachte, du meldest dich heute noch vor der Arbeit bei mir", entgegnet er vorwurfsvoll.
„Zu der Zeit, als du aufstehen musstest, habe ich noch geschlafen. Und mit Beginn deines Seminars bin ich erst aufgestanden", rechtfertige ich mich.
„Ach so. Na dann."
„Hast du gut geschlafen?" frage ich neugierig.
„Ja ging. Alleine!"
„Was ist das denn für eine Antwort?"
„Na du wolltest doch sicher wissen, ob ich alleine geschlafen habe."
Schlechte Laune, na super ... Keine Oberziege im Haus, dafür ein genervter Ehegatte am Handy!
„Wieso denkst du immer so blöd? Ähnliches hast du mir gestern Abend auch schon am Telefon vorgeworfen. Dabei hab ich nichts in der Richtung gesagt."
„Ich weiß eben, wie du denkst."
„Du weißt offensichtlich sehr wenig über mich!"
Meine Wut über so einen dummen morgendlichen Anruf kann ich nicht verbergen. Es nervt, wenn der Tag so beginnt.
„Dass du ein Problem mit Francescas Aufenthalt hier hast, kannst du nicht abstreiten."
„Das streite ich auch nicht ab. Umso wichtiger ist mir, dass wir wenigstens normal miteinander umgehen. Schon alleine deswegen versuche ich, bloß nichts Falsches zu sagen. Aber anscheinend ist

das unmöglich, denn du verstehst eh nur das, was du verstehen willst. Da kann ich ja nur verlieren."
„Das ist doch kein Kampf, Rebecka!"
„Oh, jetzt sagst du Rebecka! Natürlich ist das kein Kampf! Ich möchte einfach nur mit meinem Ehemann kommunizieren können. Ohne, dass mir jedes Mal irgendetwas unterstellt wird. Außerdem ist die Frage, ob der andere gut geschlafen hat, ja schon fast eine Floskel, um erst einmal in ein Gespräch einzusteigen."
„Na ja! Wenn du keine schlaueren Themen hast."
Jetzt schnellt mein Puls in die Höhe ... regt der mich auf ...
Aufgelegt ... Ich hab einfach aufgelegt.
Verdutzt über mich selbst, starre ich mein Handy an.

Das Handy klingelt. Chris.
Nein, dafür habe ich jetzt keinen Nerv mehr.
Ich schalte das Handy aus.
Kurz darauf bekomme ich ein schlechtes Gewissen.
Ich schalte das Handy wieder ein.
Nichts. Keine Nachricht. Einfach nichts ...
Ich wähle seine Nummer, denn so kann ich nicht arbeiten.
„Ja, Martini."
Als ich seinen genervten Ton höre, wandert mein Finger zum roten Hörer. Aber ich kann ihn noch bremsen und wage es nicht, wieder aufzulegen.
„Hey", sage ich kleinlaut.
„Was ist?", entgegnet Chris genervt.
„Können wir nicht wieder normal miteinander umgehen?"
„Ja, das hoffe ich. Wenn du deine Eifersucht in den Griff bekommst. Und nicht wie ein unerzogener Teenager auflegst."
Durchatmen, Becky ...
Tief durchatmen ...
„Ich leg nicht auf", entgegne ich weiter ruhig. Meine freie Hand greift kraftvoll in den Bürostuhl.

„Gut, jetzt muss ich aber leider los. Die Frühstückspause ist vorbei. Wir können heute Abend telefonieren, okay?"
„Ja, okay. Bis dann. Ich liebe dich."
„Ja, Kuss."
Er legt auf.

Das Handy klingelt erneut.
Misstrauisch gucke ich das nervige Ding an.
Steffi!
Meine Mundwinkel ziehen sich automatisch nach oben. Nicht bis zu den Ohren, aber fast.
„Hallo Steffi!"
„Na, Becky? Hast du die Nacht alleine gut überstanden?"
„Ja, herrlich. Keiner schnarcht neben mir und ich kann mich überall bewegen und Krach machen, wie ich will. Ohne ein Meckern zu hören", antworte ich, von ihrer Fröhlichkeit angesteckt.
„Klingt toll!"
„Und rufst du an, weil du mir doch sagen möchtest, dass du mich am Wochenende zum Rock 'n' Roll-Festival begleitest?"
„Äh, nein. Tut mir leid", entschuldigt sie sich. „Hast du wirklich niemand anderes, mit dem du da hingehen kannst?"
„Nein. Aber ist wirklich nicht schlimm. Vielleicht schaue ich dann nur mal einen Tag dort vorbei. Mal sehen", sage ich etwas traurig.
„Na gut! Also nur für den Fall, dass du sonst niemand anderen überzeugen kannst, aber bitte versuche es wenigstens, begleite ich dich."
„Aber ich dachte, du wolltest Anna nicht mit ihrem Papa alleine lassen. Sie ist doch noch so klein. Ich verstehe das!"
„Ja, ich weiß. Aber wenn du dich damit zufriedengibst, nur einen Nachmittag hinzufahren, dann kann ich dich mit Anna begleiten."
„Okay, ich suche mir jemand anderes", antworte ich schnell. Ich merke, dass das gerade ziemlich abwertend klang, und muss über mich selbst lachen.

„Entschuldige!", sage ich schnell. „Ich meinte nur, dass ich liebend gerne mit dir da hingehe. Nur für den Fall, dass sich zufällig noch jemand findet, der das ganze Wochenende mit mir dort verbringt, müsste ich dich abservieren."
Steffi muss lachen. „Ja, das ist okay! Dann muss ich da wenigstens nicht hin."
Wir lachen.
„Hey!", unterbreche ich unser Gegackere. „Eigentlich wollte ich heute mit einem guten Buch Kaffee trinken gehen. Aber ich habe mir soeben überlegt, ob deine Begleitung nicht etwas besser wäre?"
„Wahrscheinlich unwesentlich. Aber klar. Ich bin im Babyjahr. Ich habe Zeit und muss es ausnutzen, dass du mal Zeit hast."
„Super! Ich hol dich ab!"
„Ja ist gut. Ich freue mich! Bis dann!"
„Ich mich auch! Bis dann!"
Ich weiß jetzt gar nicht, warum sie eigentlich angerufen hat ...
Bin ich eine schreckliche Freundin!
Aber sie wird es mir sicherlich heute Nachmittag erzählen.

Herrlich! Es ist um zwei Uhr Nachmittag und ich verlasse meinen Schreibtisch.
Ich gehe die Treppen hinunter und sehe Diana am Empfang stehen.
„Einen schönen Feierabend, Diana!"
Schnell laufe ich an ihr vorbei.
„Warte doch mal kurz!", ruft Diana mir plötzlich hinterher.
Erschrocken drehe ich mich zu ihr um.
„Komm mal her", sagt sie leiser und winkt mich zu sich.
Neugierig stehe ich vor ihr. „Was ist denn los?"
„Nichts passiert. Keine Panik", winkt sie ab. „Die Anwälte sind nicht da."

„Dass ich das wissen sollte, überrascht dich nicht, oder?", entgegne ich ihr mit einem Hauch Zynismus.
„Ja, ja, ich weiß. Was ich sagen wollte ..." Sie macht eine kurze Pause. So, als würde sie überlegen, ob sie mir jetzt wirklich etwas sagen wollte.
„Na oder fragen vielleicht eher."
„Na nun raus mit der Sprache. Und spann mich nicht so auf die Folter", sage ich kichernd.
„Na, auf jeden Fall bleiben die Büros nicht den ganzen Tag geöffnet. So viel ist ja nicht zu tun. Also wenn die Anwälte nicht da sind, hält sich die Arbeit ja doch sehr in Grenzen."
„Kannst du mir einen Gefallen tun?", unterbreche ich sie vorsichtig. „Kannst du bitte auf den Punkt kommen?"
„Ja, na klar", antwortet sie nervös.
„Okay. Das ist jetzt vielleicht ein bisschen seltsam für dich, weil wir uns ja nicht wirklich gut kennen. Aber du hast vielleicht auch Langeweile die Woche? Wir können doch mal nach Feierabend einen Kaffee trinken gehen. Oder mal abends was essen oder trinken. Was hältst du davon?"
Sie sieht sehr unsicher aus.
„Gute Idee! Sehr gerne. Also Abendessen und einen kleinen Drink nehmen wäre heute von meiner Seite aus perfekt. Mein Kühlschrank ist eh leer. Und so spare ich mir das Einkaufen", zwinkere ich ihr zu.
Ihre Augen strahlen.
„Freu mich. So gegen um sieben Uhr heute Abend beim Italiener auf dem Platz mit dem Brunnen?"
„Den kenn ich gar nicht." Ich überlege kurz.
„Da gehe ich am liebsten essen", schwärmt sie.
„Ja dann probiere ich den mal aus. Bis heute Abend, um sieben."
„Super, ich bestelle sofort einen Tisch."
„Na der muss aber beliebt sein, wenn du in der Woche für zwei Personen einen Tisch reservieren musst", spaße ich.

Sie sieht mich mit großen Augen an. „Ja! Manchmal bekommt man selbst in der Woche ehrlich keinen Tisch. Und jetzt, wo das Wetter einigermaßen warm ist, kann man auch draußen sitzen. Trotzdem ist sehr oft so viel los, dass man selbst draußen nichts mehr bekommt."
„Gut, dann bestell. Wir treffen uns dort."
Heiter gehe ich weiter ...

Als ich gerade am Brunnen ankomme, sehe ich auch schon auf der gegenüberliegenden Seite ein italienisches Restaurant.
Und wie recht sie hatte. Es sind viele Gäste dort. Sogar draußen kann ich von hier aus keinen freien Tisch sehen.
Ich schaue noch einen Moment, ob Diana zu sehen ist.
Da läuft sie um die Ecke neben dem Restaurant.
Ich beschließe, noch einen Moment stehen zu bleiben.
Sie wird von einem Mitarbeiter des Restaurants mit offenen Armen empfangen. Küsschen links. Küsschen rechts.
Und er führt sie draußen an einen Tisch. Mit einer angenehmen Geste bietet er ihr an, sich zu setzen.
So gerne ich auch mal beobachte, sollte ich doch langsam mal rübergehen ...

Diana strahlt wie die Sonne, als sie mich sieht, und steht sofort auf. Sie läuft um den Tisch und drückt mich zur Begrüßung.
„Oh, ich freu mich so, dass wir uns mal treffen!"
„Ich freu mich auch", entgegne ich ihr lächelnd.
Wir setzen uns.
„Magst du Lachs?", fragt Diana.
„Ja. Sehr gerne sogar."
„Darf ich dir etwas empfehlen?", fragt sie weiter aufgeregt.
„Natürlich."
„Wissen Sie schon was zu trinken?", fragt der Kellner höflich.
Diana antwortet sofort.

„Ja, auch zu essen." Sie schlägt keine Karte auf und bestellt sofort. „Wir nehmen beide den Lachs in Weißweinsauce mit Spinat, dazu einen passenden Wein und eine Flasche Wasser", sagt sie dem Kellner. Dann dreht sie sich schnell zu mir und fragt: „Du magst Spinat?"
„Ja."
„Welche Beilage?"
Ich sehe zu Diana. Sie wirkt sehr aufgeregt. „Rosmarinkartoffeln", antwortet sie schnell.
„Für mich auch."
„Vielen Dank." Lächelnd geht er wieder.
„Du scheinst dich gut in der Karte auszukennen."
„Ja, ich bin ziemlich oft hier. Meistens allein. Mit einem guten Buch." Wenn sie nicht so fröhlich wäre, würde ich wahrscheinlich traurig ihren Worten folgen. Doch sie scheint damit zufrieden zu sein. Also frage ich nicht weiter.

Mein Handy klingelt. Chris.
„Oh, entschuldige. Dass Chris noch mal anrufen wollte, habe ich ja völlig vergessen!" Ich haue mir auf die Stirn vor Schreck.
Sie winkt einfach ab. „Schon okay, geh ran."
„Hallo Schatz! Wie war dein Tag?"
„Hey. Okay. War ein bisschen viel heute", antwortet er müde.
„Na dann ruh dich mal aus", schlage ich ihm vor. Ein bisschen in der Hoffnung, dass das Gespräch nicht so lange geht.
„Was machst du gerade?"
„Ich bin mit Diana beim Italiener."
„Mit Diana? Seit wann seid ihr denn befreundet?" Er klingt nicht begeistert.
„Wir hatten beide Langeweile", entschuldige ich mich.
„Langeweile? Aha. Kaum bin ich nicht da, hast du auf einmal Freunde?" Ein in mir ekelerregendes, verächtliches Schnaufen entgleitet ihm.

„Ist doch gut. Oder soll ich die ganze Woche alleine auf der Couch verbringen und auf den Herrn des Hauses warten?"
„Nee, auf den Herrn des Hauses musst du nicht warten." Er klingt mal wieder wütend.
„Du bist doch selber unterwegs. Also lass mich doch mit einer guten Bekannten essen gehen. Du klingst ja gerade so, als würde ich mit einem Mann verabredet sein."
„Also im Gegensatz zu dir bin ich hier arbeitstechnisch unterwegs."
„Am Abend entscheidest du auch selbst, was du machst. Und am Wochenende seid ihr auch nicht mehr arbeitstechnisch unterwegs."
„Das hab ich nicht entschieden. Wenn es nach mir ginge, würde ich das vielleicht auch nicht machen."
„Klar, vielleicht. Und wenn es nach dir ginge, hättest du mich so lange eingeschlossen, bis du wieder zurück bist", sage ich leise.
„Ach, das ist doch dummes Gerede", schimpft er.
„Du sollst nur nicht von mir erwarten, dass ich mich die ganze Woche tot stelle."
„Na ist gut. Ich leg mich jetzt hin. Bin geschafft."
„Ja, ruh dich aus. Wenn du möchtest, telefonieren wir später noch mal?"
„Wenn ich jetzt nicht schon einschlafe", antwortet er kühl.
„Dann bis später, Schatz."
„Bis später."
Ein ungutes Gefühl zieht sich durch meinen Körper. Ich versuche, es heimlich abzuschütteln und wegzulachen. Es wird wohl eine Weile dauern, bis dieses Gefühl tatsächlich verschwindet.

„Ihr habt jetzt aber keinen Ärger wegen mir, oder?" Diana vergräbt ihr Gesicht in ihren Händen.

„Ach Quatsch. Ich wäre heute so oder so nicht zu Hause geblieben. Ich will doch nicht die ganze Woche allein sein und Trübsal blasen. Alles gut. Er ist nur etwas gestresst."
In der Zeit des Telefonates hat der Kellner schon den Wein gebracht.
„Dann lass uns auf einen schönen Abend anstoßen", lenke ich vom Thema ab.
„Prost!"
„Weißt du eigentlich schon, was du am Wochenende unternimmst? Eingraben willst du dich ja nicht", lächelt Diana mich an.
„Stimmt!"
„Ich muss dich jetzt mal was fragen", meint Diana vorsichtig.
„Wieso kündigst du eine Frage immer an?"
„Stimmt", grübelt sie kurz. „Egal. Ich hab mal gehört, dass du irgendwie auf Rock 'n' Roll stehst."
Sie sieht mich erwartungsvoll an.
„Ja, stimmt. Woher weißt du das denn?"
„Weiß ich nicht mehr." Sie grübelt kurz. „Irgendjemand in der Firma muss mal irgendeine Story erzählt haben. Ich kann mich aber nicht mehr so recht erinnern, um was es da eigentlich ging und wie wir darauf gekommen sind." Sie grübelt weiter …
„Den Zusammenhang einer Story in der Firma kann ich mir zwar gerade auch nicht erklären, aber immerhin ist es kein falsches Gerücht."
Wir lachen.
„Gehst du ab und an mal aus? Also zu einem Konzert oder so?"
„Nein, schon lange nicht mehr. Um genau zu sein, seit ich mit Chris zusammen bin, nicht mehr. Irgendwie habe ich das automatisch abgelegt. Nur die Schallplatten sind noch geblieben."
Meine Gedanken beginnen sich in alten Erinnerungen zu verlieren. – Wanda Jackson – Let's have a party –

Das waren Zeiten! Ihre feurige Stimme, der berauschende Klang des Rock 'n' Roll drang in meinen Körper.
Meine Beine, meine Arme, meine Hüfte. Alles an und in mir war in Bewegung. Bis ins Mark erfüllt und getrieben vom Rock 'n' Roll.
Mein roter Petticoat war bei jedem schwungerfüllten Schritt unter meinem schwarzen Tellerrockkleid mit den wundervollen tiefroten Schleifchen zu sehen. Meine schwarzen Pumps, passend zum Kleid, mit jeweils einer zarten roten Schleife an den Hacken, hatten eine Menge auszuhalten. Aber das waren sie gewohnt.
Völlig frei von jeglichen Gedanken, nahm ich nur die Musik, mich, schweißgebadete Gesichter, tanzende Kleider und die Leichtigkeit des Seins wahr.

Diana schnippt mit ihren Fingern vor meinem Gesicht.
„Wo treibst du dich rum?", fragt sie mich lachend.
Ich schüttle mich kurz.
„Ach, herrje, jetzt war ich tatsächlich kurz weg." Mein Lachen kommt zurück.
Diana kneift die Augen zusammen und fragt mich, als hätte sie mich ertappt: „Du warst in der Vergangenheit?"
„Ja, irgendwie schon", antworte ich leicht irritiert.
„Willst du nicht wissen, was ich so mag. Musik oder Ähnliches?"
Wie wachgeschüttelt, antworte ich: „Natürlich! Bleiben wir doch gleich mal bei der Musik." Jetzt kneife ich die Augen zusammen, um sie nachzuäffen.
„Rock 'n' Roll!"
Erschrocken blicke ich auf. „Ach, wirklich?"
„Ja. Und da wäre ich auch schon bei meiner nächsten Frage."
Sie überlegt kurz.
„Schon wieder angekündigt", stellt sie fest. „Egal! Ich möchte am Wochenende zu dem Rock 'n' Roll-Festival auf das Schloss. Und jetzt kommst du ins Spiel …"
Meine Ohren spitzen sich gewaltig.

„Also nicht, dass du denkst, ich hätte keine Freunde. Nicht viele, aber immerhin. Als ich aber gehört habe, dass die Anwälte ausgerechnet über dieses Wochenende nicht da sind, hab ich sofort an dich denken müssen. Vielleicht soll es ja so sein, dass wir mal was zusammen unternehmen."
Meine Mundwinkel ziehen sich hoch, bis zu meinen Ohren.
„Cool!"
„Also fährst du mit mir da hin?" Sie grinst mich Zähne zeigend an.
„Machst du Witze? Geile Oldtimer, abgefahrene Musik, The Firebirds, The Rhythm Shakers, The Hidden Charms, Sister Cookie und, und, und!" Ich muss kurz nach Luft schnappen. „Und die machen dort ein Dance-Camp. Vintage Market, Burlesque & Hula Shows, Barbers, Tattoos und, und, und." Völlig aufgelöst und mit in alle Richtungen zeigenden Armen sehe ich Diana an.
„Na", stottert sie los. „Dann ... ist ... ja perfekt! Ha!"
„Was?"
„Wir fahren zum Rock 'n' Roll-Festival!" Diana klatscht vor Freude in ihre Hände.
„Was? Wir? Da muss ich erst Chris fragen."
Schlitzäugig sieht mich Diana an.
„War ein Witz!", lache ich sie aus. „Natürlich fahren wir da hin. Am besten machen wir Freitag gleich frei und bleiben das ganze Wochenende da." Freudig über meinen Plan, klatsche ich in meine Hände.
Besiegelt!
„Wir brauchen noch ein Hotel", fällt mir ein. „Na hoffentlich bekommen wir noch ein Zimmer. Es werden einige Leute da sein, die ein Zimmer ..."
Diana unterbricht mich mit einer winkenden Handbewegung.
„Das brauchen wir nicht. Meine Großeltern wohnen ganz nah am Schloss. Ich bin oft da. Und zum Festival übernachte ich immer

bei ihnen. Sonst kam meine Schwester mit, aber dieses Jahr ist sie hochschwanger. Und da wollte sie sich nicht festlegen."
„Oh, dann wirst du Tante!" Ich hebe mein Glas. Wir stoßen natürlich darauf an.
„Freust du dich?"
„Ja, natürlich! Was für eine Frage! Sie hat mich ja schon einmal zur Tante gemacht. Aber ich freue mich dennoch wie verrückt."
„Und, möchtest du auch Kinder bekommen?", frage ich Diana.
Sie sieht mich überlegend an.
„Ja, schon."
„Aber?"
„Na ja, bisher hatte ich noch nicht das große Glück in der Liebe."
„Und das, obwohl du so hübsch bist."
„Danke." Sie hebt ihr Glas.
„Oh, das Essen kommt." Diana ist sofort abgelenkt.
„Mmh, das sieht gut aus."
„Ja, wie immer. Und lecker ist es auch", zwinkert sie mir entgegen.
„Buon Appetito", wünscht uns der Kellner.
Wir stöhnen genüsslich beim Essen.

„Ich muss Steffi anrufen!", unterbreche ich kurz mein Stöhnen.
Diana hat sich vor Schreck verschluckt und hustet, während ich mein Handy aus der Tasche ziehe.
Ich sehe sie besorgt an. „Alles Okay?"
Sie hustet. „Ja, schon gut. Entschuldige!" Sie winkt ab und gibt mir zu verstehen, dass ich ruhig telefonieren kann.
Es klingelt.
„Hallo", antwortet Steffi auf ihre typisch liebevolle Art. „Du hast wohl schon wieder Sehnsucht? Wir haben uns doch vor ein paar Stunden auf einen Kaffee getroffen", sagt sie weiter.

„Hey! Stimmt! Das hatte ich völlig vergessen!" Ohne, dass sie es sehen konnte, haue ich mir spielerisch gegen die Stirn. „Gut, dann tschüssi!"
Ich lege auf.
Es klingelt.
Steffi
„Hallo", antworte ich nett. „Wir haben uns doch gerade eben schon gehört. Schon vergessen?", frage ich sie lachend. Ich kann nicht ernst bleiben.
Ich höre, wie Steffi lacht. „Du bist eine Nuss!"
Wir müssen beide lachen. Diana sieht neugierig zu mir.
„Was wolltest du denn?", fragt Steffi neugierig.
„Wieso ich? Du rufst mich doch gerade an", stelle ich fest.
Okay, jetzt ist es nicht mehr witzig.
„Ich wollte dir nur sagen, dass ich mit einer anderen zum Festival gehe. Tut mir sehr leid, dass ich dir das am Telefon sagen muss. Aber ich wollte, dass du es so schnell wie möglich erfährst."
Diana sieht mich verwirrt an.
Steffi lacht. „Ja, ist gut. Ich werde es verkraften! Ich bin doch ein großes Mädchen."
Diana sieht mich mit einer Mischung aus Neugierde, Verwirrung und Unsicherheit an.
„Gut, Steffi. Dann erzähle ich dir, wie es war!"
„Ja! Gerne! Und ich erzähle dir, wie es bei mir war!"
„Okay! Genieße den Abend! Bis bald!"
„Du auch! Tschüssi!"
Ich höre Steffi lachen. Dann legt sie auf.
Dianas Blick bekommt von mir keine Beachtung und ich stöhne genüsslich weiter ...

„Hast du auch nichts vergessen?", frage ich Diana, während sie ihre Reisetasche in meinen Kofferraum wirft. „Überleg noch mal!"

„Zahnbürste, Lockenwickler, Bobby Pins, Lippenstift, den rabenschwarzen Eyeliner. Für die Abende Petticoat und für den Tag Collegejacke ..." Sie wird immer leiser beim Aufzählen. Irgendwann ist sie auch mal fertig.
„Du hast die Schlüpfer vergessen!", stelle ich lauthals fest.
„Nee. Die hab ich nur nicht aufgezählt." Sie winkt ab und setzt sich ins Auto.
„Na dann. Stimmen wir uns mal ein!
The Firebirds – Why do fools fall in love
Und wir singen sofort mit.

Während der gesamten Fahrt unterhalten wir uns nicht einmal! Es wird nur gesungen!

„Hier die Straße rein. Das Haus mit den vielen Rosen im Vorgarten ist es." Diana zeigt mit ihrem Finger die Richtung an und wippt mit ihrem Hintern hin und her.
„Du kannst in der Einfahrt parken. Ich frag Oma gleich, ob du auch im Hof stehen bleiben kannst." Jetzt springt sie auch noch mit ihrem Hintern auf und ab. Ich schiele zu ihr rüber, verkneife mir aber jeglichen Kommentar.
Sie winkt wie eine Irre zu einem Fenster am Haus.
„Siehst du meine Oma?"
„Nein. Ich bin mit Einparken beschäftigt."
„Da!" Sie zeigt auf das Tor zum Hof, welches gerade ein nett aussehender älterer Herr öffnet.
Er winkt uns gleich in den Hof.
Mein Auto steht noch nicht mal, da öffnet Diana schon die Tür.
Sie springt aus dem Auto und dem nett aussehenden älteren Herrn direkt in die Arme.
Es ist selten geworden, dass ich derartige Bilder sehe. Also mal ehrlich. Wie oft sieht man schon Jung und Alt sich so aufeinander freuend in die Arme springen?

Gedankenverloren sehe ich die beiden lächelnd an.
Diana winkt mich aus dem Auto.
Ich stolpere den beiden entgegen und begrüße den netten älteren Herrn, indem ich ihm meine Hand entgegenstrecke. Er greift sie und zieht mich an sich. Er drückt mir einen Kuss auf meine Wange. „Otto", sagt er.
„Becky", entgegne ich ihm lächelnd. Mir wird warm ums Herz.
„Das ist mein Opa", erklärt mir Diana. Sie ist aufgeregt wie ein Kind.
Aus der Haustür kommt eine wunderschöne ältere Dame. Sie hat weißes langes Haar und blau leuchtende Augen.
Diana rennt ihr entgegen. „Oma Margot!"
Sie schließen sich fest in ihre Arme. Dann begrüßt mich die wunderschöne ältere Dame ebenfalls mit einem Kuss auf meine Wange. „Margot", sagt sie.
„Becky", stelle ich mich vor.
„Freut mich sehr. Kommt herein. Ihr seid sehr zeitig. Möchtet ihr noch einen Kaffee mit uns trinken, bevor ihr eure Sachen auspackt? Ich habe auch Schokoladenkirschkuchen gebacken."
Es ist unmöglich, ihre Einladung auszuschlagen.
So nicken wir, nehmen unsere Taschen aus dem Auto und stellen sie in den Flur des Hauses.
Diana führt mich ins Wohnzimmer.
Wir setzen uns auf das sehr gut erhaltene aber dennoch augenscheinlich sehr, sehr alte Sofa.
„Sie haben es hier aber gemütlich", merke ich an, als die wunderschöne ältere Dame gerade ein Tablett mit Kaffee und Tee hereinträgt.
„Vielen Dank! Aber bitte, lass uns doch du zueinander sagen." Sie stellt das Tablett auf dem Tisch ab.
„Ja, sehr gerne, danke."

„Meine Eltern und meine Großeltern haben schon in dem Haus gelebt. Meine Tochter will es nicht. Sie ist schon lange fort. Ich hoffe, Diana nimmt es eines Tages." Sie lächelt Diana bittend an. Diana greift nach dem Kaffee, als hätte sie nichts gehört. Gedankenverloren gießt sie uns Kaffee ein.
„Oh, wolltest du vielleicht lieber Tee?", fragt Diana erschrocken.
„Nein, nein. Ist gut. Wir werden dieses Wochenende viel Kaffee brauchen", antworte ich. Diana verschwindet wieder in ihre Gedankenwelt und reagiert kaum.
Otto kommt ins Wohnzimmer. Diana ist wieder aus ihrem Tagtraum erwacht und schenkt ihm schnell Kaffee ein.
„Mädels? Wann geht es los?", fragt Otto freudig händereibend.
Diana antwortet: „Wir packen noch aus, machen uns schön und dann geht es los. Oder, Becky?"
„Guter Plan." Nervös beiße ich mir auf die Lippe.
„Wann geht ihr denn?", fragt Diana.
„Wir werden am frühen Abend hingehen und ein bisschen das Tanzbein schwingen." Otto scheint sich schon genauso darauf zu freuen wie wir zwei.
„Ihr geht auch hin?", frage ich erstaunt.
Margot lacht. „Natürlich. Wir schaffen vielleicht nicht mehr so viele Tänze wie ihr zwei jungen Hüpfer, aber wir können es noch." Sie sieht ihren Mann verliebt an.
„Wir haben uns schon in der Schulzeit kennen- und lieben gelernt", erzählt Otto verliebt. „Und wir sind damals oft und gerne tanzen gegangen." Otto legt seine Hand auf Dianas Bein. „Deine Oma war früher schon das bezauberndste Mädchen, welches ich je gesehen habe. Ich war sofort verliebt und wusste, dass ich sie heiraten werde." Margot lacht. „Doch, ich hab es gesehen. In ihren Augen", beteuert er.
„Was für eine Geschichte", schwärmt Diana.
„Habt ihr noch Fotos von damals?", frage ich interessiert.

„Natürlich", antwortet Margot. „Aber jetzt esst euren Kuchen und geht dann euer Zimmer beziehen. Für Fotos haben wir an diesem Wochenende noch genug Zeit."
Ich probiere ein Stück und muss sofort stöhnen. „Mmh, ist der lecker!" Ich halte mir schnell verlegen die Hand vor meinen vollen Mund.
„Danke! Das Rezept habe ich von meiner Mutter. Sie konnte backen, sage ich dir!" Oma Margot scheint zu träumen.
Wir essen schnell unser Stück Kuchen und trinken den Kaffee. Opa Otto lacht kurz. Wir sehen zu ihm rüber.
„Nun macht euch schon auf euer Zimmer. Ihr seid ja völlig aufgeregt", lacht er weiter.
Schnell springen wir auf, schnappen unsere Taschen und gehen die Treppen hinauf.
„Oh, ich hatte ganz vergessen, dir zu sagen, dass wir uns ein Zimmer teilen", fällt Diana ein.
„Ist doch okay. Wir sind eh nur zum Stylen und Schlafen im Zimmer, denke ich. Oder wolltest du Herrenbesuch mitbringen? Dann hängst du einfach ein weißes Tuch an die Türklinke, wie bei Dirty Dancing, und ich lege mich in die Wanne zum Schlafen."

Lachend betreten wir ein großes Zimmer. Die Wände sind leicht grün gestrichen. In der Mitte steht ein großer weißer Holztisch, so, als wolle er das Zimmer teilen. Auf der rechten Seite steht unterhalb des Fensters ein Bett und auf der linken Seite des Zimmers steht ein weiteres Bett. An der Wand über dem zweiten Bett klebt ein weißes Blumenmuster. Neben den Betten stehen kleine weiße Nachtschränkchen. Und zwischen den zwei Nachtschränkchen steht ein großer weißer Kleiderschrank mit Spiegeltüren. Wenn man im Raum steht und sich zur Tür dreht, sieht man einen traumhaft schönen und verspielten Schminktisch mit kleinen Fächern und einem dazu passenden kleinen weißen Hocker. Ich muss beim Anblick des Zimmers an Prinzessinnen denken.

„Früher, als wir klein waren, habe ich mir das Zimmer mit meiner Schwester geteilt."
„Bist du hier aufgewachsen?"
„Na ja, so ähnlich", winkt sie ab.
Ich spüre, dass sie nicht weiter gefragt werden möchte. So konzentriere ich mich darauf, meine Sachen auszupacken und die Kleider glattgestrichen aufzuhängen.
„Ich geh jetzt noch mal duschen. Dann öffne ich den hier!" Ich halte den Sekt in die Höhe.
„Jaaa, und dann stylen!", schreit Diana.
Wir lachen herzlich!
Schnell renne ich in die Küche und stelle den Sekt in den Kühlschrank. Dann gehe ich ins Badezimmer.
Mein neues Kirschduschbad riecht so intensiv fruchtig, dass sich die eigentliche Duschzeit um das Doppelte verlängert. Mindestens um das Doppelte ...
Mir fällt auf, dass ich nicht in meinem Haushalt bin, und ich beginne, ein schlechtes Gewissen zu spüren.
Schnell drehe ich den Duschhahn ab und steige aus der Dusche.
Mit dem großen Badetuch um meinen Körper gewickelt und meinen Klamotten auf dem Arm, verlasse ich das Badezimmer.
Oma Margot kommt mir im Flur entgegen.
„Es tut mir sooo leid!", entschuldige ich mich panisch. „Ich hatte völlig vergessen, dass ich nicht mein Wasser verbrauche. Das kommt nicht wieder vor!", verspreche ich ihr reumütig.
Oma Margot lacht. „Schon gut! Es ist schön, wenn du dich wie zu Hause fühlst!"
Dankbar sehe ich sie an. Dann gehe ich schnell in Dianas Zimmer.

„Ich dachte schon, du wärst durch das Fenster abgehauen!" Diana sieht mich schräg an.
„Nein. Wie du siehst, bin ich noch da."

Ich schmeiße meine Klamotten auf das Bett, in dem ich schlafen soll. Mit dem Handtuch, nach wie vor um meinen Körper gewickelt, renne ich aus dem Zimmer zur Küche und hole den Sekt aus dem Kühlschrank.
„Hast du Gläser gesehen?", rufe ich nach oben.
„Ich hab schon Gläser rausgestellt. Hier auf dem Tisch im Zimmer", ruft Diana mir zu.
Opa Otto kommt in die Küche und lächelt.
„Entschuldigung! Oma Margot meint, ich soll mich wie zu Hause fühlen. Das ist wohl zu gut bei mir angekommen."
„Schon gut! Du sollst dich wie zu Hause fühlen."
Dankbar sehe ich ihn an.
„Es freut mich, dass Diana mal eine Freundin mitbringt. Sonst ist sie immer mit ihrer Schwester oder alleine hier gewesen. Ich freue mich ehrlich, dass du da bist!" Er nimmt mich in den Arm und lässt mich wieder gehen.
Als ich die Küche verlasse drehe ich mich um. „Ich freue mich auch, dass ich hier sein kann. Ich mag Sie beide sehr!"

Die Gläser klirren aneinander.
„Auf den Rock 'n' Roll!", sagen wir zeitgleich.
Ich nehme schnell einen großen Schluck. „Dann machen wir uns mal schicki!"
„Warte, Musik!", schreit Diana mich an.
Abrupt wechsle ich meinen Kurs in Richtung CD-Spieler.

Jewel Akens – The Birds and the Bees

„Super!"
Und wir beginnen, wild fröhlich zu singen.
Ich tanze zum Schminktisch. Diana folgt mir.
Als ich mich im Spiegel sehe, freue ich mich noch mehr darüber, dass ich gestern beim Friseur war. Meine Haare glänzen wieder im dunklen Schokoladenbraun. Und ich habe einen Pony. Einen

Pony, der perfekt für eine Pin-up-Frisur ist. Ich weiß, dass ich meine Ponyhaare hätte auch eindrehen und zu einem Pony stylen können, aber irgendwie überkam mich gestern die Lust auf einen echten Pony. Chris wird das ganz sicher nicht gefallen. Aber jetzt möchte ich einfach nur das machen, was mich glücklich macht. Und was ich gerade möchte. Und wenn das Wochenende vorbei ist und Chris wieder zurückkommt, dann style ich ihn eben weg. Das klappt schon.
Nach unserem Make-up widmen wir uns unseren Haaren. Ich habe mich für Victory Rolls entschieden. Diana findet die Idee so super, dass sie sich einen Pony eindreht und ebenfalls auf Victory Rolls setzt.
„Was ziehst du denn jetzt für den Abend an?" Während sie mich fragt, sieht sie mit großen Augen in den Schrank, den ich mit meinen Kleidern gefüllt habe. Im wahrsten Sinne gefüllt.
„Wow, du hast aber viele Klamotten. Dafür, dass du das alles aufgegeben hast. Oder vergessen. Oder wie auch immer."
„Tja, manchmal muss man neu anfangen. Und dabei vergisst man sich offensichtlich selbst ein ganzes Stück. Aber die guten Stücke werden heimlich behalten."
Ich denke nach ...
„Hey! Jetzt wird nicht Trübsal geblasen! Zieh dich an! Wir wollen los!" Diana holt mich erschreckend forsch aus meiner Gedankenwelt. Schnell lasse ich mich auf ihre Befehle ein.
Ich ziehe für den ersten Abend des Festivals mein heiß geliebtes schwarzes Tellerrockkleid mit den wundervollen tiefroten Schleifchen an. Natürlich muss mein roter Petticoat darunter.
„Machst du mir mal bitte den Reißverschluss zu?"
„Klar!" Diana kommt mit offenem Kleid zu mir gesprungen. Sie hat sich für ein weißes Tellerrockleid mit vielen großen blauen Blüten und einem blauen Petticoat darunter entschieden.
Diana dreht mir den Rücken zu.

„Jetzt du, bitte! Und kannst du mir das schwarze Band zu einer Schleife am Rücken binden?", fragt sie noch schnell, während ich ihren Reißverschluss schließe."
„Na klar."
„Bekommst du das mit der Schleife hin?"
„Schon erledigt!"
Wir gehen zu unseren Schuhen, die wir vorhin schon ordentlich nebeneinander aufgereiht haben. Eine lange Reihe. Aber wir sind Frauen. Wir brauchen das.
Ich schlüpfe geschmeidig in meine schwarzen Pumps, passend zum Kleid, mit jeweils einer zarten roten Schleife an den Hacken. Diana hat sich für schwarze Pumps, passend zu ihrer Schleife am Kleid entschieden.
„Können wir losgehen?", frage ich enthusiastisch.
„Es ist schon halb sechs!" Diana sieht erschrocken auf ihre Armbanduhr aus den 60er-Jahren, die erstaunlich gut erhalten ist. Schwarzes Armband, weißes Ziffernblatt und goldene Zahlen. *Wow!* „Abmarsch!"

„Oh schau mal! Da stehen schon die Prachtstücke! Daaa!" Ich zeige in Richtung Eingang, denn da sind die schicken Oldtimer geparkt.
„Daaa! Ein Cadillac de Ville, ein schwarzer! Weiße Ledersitze! Weißes Lenkrad! Ich flipp aus. Mein Körper fühlt sich nach einem einzigen Orgasmusrausch an.
„Ist der schön!" Leider beruhige ich mich so gar nicht, wenn ich so schöne Oldtimer sehe.
„Hier!" Diana zeigt auf einen Porsche Carrera 356 A in der Farbe Silber.
„Der ist auch schön, aber irgendwie finde ich, sehen die Porsche-Modelle sich alle zu ähnlich. Aber Ahnung hab ich da nicht wirklich", überlege ich kurz.

„Siehst du den dahinten? Komm, wir gucken mal!", befehle ich aufgeregt.
„Ein Porsche 356 SC. Mit der roten Lackierung sieht der schon richtig klasse aus", schwärme ich.
„Aber gegen einen 59er Caddy kommt sowieso keiner an!", schwärme ich stöhnend weiter.
Diana scheint das zu erfreuen.
„Ich hab dich noch nie so lächeln gesehen. Wie deine Augen leuchten. Herrlich!"
Ich beachte sie nicht. Bin viel zu aufgeregt.
Und so spazieren und stöhnen wir weiter durch die Autos und steuern direkt auf den Eingang zu.

Das Gelände ist ähnlich einem Rondell gebaut. Vielleicht mehr ein Ei. Ein Ei mit Ecken und Kanten. Auf jeden Fall kommt man, wenn man den Weg mit allen Attraktionen abläuft, wieder am Anfang an. Das ist sehr praktisch für uns Frauen, denn so können wir uns nicht verlaufen.
Es sind Bühnen und Zelte aufgebaut, vor und in denen man wegen der aufgebauten Holzböden gut tanzen kann. Ein paar Räumlichkeiten des Schlosses werden für Tattoo-Künstler, Barbiere, Visagisten, Schallplattenverkäufe und so weiter genutzt.
Eine andere Welt. Was das Herz begehrt. Überall schöne Männer und Frauen. Hier kann man sich nicht nur ein Auge an den Kleidern der Damen holen, sondern auch schöne Vintage-Bekleidung und Schmuck kaufen. Sei es Schmuck für die Haare, Finger, Ohren ... Accessoires. Ich geh kaputt. Ist das aufregend und schön! Ich liebe diese Welt!

„Hast du Hunger?" Erschrocken sehe ich Diana an. Sie lacht wie eine Verrückte.
„Entschuldige", lacht sie noch verrückter weiter. „Ich wollte dich nicht aus deiner Trance wecken."

Ich lache mit ihr. Es ist, als hätte sich eine Blockade in meinem Körper gelöst. Ich bin locker, überglücklich und absolut im Einklang mit mir, der stetig zu hörenden Musik, den schönen Menschen und Eindrücken.
Zufrieden antworte ich ihr: „Ja, lass uns was essen. Ich habe einen Bärenhunger!"

Nachdem wir uns eine Bratwurst und ein Bier besorgt haben, setzen wir uns auf eine Mauer. Vor der Mauer ist eine kleine Wiese, auf der Bänke und Tische aus Holz aufgestellt sind. Die niedrige Mauer ist aber im Moment verlockender. Hat was Bequemes, Leichtes, Unbefangenes. Ich fühle mich wie eine von den Pink Ladies.
„Na dann, Prost!" Ich schlage mein Bierglas an Dianas. Schwungvoll. Doch die Gläser überleben den Anschlag.
„Oh, halte mal kurz", sage ich Diana und gebe ihr meine Bratwurst.
„Ich glaub, mein Handy vibriert." Ich krame mit einer Hand in meiner Tasche. Die andere ist fest für mein Bier reserviert.
„Ach Mist. Jetzt hat es aufgehört", bemerke ich ungeduldig. Ich stelle das Bier doch schnell auf die Mauer und benutze beide Hände zum Suchen.
„Ha! Da ist es!" Ich winke kurz mit dem Handy.
„Frauenhandtaschen", lacht Diana mich an.
Ich schaue nach, wer sich gemeldet hat. Chris. War ja klar. Ich überlege kurz. Entscheide mich dann für einen Rückruf.

„Martini." Seine Stimme klingt nicht nett.
„Na hallo! Hier auch Martini."
„Wieso gehst du nicht an dein Handy?" Er klingt etwas netter. Etwas.

„Ich hab es nicht so schnell aus meiner Tasche kramen können. Du kennst doch das Frauenhandtaschenproblem." Ich lache und möchte, dass er auch lacht. Es bleibt beim Möchten.
„Ja, sehr witzig. Was machst du?"
„Wir essen gerade. Obwohl, wie es aussieht, hat Diana meine Bratwurst schon mitverdrückt." Ich lache herzlich. Seine Laune beeindruckt mich überhaupt nicht. Oder nur sehr wenig.
„Ach, ihr seid also Bratwurst essen gegangen?"
Leider hat er sich von meiner Laune nicht anstecken lassen und klingt ziemlich genervt.
„Ich habe dir doch erzählt, dass wir zum Rock 'n' Roll-Festival fahren."
„Ja, du hattest erwähnt, dass ihr da hinwollt."
„Wie war dein Tag?", versuche ich, ein bisschen abzulenken.
„Ach ging. War heute nicht so viel. Wir gehen gleich alle noch in irgendein angesagtes Restaurant. Hab den Namen gerade vergessen. Ein bisschen was essen und trinken."
„Das ist doch toll. Dann wünsche ich dir ganz viel Spaß!"
„Du brauchst dich noch nicht zu verabschieden. Noch muss ich nicht los."
„Na ja, ich dachte nur, wenn du gleich sagst. Und außerdem hab ich einen Bärenhunger und würde mir gerne noch eine Bratwurst holen." Ich blinzle Diana an. Und muss lachen.
„Ja, dann amüsiere dich doch."
Wieso gönnt er mir keinen Spaß?
„Ist ja gut! Du amüsierst dich doch auch in München. Also was soll deine bescheuerte Reaktion?" Der macht mich so wütend! Mein Herz beginnt immer schneller zu rasen. In meinem Kopf spüre ich, wie mein Blut zu kochen beginnt.
„Ich hab mich nicht amüsiert! Wann begreifst du das endlich, dass ich geschäftlich hier bin!" *Er schreit mich an! Er schreit mich tatsächlich an!*

„Ja, auch. Aber das Wochenende amüsiert ihr euch, und das sollt ihr auch!" *Jetzt schreie ich selber! Verdammt!*
„Das hab ich nicht arrangiert. Und du nutzt die Situation voll aus. Gehst zu einem Festival. Ein Haufen besoffene Kerle. Drogen. Party."
Ich setze mich stocksteif hin und rede passend zu meiner Sitzposition.
„Ich bin auf einem Rock 'n' Roll-Festival. Ich sehe im Moment keine besoffenen Kerle. Drogen hab ich auch nicht gesehen und Interesse daran ist sowieso nicht vorhanden. Das solltest du wissen. Das ist kein Technofestival, wie du es aus dem Fernseher kennst. Was nervt dich also?"
„Du hättest zu Hause warten können. Dinge erledigen, die du sonst nicht schaffst. Stattdessen suhlst du dich da mit einem Haufen Männer mit Tolle rum!"
Ich gebe mir ja Mühe, ruhig zu bleiben. Aber es kostet sehr viel Kraft.
„Warte mal kurz! Ich bin mit Diana hier. Ich will endlich mal wieder das machen, was mir Spaß macht.
Ich will tanzen. Das hat mit Männern überhaupt nichts zu tun. Aber abgesehen davon, kann ich mich erinnern, dass ihr Männer mit einer Frau unterwegs seid. Und nicht einmal mit irgendeiner. Du warst mit ihr aus. Wie macht ihr das? Teilt ihr euch rein? Ist jeden Abend ein anderer dran. Oder hängt sie sich an deinen Arsch, um ihre Chance zu nutzen? Vielleicht hat sie Angst im Dunkeln und hat bereits jede Nacht in deinem Bett geschlafen?"
Mit jedem Wort kocht die Wut in mir hoch. Leider gelingt es mir nicht, ruhig zu bleiben.
„Jetzt fang doch nicht schon wieder damit an. Immer und immer dieselbe Leier!" Er klingt jetzt nicht nur wütend, sondern auch verdammt genervt zugleich.

„Ich will nicht damit anfangen. Aber du gönnst mir nicht einmal, mit einer Freundin auszugehen. Du gönnst mir überhaupt keinen Spaß." Die Tränen drücken in meinen Augen.
„Das stimmt doch überhaupt nicht!"
„Ach ja? Und wieso regst du dich dann so unsinnig auf. Und mich noch dazu!" Eine Träne hat es geschafft, sich durchzudrücken. Sie läuft mir die Wange herunter. Meine Atmung wird schwerer.
„Das war nicht so gemeint. Ich mach mir nur Sorgen." Er klingt wieder ruhiger. Wieso muss ich immer erst weinen, ehe er nett zu mir ist?
„Brauchst du doch nicht. Ich möchte mich nur ablenken. Bin doch so traurig alleine zu Hause."
„Na hoffentlich lenkst du dich nicht noch mit anderen Männern ab, weil du so traurig bist, dass du nicht in meinen Armen liegen kannst."
Immer mehr Tränen drücken sich durch meine Augen. Ich sehe neben mich. Diana ist nicht mehr da. Ich suche sie schnell. Sie steht am Grillstand und holt mir wahrscheinlich eine neue Bratwurst.
„Mach ich nicht. Du machst auch keinen Mist. Also." *Sich jetzt noch mehr auf einen Streit einzulassen, bringt überhaupt nichts. Also tief durchatmen und versuchen, ruhig zu bleiben.*
„Ich muss mich jetzt frisch machen. Geht gleich los."
„Okay", entgegne ich nur resigniert.
„Ich melde mich später, okay?"
„Ja, bis später."
„Ich liebe dich."
„Ich dich auch."
„Sei nicht traurig. Sonntag sind wir wieder vereint." *Er klingt so liebevoll.*
„Ja. Küsschen."
„Küsschen."

Völlig neben mir stehend, lasse ich das Handy in meine Handtasche gleiten.
Ich blicke zum Grillstand. Diana steht noch immer an. Schnell suche ich in meiner Handtasche nach einem Taschentuch. Meinen kleinen Taschenspiegel brauche ich auch.
Taschentücher vergessen. Na toll.
Ich blicke in meinen Taschenspiegel. Mein Mascara hat nicht ganz durchgehalten. Ich sehe aus, als hätte ich eine schwarze Träne verloren. Eine tiefe Traurigkeit zieht sich durch meinen Körper. Ich kann seine Boshaftigkeit nicht verstehen. Liebt er mich überhaupt? Oder bin ich nur ... HUCH!
Erschrocken drehe ich mich zur Seite. Ein junger Mann steht neben mir und reicht mir vorsichtig ein Taschentuch.
„Darf ich?", fragt er mich und zeigt auf die Mauer.
Ich nicke nur.
In dem Moment bekomme ich kein Wort aus meinem Mund. Ich fühle mich irgendwie gerührt. Es kommt nicht jeden Tag vor, dass mir ein Mann das Taschentuch reicht. Zum Glück kommt das nicht jeden Tag vor, denn das würde ja mindestens bedeuten, dass ich jeden Tag weinen müsste.
Egal ...

Ich halte kurz Ausschau nach Diana. Kann sie aber nicht sehen.
„Warte kurz", sagt er. Wer auch immer er ist. Er steht auf und geht. Verdutzt sehe ich ihm hinterher. Er geht zu einer jungen hübschen Frau mit dunklen Haaren bis zum Hintern. Wie meine Steffi.
Genauso hübsch. *Ach wärst du doch jetzt hier. Du würdest mich sofort zum Lachen bringen.*
Ich beobachte, wie sie etwas aus ihrer Tasche zieht und ihm gibt. Er stupst dem kleinen, süßen Mädchen bei ihnen kurz auf die Nase und kommt schnell wieder auf mich zu.
Reflexartig stehe ich auf.

„Hier." Er zieht ein Feuchttuch aus der Verpackung und reicht es mir. „Das hilft vielleicht besser als ein einfaches Taschentuch."
„Danke."
Ich greife nach dem Feuchttuch, ohne meinen Blick von seinen Augen abzuwenden. Braun. Schokoladenbraun. Es scheint, als könne er mit seinen Augen lachen. Ohne seine Mundwinkel zu bewegen.
Unsere Hände berühren sich. In meinem Bauch kribbelt es sanft. Meine Augen haften noch immer an seinen und mein Mund beginnt zu lächeln.
„Darf ich dir helfen?"
Ich nicke nur. Bin seltsamen Gefühlen ausgesetzt. Zwischen Schockstarre und dem Drang, zu tanzen, versuche ich, mich nur langsam zu bewegen.
Meine Augen schließen sich voller Vertrauen, dass er sanft und vorsichtig nur das verlaufene Make-up von mir wischt.
„Ich bin David." Sein sanfter Atem berührt mein Gesicht. Ich sehe in seine wunderschönen Augen.
„Becky", flüstere ich.
„Warst du schon öfter hier?"
Verwirrt sehe ich mich um. Für einen Moment habe ich nichts um mich wahrgenommen. Und es schien mir auch egal zu sein.
„Ist alles in Ordnung?", fragt er mich sichtlich besorgt.
„Ja, ja", stottere ich kopfschüttelnd. „Es geht mir gut. Danke."
„Und, warst du schon öfter hier? Oder Premiere?"
„Ich hatte in den letzten Jahren keine Gelegenheit. Leider. Aber ich war schon mal hier, ja."

Etwas haut von hinten auf meine Schulter. Erschrocken drehe ich mich um.
Diana! Du hast ja wirklich ein tolles Timing!
„Hier, Essen und ein kühles Bier."
„Dankeschön."

Sie sieht an mir vorbei.
„Willst du mich nicht vorstellen?"
„Oh, entschuldige."
David reicht Diana seine Hand. „David", sagt er unwiderstehlich lächelnd.
„Diana."
Kurzes peinliches Schweigen.
„Ähm, ich geh dann mal", verabschiedet sich David.
„Ja, mach's gut. Und danke für die schnelle Make-up-Hilfe", entgegne ich ihm lächelnd. In mir drängt sich das Gefühl auf, ihn anzuflehen zu bleiben. Doch irgendetwas hält mich davon ab. Man nennt es Vernunft, schätze ich.
Er geht zur schönen Frau, die aussieht wie Steffi, und verschwindet langsam mit ihr und dem kleinen, süßen, schätzungsweise vier oder fünf Jahre jungen Mädchen.
Diana schaut mich fragend an, während ich in meine Bratwurst beiße.
Mit vollem Mund und gerunzelter Stirn frage ich sie. „Was?"
Sie lächelt. „Kaum entferne ich mich von dir, beginnt sich ein neues Rudel zu bilden."
„Ein schöner Wolf. Kein Rudel." Ich schüttle lachend meinen Kopf.
„Wer redet hier von Wölfen? Vielleicht ist er eine Hyäne?"
Wir amüsieren uns köstlich.
Ich halte kurz inne.
„Was ist denn?"
„Ach ich, ich würde sagen Wolf. Hast du seine wunderschönen braunen Augen gesehen?"
Verträumt nehme ich einen Schluck Bier.
„Nein. Hab nicht darauf geachtet", lächelt sie mich an.
Dann verzieht sich ihr Gesicht zu einem misstrauischen.
„Das Gespräch mit Chris lief wohl nicht so gut?"
„Nein. Er ist manchmal ein ziemlicher Arsch."

„Euer Telefonat den Tag klang auch schon nicht so angenehm. Dabei wirkt er im Büro immer so nett."
Irritiert sehe ich sie an.
„Ich sehe ihn nur am Morgen, wenn er ins Büro geht. Und zum Feierabend, wenn er das Büro verlässt. Ich habe nie mit ihm gesprochen, außer guten Morgen und schönen Feierabend. Also ehrlich. Keine Ahnung, wer er ist. Man hört das eine oder andere Getratsche, aber sonst ..." Sie zuckt mit ihren Schultern.
„Glaub mir. Er kann so unendlich liebevoll sein. Wenn er will. Er will das allerdings nur selten bis nie. Er war die ersten Monate so liebevoll. Aber er mutiert von Zeit zu Zeit mehr und mehr zum blöden Arsch."
Ein großer Schluck vom Bier. Leer.
Ich schaue in den Becher.
„Lass uns verdammt noch mal shoppen gehen."
„Aber definitiv zusammen. Nicht, dass du gleich vom Nächsten überfallen wirst."
„Hey!" Ich hau ihr leicht auf die Schulter. „Er hat mir geholfen und war sehr, sehr angenehm."

Lachend und sorgenvergessend schlendern wir zum Shoppingzelt.
„Wow, hier können wir mit Sicherheit das eine oder andere schnuckelige Teilchen ergattern", schwärme ich laut vor mich hin. Wir betreten ein großes Zelt mit Holzböden. Es ist länglich aufgebaut und ausgefüllt mit Verkaufsständen. Die Damen, Herren und sogar die Kleinen können sich hier mit Rockabilly-Kleidung, Pinup und Vintage-Mode ausstatten. Accessoires für Hals, Arme, Ohren, Haare; alles, was das Herz begehrt.
Dianas Augen leuchten mehr, als ich es jemals gesehen habe. Wir stürzen uns ins Getümmel.
„Schau mal! Da ist doch der Typ von vorhin." Ich versuche Dianas Finger zu folgen.
„Ach der", winke ich ab.

Sie dreht sich ungläubig zu mir um. „Also vorhin hatte ich noch den Eindruck, dass du völlig verlegen und ein klein bisschen verliebt warst."
Sie sieht mich fragend an.
„Verliebt, ja?"
Sie nickt und schaut mir weiter eindringlich in die Augen.
Ja, ich gebe es ja zu. Für einen Moment war ich hin und weg. Und ich habe sogar meinen Arschlochehemann völlig vergessen."
„Aber?"
„Ist dir aufgefallen, dass er eine Frau und ein Kind hat?"
Diana überlegt kurz. „Sieht so aus."
Ich stöbere weiter in den Sachen.
„Hm."
Ich werfe ihr einen misstrauischen Blick zu und lege die Collegejacke zurück auf den Tisch.
„Was hm?"
„Nichts." Sie beginnt schnell, in den Sachen zu wühlen.
Langsam widme ich mich wieder dem Verkaufsstand und ersticke in mir das Bedürfnis, weiter zu fragen, was sie mir eigentlich sagen wollte.
„Vielleicht läuft es bei den beiden so schlecht wie bei euch?", unterbricht sie mein Gestöber.
Ich werfe ihr einen bösen Blick zu.
Sie presst erschrocken ihre Lippen zusammen und wühlt weiter in den Sachen.
„Oh, schau mal!"
Ich versuche wieder, ihrem Finger zu folgen.
„Hast du was gefunden?"
„Guck doch mal. Wieder der Kerl von vorhin! Guck hin! Er kauft seiner kleinen Tochter ein voll süßes Kleid." Diana klopft mir wie eine Wilde auf die Schulter.
„Jetzt guck doch mal hin! Die Kleine trägt sogar Victory Rolls."
„Ja, süß. Und der Kerl heißt David."

„Was ist denn mit dir los?" Ungläubig sieht Diana mich an.
„Vorhin standst du völlig neben dir wegen dem Kerl, äh, David, und jetzt bist du so eiskalt."
„Hör mal", antworte ich forsch. „Vorhin war eine Momentaufnahme. Es dauerte etwas länger als gewöhnlich, um zu bemerken, dass er augenscheinlich eine Familie hat. Und ich werde mich jetzt nicht in einen Mann verlieben, der eine Familie hat! Außerdem bin ich verheiratet!"
Ich drehe mich wieder zu den Sachen.
„Ja. Mit einem Idioten, der dich überhaupt nicht verdient hat", grummelt Diana vor sich hin.
Ich schaue sie kurz mit einem todandrohenden Blick an. Dann drehe ich mich wieder weg.
Diana öffnet ihren Mund, um etwas zu sagen. Doch sofort drehe ich mich wieder zu ihr und setze diesen tödlichen Blick ein.
„So, wie er vorhin mit dir am Telefon umgegangen ist …" Sie macht eine kurze Redepause. „Das macht kein Mann, der seine Frau aufrichtig liebt. Oder? Immerhin hast du Tränen verloren. Schon vergessen?", fragt sie mäuschenhaft leise.
Mein Blick scheint nicht zu funktionieren. Sie will einfach nicht umfallen!
„Vielleicht bin ich auch nur zu sensibel", antworte ich ihr.
„Nein. Glaub mir. Er ist ein Arsch. Und du bist so eine liebe, beneidenswert gutaussehende junge Frau. Das hast du sicher nicht verdient."
„Ja vielleicht. Aber deswegen muss ich nicht gleich dem Nächstbesten hinterherlaufen."
Wir lächeln uns verständnisvoll an.
„Diana?"
„Was?"
„Ich will tanzen!"
„Na dann raus hier! Wir können auch morgen unser Geld loswerden!"

Entschlossen gehen wir nach draußen zur Bühne.
Schon auf dem Weg dorthin hören wir die Musik und bewegen uns im Takt.
Angekommen, lassen wir die Sau raus und leben den Rock 'n' Roll. Wir tanzen, als gäbe es kein Morgen mehr! Ich bin schweißgebadet und es ist mir so egal! Ich tanze und tanze und tanze und tanze ...

„Becky!" Dianas Finger zeigt mal wieder in eine Richtung.
„Entschuldige, ich will ja nicht wieder damit anfangen. Aber guck doch mal, wie der tanzen kann."
„Wer?" Meine Augen suchen wild nach dem guten Tänzer.
Ah, da ist er ja wieder ... Er tanzt mit ihr. Und sie sehen sehr vertraut aus. Sie bewegen sich im völligen Einklang. Wunderschönes Tanzpaar. Sie passen perfekt zueinander.
Erschrocken sehe ich, dass er uns plötzlich zuwinkt. Diana scheint völlig aus dem Häuschen zu sein und winkt ihm zurück. Meine Hand bewegt sich nach oben. Mein Gesicht verzieht jedoch keine Miene.
Seine Begleitung ist aus dem Takt gekommen und sieht mich genervt an.
Erschrocken blicke ich zu Diana.
„Man könnte denken, DU stehst auf ihn", werfe ich ihr vor.
„Nein! Auf keinen Fall! Aber ich habe noch immer das Gefühl, dass ihr euch nicht zufällig begegnet seid."
„Na, wenn du meinst", entgegne ich ihr und widme mich wieder der Musik. Es fällt mir schwer, meinen Blick von ihm abzuwenden. Diana ist schon längst wieder voll im Takt.
„Oh nein!" Mit aufgerissenen Augen sehe ich ihn an. Er kommt direkt auf mich zu.
„Was ist?" Diana sucht angestrengt, was ich sehen könnte.
Wieder tanzen Schmetterlinge in mir. Wie versteinert beobachte ich seinen Gang und seine Mimik. Er lächelt. Wunderschön.

„Hey", sagt er nervös und kratzt sich am Kopf. „Möchtest du mit mir tanzen?"
In mir herrscht eine pulsierende Unruhe. Ich kann meinen Puls spüren. Ohne nach meinem Handgelenk zu greifen. Mein ganzer Körper pulsiert spürbar.
„Nein. Danke." Ich bin enttäuscht über meine Antwort.
Davids Blick sagt mir, dass er nicht mit dieser Antwort gerechnet hat.
Ich spüre einen plötzlichen Stoß in meinen Rippen. *Diana!*
David dreht sich zum Gehen um.
„Warte!"
Erschrocken über meinen eigenen Ruf bleibe ich stehen.
Er dreht sich um und sieht mich fragend an.
Ich bekomme kein Wort heraus und sehe verlegen zu ihm.
Lächelnd kommt er wieder auf mich zu und reicht mir seine Hand.
Schmetterlinge! Mein Bauch ist voller Schmetterlinge. Meine Brust hebt und senkt sich von meinem schweren Atem.
Verliebt sehen wir uns in die Augen, als die Firebirds „Only You" anspielen.
Ich bin gefangen in seinem Blick.
Unsere Körper schmiegen sich ganz nah aneinander.
Heimlich genieße ich seinen Atem in meinem Nacken.
Sanfte Bewegungen unserer Körper, als wären wir eins, spielen entgegen der wilden Schmetterlinge in mir.
Ein Moment der Ewigkeit ...
Jeder meiner Schritte passt zu ihm, wie zweier seit Ewigkeiten miteinander Tanzenden.
Um uns ist nichts. Nur wir zwei und die Musik. Es scheint ihn nicht zu stören, dass ich klatschnass bin, vom Tanzen. Ich bemerke, dass er ebenso schweißgebadet ist. Doch anstatt mich zu ekeln, atme ich tief ein. Ich mag seinen Geruch. Und in mir spüre ich den Wunsch nach mehr! Ich will ihn küssen, seine Haut berühren, enger mit ihm verbunden sein.

Sanft hebt er meine Hand und küsst sie zärtlich.
Ein Prickeln zieht sich von meiner Hand bis zu meinen Zehen.
Kein Wort bekomme ich heraus.
Wie erstarrt sehe ich ihn an.
Wir lächeln.
Er lässt vorsichtig meine Hand los.
„Danke, für diesen wundervollen Tanz", sagt er fast flüsternd.
Ich lächle.
Kein Wort …
Ich bleibe eine Weile wie eine Statue stehen und beobachte, wie er geht. Fassungslos über das, was gerade geschehen ist. Fassungslos über das, was ich gerade gefühlt habe. Fassungslos …

Als er in der Menge verschwindet, bemerke ich, wie voll die Tanzfläche geworden ist. Und, dass mir Diana abhandengekommen ist. Ich drehe mich mehrere Male um die eigene Achse, versuche, mal ein Stück durch die Menge zu laufen. Doch erscheint es mir eher aussichtslos, sie hier zu finden.
Ich ziehe mein Handy aus meiner Tasche, während ich die Menge verlasse.
Schnell wähle ich Dianas Nummer.
Es klingelt.
„Becky?"
„Diana, es tut mir so leid. Wo bist du denn?"
Ich höre sie lachen.
„Diana?"
„Ja?"
„Wo bist du?!", schreie ich sie an. Die laute Musik in meinem Hintergrund erweckt in mir das Gefühl, dass sie mich sonst nicht versteht.
„Ich bin was trinken gegangen."
„Alleine? Tut mir leid. Wieso hast du nichts gesagt?"
„Wieso alleine? Ich bin mit Chris hier."

Mein Gesicht schläft ein.
„Was!?"
Ich höre sie wieder lachen.
„Bist du betrunken?"
„Aaach. Ein bisschen beschwipst vielleicht."
„Wo bist du?"
„Wir sitzen auf der Mauer von vorhin."
„Okay. Ich komme sofort. Und geh von der Mauer runter!"
„Was?"
Genervt beende ich das Telefonat.
Schnell laufe ich Richtung Mauer.

Chris? Was macht der denn hier? Das kann doch nicht wahr sein. Diana völlig betrunken. Und ich tanzend mit einem Mann. Mit einem so gut riechenden, wunderschönen, charmanten Mann. Reiß dich zusammen! Wenn Chris hier ist, könnte das schöne Rock 'n' Roll-Wochenende schneller beendet sein, als mir lieb ist. Verdammt!
Da ist sie.
Sie redet mit einem Mann. Aber der sieht nicht aus wie Chris ...

„Hey, Diana. Geht es dir gut?", frage ich sie aufgeregt.
Erstaunt sieht sie mich an. „Natürlich. Alles schön!"
Nervös frage ich sie: „Wo ist Chris?" Ich suche mit meinen Blicken die Umgebung ab.
Diana steht auf.
„Darf ich vorstellen? Christopher!" Sie zeigt auf den jungen Mann neben ihr. „Chris. Das ist eine liebe Kollegin und irgendwie auch Freundin, Becky." Sie zeigt auf mich.
Der Stein, welcher gerade von meinem Herzen gefallen ist, hätte für ein Erdbeben sorgen können. Ich spüre, wie mein Körper sich entspannt. Die Luft strömt aus meinen Lungen. Diana lacht herzlich.

„Dachtest du etwa, dein Chris sei hier?"
Mit offenem Mund sehe ich sie an.
„Als ob dein Chris sich die Mühe gibt, für dich hier herzukommen." Sie winkt ab und lacht.
„Das war nicht nett", merke ich an.
„Dein Chris ist nicht nett. Er würde sich weder, um dir eine Freude zu machen, noch, um dich zu kontrollieren, hier blicken lassen. Ist nicht sein Ding. Und er springt niemals über seinen Schatten."
Diana sieht Christopher an.
„Das ist ein Arsch."
„Diana? Ich kann dich hören!" Entrüstet sehe ich sie an. Diana sieht allerdings nach wie vor zu Christopher und scheint vergessen zu haben, dass ich neben ihr stehe.
„Ehrlich, der macht nur, was er will. Ist seiner Frau gegenüber beleidigend. Und behandelt sie wie einen Wellensittich. Aber immerhin im goldenen Käfig."
„Okay, das reicht jetzt, Diana." Entrüstet drehe ich mich um und gehe. An Bierständen vorbei, durch das Shoppingzelt zur Bühne.
Ich bleibe stehen. Versteinert.

Tanzen? Oder ins Bett?
Tanzen würde vielleicht ablenken. Im Bett könnte ich allerdings im Selbstmitleid versinken. Traurig sein dürfen, ohne dass mir jemand sagt, ich solle mich wie eine erwachsene Frau benehmen. Hat auch was. Vielleicht fühle ich mich danach besser. Meine Brust hebt und senkt sich. Unwillkürlich nicke ich. Bett ...

Gedankenverloren und entschlossen suche ich mir den Weg durch die tanzende Menge.
Ich gehe durch den Ausgang. Völlig apathisch.
Plötzlich steht David vor mir. Wie aus dem Nichts gekommen.
Ist er ein Vampir oder so? Wie konnte er wissen, dass ich hier bin? Vielleicht wusste er es nicht.

Er kommt langsam auf mich zu. Ich starre in seine Augen. Mein Atem wird schwer. Ich sehe nur ihn. Mein Körper steht unter Strom. Bis in die Fingerspitzen. Ich sehe meine Hand an. Unfassbar. Dieses Gefühl.
Ich hebe meinen Blick. David steht direkt vor mir und hebt vorsichtig seine Hand. Er berührt sanft meine Wange. Schüchtern und völlig in seiner Hand verloren, sehe ich ihn an. Meine Lippen öffnen sich leicht. Sein Gesicht kommt näher. Ich spüre seinen Atem. Auch seine Lippen öffnen sich leicht und nähern sich meinen. Unser beider Lippen berühren sich sanft und zärtlich. Unsere Zungen schmecken einander. Sanft massieren sie einander. Seine Lippen sind so weich. Ich möchte nicht widerstehen.
Meine Augen schließen sich. Unsere Lippen berühren sich wilder. Unser Atem wird stärker. Unsere Körper pressen sich aneinander. Abrupt löse ich unsere Verbindung. Ich sehe verzweifelt zum Boden.
„Du hast eine Familie. Und ich bin verheiratet."
Mein Blick hebt sich. Ich sehe ihn an. Er schaut mir tief, traurig und verwirrt in meine Augen.
Tränen drücken.
Er rührt sich nicht.
Ich gehe.

Schlaff hänge ich meine Jacke an den Haken und gehe zum Bett. Ich falle. Und bleibe einfach erstarrt liegen.
Mein Leben ist ein Trümmerhaufen. Diana hat so recht. Chris ist ein Arsch. Er behandelt mich wie Dreck. Trifft heimlich andere Frauen. Okay. Eine hat er mal heimlich getroffen. Vielleicht war das wirklich nur ein blödes Ding.
Ach Scheiße ...
Er kann aber auch liebevoll sein.
War er lange nicht so richtig.
Aber er kann ...

Wieso fühlt sich Davids Nähe so unendlich gut an? Was passiert da mit mir?
Ich liebe Chris. Oder etwa nicht? Vielleicht war es nie die wahre Liebe? Ob er mich als die Liebe des Lebens empfindet? Ich sollte ihn fragen ...
Oh Gott, mein Kopf explodiert ...
Kann das Leben nicht einfach mal schön sein? Ich will doch nur mit einem Mann glücklich sein. Eine Familie haben und einfach nur glücklich sein ...

Mmmhhh, kuscheliges Bettchen ...
Einen Moment muss ich überlegen, wo ich bin.
Ich drehe mich um. Diana.
Ich hab gar nicht bemerkt, wann und wie sie hier reingekommen ist. Ich muss aus dem Kleid raus! Wie konnte ich darin nur schlafen? Vielleicht habe ich deswegen so schön geträumt? Nein! Es war kein Traum! Es war traumhaft schön, aber kein Traum! Ich setze mich auf die Bettkante und schlage meine Hände vor mein Gesicht. *Aber es muss ein Traum gewesen sein! Es darf sich doch nicht so unendlich gut anfühlen, ihm nah zu sein, geschweige denn zu küssen! Ich darf ihm überhaupt nicht nah sein, geschweige denn küssen! Das sind sicher meine Hormone! Genau! Meine Hormone sind völlig durcheinander wegen, wegen, na wegen meinem Alter. Genau! Alle sieben Jahre gibt es eine körperliche Umstellung, habe ich mal gehört. Da sind sicher die Hormone gemeint. Die steuern eh alles. Also sind es die Hormone. Deswegen drehe ich durch, wenn ich David rieche. Also Hormone kann man doch missachten. Oder?*
Ich rieche mich. Duschen! Ganz dringend duschen!

Mit meinem Turban auf dem Kopf und einem Handtuch um meinem Körper, verlasse ich das Badezimmer. Diana liegt nach wie vor im Bett.

Ich setze mich zu ihr und streichle ihr vorsichtig den Kopf.
Sie bewegt sich. Sehr langsam. Aber immerhin bewegt sie sich.
„Guten Morgen, Diana", begrüße ich sie ganz leise.
„Was hältst du von Frühstück?"
„Guten Morgen. Warte kurz", sagt sie, während sie ihren Bauch tätschelt und ihre Stirn berührt.
„Ja, geht eigentlich. Becky. Tut mir so leid."
Mit einem unglaublich traurigen Gesicht sieht sie mich an.
„Schon okay. Es stimmt ja, was du sagst. Obwohl ich mich frage, woher du dir so sicher bist. Ich meine, du kennst ihn nicht so gut. Oder doch?"
„Ich geh schnell duschen und dann frühstücken wir. Nachher reden wir in Ruhe, okay?"
„Okay." Langsam gehe ich zum Schminkschrank und lege ein leichtes Tages-Make-up auf.
Verträumt sehe ich in den Spiegel.
Das habe ich lange nicht getan. Einfach vor dem Spiegel sitzen und das Schminken genießen. Ohne Druck. Ohne jemanden, der mir sagt, dass ich das Zeug nicht brauche und mich beeilen soll. Bla, bla. Wie es wohl wäre, wenn David mein Mann wäre. Er hätte sicher nichts dagegen, wenn ich ganz Frau bin.
Und so schweifen meine Gedanken wieder zu David.
Seine weichen Lippen auf meinen. Das Gefühl. Dieses unbeschreibliche Gefühl. Sein Körper berührt sanft meinen. Der Wunsch nach einem nie endenden Moment. Und dann die plötzlichen Gedanken, die mich von meiner Wolke herunterschmeißen. Mit vollem Aufprall ...
Ich sollte Chris anrufen ...

Einen Moment sitze ich noch, starrend in den Spiegel, da.
Dann greife ich nach meinem Handy. Während es ruft, sehe ich mich im Spiegel an.
Sieht so eine glückliche Frau aus?

„Guten Morgen, Schatz", begrüßt er mich freundlich und holt mich aus meiner Gedankenwelt.
„Guten Morgen", antworte ich mit einem Lächeln. „Hast du gut geschlafen?
„Ja", antwortet er kurz.
„Und wie werdet ihr euren freien Tag heute verbringen?"
„Keine Ahnung, was geplant ist. Wir treffen uns sicher gleich alle zum Frühstück. Und da werden wir schon erfahren, was so geplant ist oder nicht."
„Hm. Na, da bin ich ja gespannt", entgegne ich lächelnd.
„Ist alles okay bei dir? Du klingst nicht gut."
„Ähm. Nein. Alles gut. Ich bin wahrscheinlich noch etwas müde."
„Dann warst du lange unterwegs?"
„Ging eigentlich. Du fehlst mir."
„Du fehlst mir auch. Ich geh jetzt frühstücken. Wir reden später, okay?"
„Ja, okay." Langsam senke ich das Handy und lege auf.
Vorwurfsvoll betrachte ich mich im Spiegel.
Er war gut drauf und nett. Wäre der Kuss gestern gewesen, wenn er immer so nett wäre? Oder bin ich eine schrecklich untreue Frau?

Ich brauche Musik ...

Elvis Presley – Jailhouse Rock

Ich tanze zum Kleiderschrank und ziehe mein Lieblingspencildress heraus. Es ist grün wie die Hoffnung, bestückt mit schwarzen Zierknöpfen. Okay, okay. Alle meine Rockabellaklamotten sind meine Lieblingsstücke. Aber Grün ist für heute eine gute Wahl. Die Hoffnung! Die Hoffnung auf einen guten Tag! Zu den schwarzen Knöpfen kann ich auch meine schwarzen Pumps tragen.

„Hey, du bist ja schon angezogen!"
„Hey, erschreck mich nicht so", fauche ich Diana lachend an.
„Ich zieh mir nur schnell was über. Dann gehen wir frühstücken. Leg dir lieber eine Schürze oder so etwas um. Wenn du das gute Teil bekleckerst, ärgerst du dich bis zum ‚geht nicht mehr'", lacht sie mich aus.
„Du weißt also, wie ich esse, ja?" Meine Hand stützt meine Hüfte.
„Ja", antwortet sie spielerisch ernst.
„Ich gebe mich geschlagen. Deine Oma hat vielleicht eine Schürze oder so."
„Ja. Hat sie definitiv. Ich mach dir nachher die Haare, ja?"
„Gerne."

Lachend gehen wir nach unten in die Küche.
Es duftet herrlich, nach frisch aufgebackenen Brötchen.
Der Tisch ist bereits gedeckt. Eine Kerze in der Mitte. Drumherum steht alles, was das Herz begehren könnte. Von Käse über Wurst zu Lachs und Marmelade sowie Honig und so weiter.
„Guten Morgen", begrüßt uns Oma Margot mit einer Umarmung.
Opa Otto sitzt bereits am gedeckten Tisch.
„Guten Morgen, Mädels."
„Guten Morgen", antworten wir lachend im Chor.
„Setzt euch." Opa Otto zeigt auf die zum Fenster gerichteten Stühle.
„Wie war euer Abend?", fragt er uns, während Margot uns Kaffee einschenkt.
„Super", antwortet Diana schnell. „Wir haben gegessen, getrunken, getanzt, viel gelacht und waren erfolglos shoppen."
„Aber wir nehmen heute noch mal Anlauf", ergänze ich Diana.
Margot reicht uns die Brötchen.
„Lasst es euch schmecken und stärkt euch gut. Der Tag wird lang."

Otto tätschelt Dianas Hand. „Deine Großmutter hat hervorragend getanzt." Er sieht zu Margot.
Sie lächelt ihn verlegen an.
„Darf ich dich heute wieder bitten?"
„Aber natürlich", antwortet sie verliebt.
„Becky hat gestern auch super schön getanzt." Sie unterstreicht ihre Worte mit unkontrollierbaren Handbewegungen. „Ich finde, ihr seht toll zusammen aus."
„So, so. Mit wem hat die junge Dame denn getanzt?", fragt Margot.
„Ach", winke ich ab.
„Er heißt David. Sie hat ihn auf dem Festival kennengelernt. Er hat ihr ein Taschentuch gegeben."
Ich sehe Diana streng an.
„Diana, Liebes. Wenn Becky uns etwas erzählen möchte, wird sie das schon machen", rügt Margot ihre Enkeltochter auf sanfte Weise.
Ich zucke nur kurz, möchte aber nicht in das Gespräch einsteigen.
„Ja, stimmt. Aber hätte ja sein können, dass ihr ihn kennt", quasselt Diana unbeirrt weiter.
Otto mischt sich ein. „Hast du denn einen Nachnamen?"
„Nein. Becky, hat er dir seinen Nachnamen verraten?"
„Nein. Wir haben uns nur mit Vornamen vorgestellt. Aber ist doch auch egal. Ich weiß nur, dass er Frau und Kind hat. Ende der Geschichte", sage ich mit einem angestrengten Lächeln.
„Oh", verstummt Diana.
Margot nimmt meine Hand. „Der Richtige wird schon noch kommen."
„Oh, das muss er nicht. Ich meine. Ich bin verheiratet. Das sollte dann wohl der Richtige sein. Also ..." Meine Stimme versagt. Ich sehe auf meinen Teller.
„Was Becky eigentlich damit sagen wollte, ist, dass sie mit einem Mann verheiratet ist, der mies mit ihr umgeht und sie überhaupt

nicht verdient hat. Deswegen fände ich es voll schön, wenn sie einen Weg zu ihrem eigenen Leben zurückfinden würde."
„Darüber entscheidet dann Becky wohl lieber selbst", meint Margot liebevoll.
Peinliches Schweigen.
„Diana?!", rufe ich aus unserem Zimmer.
„Ich komme!", ruft es von unten.
Schnell rennt sie die Treppe hinauf.
„Alles okay?", fragt sie völlig außer Atem.
Ich muss laut lachen.
„Du tanzt die halbe Nacht, aber schaffst nicht mal die Treppe hinaufzurennen, ohne zu schnaufen wie ein Nilpferd nach einem Marathon?"
Sie versucht zu lachen. Kommt aber mit ihrer Atmung nicht klar. Nachdem Diana einmal tief ein- und wieder ausgeatmet hat, scheint sich ihre Lunge zu beruhigen.
„Warum hast du denn gerufen?"
„Du wolltest doch meine Haare machen." Ich reiche ihr mein Täschchen mit meinen Haarnadeln und einem Kamm.
„Und deswegen simulierst du einen Notfall?" Entsetzt sieht mich Diana an.
„Aber das ist ein Notfall", entschuldige ich mich. „So kannst du mich doch nicht auf die Straße gehen lassen. Sollen die Leute vor Lachen sterben, wenn sie mich sehen?"
„Setz dich!", befiehlt sie ernst. Dann kann sie sich ein Lachen nicht verkneifen.
Wie eine Prinzessin setze ich mich und genieße.
Wie ein Profi dreht mir Diana mit dem Lockenstab die Haare. Vicktory Rolls. Ist doch wohl klar. Den Lockenwickler aus meinem Pony entfernt sie zum Schluss und fixiert meine Frisur mit Haarspray.
„Und?"

„Sieht super aus!" Lächelnd sehe ich in den Spiegel. Da bin ich, die Rockabella.
Mein Blick wird traurig und richtet sich zu Diana.
„Wahrscheinlich hast du recht. Das, was ich im Spiegel sehe, bin ich. Und das möchte ich sein. Nur würde Chris das nie tolerieren."
„Vielleicht solltest du dein Leben noch einmal ändern? Zu dem, was du immer warst, und nicht zu dem, was man aus dir gemacht hat?", fragt Diana vorsichtig.
Sie holt sich einen Stuhl und setzt sich neben mich.
„Woher weißt du eigentlich so relativ viel über Chris?" Ich sehe sie fragend an.
Diana lehnt ihren Ellenbogen auf den Schminktisch und stützt ihr Kinn mit ihrer Hand.
„Um ehrlich zu sein, wird im Büro viel geredet. Na ja. Und manchmal, eigentlich selten, jetzt schon länger nicht mehr, seid ihr zwei oder ist eher Chris Thema. Ich weiß, ich weiß. Das ist nicht okay, aber so ist es eben manchmal. Irgendwie ist ja jeder einmal oder mehrmals dran", versucht sie sich zu entschuldigen.
„Und was wird da so geredet?"
„Ach Becky. Wir wollen doch dieses Wochenende Spaß haben. Können wir das Gespräch nicht verschieben?"
„Du fängst doch ständig mit Andeutungen an. Jetzt ist es egal, wann wir zum Festival gehen. Also können wir uns auch die Zeit nehmen, miteinander zu reden."
Meine Schultern zucken.
Diana überlegt noch kurz.
„Hm. Okay. Aber nur, wenn du mir versprichst, dass ich dich dann wieder aufbauen darf und du trotzdem Spaß haben willst. Du musst Spaß haben. Das Leben ist viel, viel, viel, viel ..."
„Jetzt rede schon!"
„... zu kurz."
Diana springt auf und holt eine Flasche Cordorniu und zwei Sektgläser.

„Okay. Zeit für ein ernsthaftes Frauengespräch."
„Fein."
Sie öffnet die Flasche und schenkt uns bis zum Rand ein.
„Also. Es geht als Erstes das Gerücht um, dass du für Chris eingesetzt wurdest, weil er schon vorab darum gebeten hat. Also, er wollte eh an dich ran, und somit hatte er leichtes Spiel. Dann kam allerdings noch Francesca dazu und das Gerede wurde lauter."
Ich lehne mich ihr entgegen.
„Es wurde erzählt, dass sie eine Affäre haben oder hatten oder was weiß ich."
„Ach so", winke ich ab. „Die waren nur mal essen. Da hat er mich zwar auch belogen und ich habe es durch Zufall rausbekommen, aber okay. Immerhin war es nur ein Essen. Und was soll in einem Restaurant in der Öffentlichkeit schon passieren."
„Stimmt." Diana dreht sich schnell weg.
Doch meine innere Stimme schreit mich an. Irgendwas ist da noch!
„Warte!"
„Was denn? Du weißt ja offensichtlich Bescheid", versucht Diana sich rauszureden.
„Nein. Ich glaube, da fehlt mir noch etwas."
„Was denn?"
„Das wirst du mir gleich verraten."
Diana schnieft laut durch Mund und Nase.
„Gregor hat da mal was mitbekommen."
„Ich bin ganz Ohr."
„Du weißt, wer Gregor ist?"
„Nein. Ist das jetzt wichtig?"
„Ja. Also schon. Gregor ist ein Arbeitskollege und ein richtig guter Freund. Wir gehen öfter mal aus. Spaß haben und so." Diana schaut verliebt zum Fenster.
Ich gebe ihr einen leichten Klaps auf den Oberschenkel.

„Super. Das kannst du mir ja dann gleich ausführlicher schildern. Jetzt zum Thema. Was hat dein Gregor mitbekommen?"
„Er ist nicht mein Gregor", versucht Diana sich zu retten.
„Egal! Was hat er beobachtet?"
„Manchmal bleibt Chris länger im Büro als du. Gregor ist mit der Zeit aufgefallen, dass Francesca an diesen Tagen auch seltsamerweise immer länger im Büro herumspaziert."
„Ja. Aber da kann ja Chris jetzt nichts dafür."
„Vielleicht schon. Gregor war sehr neugierig."
„Ja und?"
„Gregor hatte irgendwann mal gesagt, dass er der Sache auf den Grund gehen wird. Auch wenn es ihn eigentlich nichts angeht. Er war einfach zu neugierig."
„Und was hat dein Gregor rausgefunden?"
„Also, vor ein paar Wochen ... Ich wollte dir das eigentlich ersparen und dir einfach nur klarmachen, dass Chris so oder so kein guter Mann für dich ist. Jedenfalls hat Gregor sich wohl im Büro irgendwo versteckt oder so. Und dann hat er gelauscht. Francesca und Chris waren die Einzigen im Büro. Also außer ihm. Aber das wusste ja keiner, denn er hatte sich ja versteckt. Er hat dann gehört, wie die Tür zu Chris seinem Büro auf- und zuklappte. Na ja. Und dann ist er vorsichtig aus seinem Versteck gekrochen. Er hatte sich dann ans Büro von Chris geschlichen und tatsächlich gehört, wie sich die beiden unterhalten haben."
„Ja, unterhalten. Das ist ja jetzt kein krasses Vergehen."
„Soll ich dir jetzt alles erzählen oder nicht?"
„Entschuldige! Mach weiter", bitte ich sie.
„Unterhalten ist kein Vergehen. Gregor hatte allerdings weiter gelauscht und dann wurde es ruhig im Büro. Er hat eine Weile nichts gehört. Dann kamen Geräusche aus dem Büro, als würden sich zwei Menschen sexuell vergnügen."
Ich springe von meinem Stuhl auf. Atme wild. Fasse es nicht. Denke nach.

„Ja, aber hat er sie denn gesehen?", frage ich völlig aufgebracht.
„Nein. Natürlich nicht. Wäre er in das Büro reingegangen, hätten sie ja gewusst, dass sie ertappt wurden. Und von wem sie ertappt wurden." Diana sieht mich traurig an.
„Und das kann deinem Gregor doch egal sein. Oder ist er jetzt noch der heimliche Freund von Chris?"
„Natürlich nicht. Die würden nie Freunde werden können. Aber Gregor hat das Richtige getan."
„Ach, was hat denn dein Gregor getan?"
„Gregor hat, wie gesagt, herausgefunden, was da läuft, und hat sich anschließend mit mir getroffen. Er hat mir alles erzählt und war so bestürzt darüber, dass Chris dir so etwas antut."
„Und warum hast du mir das nicht schon lange gesagt?" Ich sehe Diana vorwurfsvoll an.
„Klar. Wenn du morgens ins Büro kommst am besten. So voll aus der kalten Schulter heraus."
Ich sehe aus dem Fenster und denke nach.
„Warte mal!" Schnell drehe ich mich zu Diana. Mein Blick ist eiskalt.
„Deswegen wolltest du dich mit mir treffen. Und deswegen auch diese Show hier. Du wolltest mich mit Chris auseinanderbringen. Von wegen Sympathie und so einem Scheiß. Wenn dein Gregor das nicht beobachtet hätte, wären wir wahrscheinlich nie gemeinsam essen gewesen. Geschweige denn auf dem Rock 'n' Roll-Festival."
„Nein, nein." Diana schüttelt ihren Kopf.
„So war das nicht!"
„Ach, und wie war es dann? Ihr habt doch bestimmt alles genau geplant." Wieder drehe ich mich zum Fenster. Tränen laufen mir unaufhaltsam über die Wangen.
„Ich hatte Gregor schon vor Langem mal angesprochen, dass ich dich total nett finde. Und ich fand es immer schade, dass man nicht mal mehr miteinander zu tun hat als einen Small Talk auf

Arbeit. Vielleicht war auch das ein Beweggrund für Gregor, der Sache auf den Grund zu gehen. Er wusste, dass du eine total liebe Frau bist."
„Und woher wollte er das wissen?", unterbreche ich Diana.
„Na weil ich das einfache spüre. Du bist so eine liebenswerte Person. Das sieht man doch! So, wie man sieht, dass Francesca Garcia, die Oberziege, genau das eben nicht ist!"
Ich muss kurz lachen.
„Du nennst sie Oberziege?"
Mit einem leicht unsicheren Lächeln antwortet Diana: „Ja, passt doch auch, oder nicht?" Sie senkt ihren Blick.
Ich muss wieder lachen.
„Was ist denn so komisch?" Dianas Blick ist weiter gesenkt.
„Ich nenne sie in meinen Gedanken auch Oberziege."
Diana schaut mich mit großen Augen an. Sie lacht.
„Tatsächlich?"
„Tatsächlich." Wir lachen. Doch dann wird das Lachen immer kleiner, immer leiser.
Ich atme schwer.
„Ich habe schon immer ein ungutes Gefühl gehabt, was Chris betrifft. Er flirtet mir zu viel. Er lügt. Er, ach ich weiß es doch auch nicht. Alles, was er mir bisher angetan hat, reichte mir nicht als Begründung, ihn zu verlassen. Aber jetzt." – Schweigen.
Ich nehme einen großen Schluck vom Codorniu.
Langsam drehe ich mich zu Diana.
„Hilfst du mir?"
Voller Enthusiasmus antwortet sie schnell: „Na klar. Was auch immer du willst. Ich bin dein Mann. Ähm. Deine Frau. Oder Freundin. Reicht."
Lachen.
„Gut. Du bist jetzt für meine Stimmung verantwortlich. Du wirst mir helfen, ein total schönes Wochenende mit viel Tanz, Lachen und glücklichen Momenten zu haben. Dann brauche ich dich nach

dem Wochenende. Ich will sofort ausziehen. Leider weiß ich noch nicht, wohin. Aber es könnte sein, dass ich deine Hilfe benötige. Dann kann ich so schnell wie möglich aus der Situation. Und einen neuen Job brauche ich auch."
„Wir finden eine Lösung, Becky."
Sie steht auf und nimmt mich fest in ihre Arme.
„Vielleicht habe ich auch schon eine Idee, wo du eine Zeit lang wohnen kannst."
„Tatsächlich?" Wieder laufen mir die Tränen über meine Wangen.
„Ja, aber ich überprüfe das sozusagen erst. Ich will dir keine falschen Hoffnungen machen."
Sie nimmt mein Gesicht in ihre Hände.
„Ich helfe dir, so gut ich kann. Und ich bin unglaublich gerne für dich da."
„Danke."
Wir umarmen uns ganz fest.
„Das tut gut. Den Mann brauche ich wirklich nicht. Eine gute Freundin ist so viel mehr wert."
„Dann können wir jetzt endlich leben, lachen, feiern und tanzen, tanzen, tanzen?"
„Genau! Ich lass mir von so einem Mistkerl doch nicht meinen Tag versauen! Und schon gar nicht mein ganzes Leben! Lass uns gehen!"
„Los geht's!"

Und wir gehen entschlossen zum Festival.
Wieder vorbei an den heißen Oldtimern. Nicht ohne noch einmal an dem einen oder anderen Wagen stehen zu bleiben. Ich könnte mir Oldtimer immer und immer wieder ansehen. Ich weiß nicht, wo das herkommt, aber soweit ich zurückdenken kann, flippe ich aus, wenn ich einen Oldtimer sehe.
Wir gehen in das Gelände und biegen dieses Mal gleich links ab zum Shoppen!

Wieder wühlen wir uns von Stand zu Stand. Staunen von Klamotte zu Klamotte, von Accessoire zu Accessoire, von Schuh zu Schuh. Gegenseitig zeigen wir uns Dinge, die uns zum Ausflippen zwingen. Wir beachten die anderen nicht. Ist auch egal, was sie von uns halten. Und wenn sie glauben, wir seien durchgeknallte, aus der Anstalt Entflohene, ist mir das auch egal. Ich will fühlen! Ich will Spaß ohne Ende haben! Ich will lachen, staunen, ausflippen. Und mit Diana habe ich die perfekte Freundin für solche Dinge gefunden! Meine Rock 'n' Roll-Freundin sozusagen!

„Die kaufe ich jetzt!" Diana hält aufgeregt eine Jacke von den Pink Ladies nach oben. Ich flippe aus! „Cool!" Ich fasse die Jacke an. „Oh, ist die geil! Die würde ich auch kaufen."

„Mach doch. Dann kommen wir morgen als die Pink Ladies hierher. Das wird total abgefahren!" Diana scheint am Durchdrehen zu sein. Ich lasse mich von ihr anstecken und wir kreischen gemeinsam: „Vielleicht finden wir unseren Danny Zuko!" Wir lachen wie die durchgeknallte Rizzo und probieren die Jacken an.

Wir sehen uns an. „Gekauft!", sagt Diana entschieden.

„Gekauft!", entgegne ich ihr entschieden.

In etwa so kann man sich den Verlauf des restlichen Tages bis zur Kaffeezeit vorstellen. Zum Kaffee gehen wir zu Dianas Großeltern, erzählen aufgeregt von unserer Beute. Zum Luft holen haben wir keine Zeit. Wir schnattern und schnattern und schnattern und … und merken, dass wir langsam müde werden. Wir entschließen uns zu einer kleinen Siesta, bevor wir uns auf den Abend vorbereiten.

The Firebirds – Hit the Road, Jack

Verschwitzt tanze ich zu Massas Solo. Mein Körper spürt Lust. Lust auf mehr. Mehr, mehr, mehr …

Alle Synapsen meines Körpers signalisieren mir einen Orgasmus nach dem anderen.

Völlig irre sind auch alle um mich außer Rand und Band.

The Firebirds – What a Wonderful World

Ich spüre mein Herz. Es versucht, sich aus meiner Brust zu drücken. Mein Atmen dehnt meine Lungen ins Unermessliche.
Ein ruhiger Song kommt wohl ganz gelegen.
Diana tippt auf meine Schulter.
„Ich brauche etwas zu trinken. Möchtest du auch etwas?"
„Ich geh gleich selber. Will den Song noch genießen."
Ich schau ihr kurz hinterher und mein Atem stockt für einen Moment.
David!
Ich kann meinen Blick nicht von ihm wenden.
Ihm scheint es genauso zu gehen.
Seine Augen sind fest auf mich gerichtet.

Schmetterlinge!
Ich will ihn spüren.
Mit ihm tanzen. Wahnsinn. Er und die Musik. Wie umwerfend wäre das denn?
Er kommt langsam auf mich zu.
Es scheint so, als würden alle leicht von ihm weichen um ihn zu mir zu lassen.
Er nimmt meine Hand in seine und schmiegt seinen Körper sanft an meinen, während sein Arm um meine Hüfte gleitet. Unsere Augen bleiben aufeinander gerichtet.
Langsam beginnen sich unsere Körper im ruhigen Rhythmus der Musik zu bewegen.
Ich sehe nur ihn. Ich rieche seinen anregenden Duft. Unwillkürlich öffnen sich meine Lippen leicht. Das Kribbeln in meinem Körper lässt meine Gedanken erstarren und mich nur noch fühlen.
Sein Atem wird schwer. Seine Lippen öffnen sich leicht. Langsam und ohne den Blick von mir zu wenden, nähert er sich. Seine Lip-

pen berühren meine. Mein Atem wird schwer. Ich will mehr. Von meinen Gefühlen überrannt, presse ich mich stärker an ihn. Wir küssen uns so intensiv und bleiben dennoch in Bewegung zur Musik. Er hält mich ganz fest. Ich will ihn. Nur ihn. Ich will ihn nackt spüren. Seine Haut auf meiner. Seinen Körper verbunden mit meinem. Zwischen meinen Schenkeln nehme ich ein erregtes Kribbeln wahr.
Im Rausch der Gefühle ...

The Firebirds gehen zum nächsten Song über, der passender gerade nicht sein könnte.
Why do fools fall in love
Ich bin so gut wie frei, aber er hat Frau und Kind! Wie konnte er es wagen, mich zu küssen? Obwohl ich ihn gerne geküsst habe. Aber nein! Das geht nicht!
Verwirrt löse ich abrupt unsere Verbindung. Ich sehe ihn verzweifelt an.
Dann löse ich auch meinen Blick von ihm und steuere zielgerichtet auf den Bierstand zu. Ich lasse ihn einfach stehen.
Am Bierstand muss ich, wie immer, anstehen.
Im Augenwinkel sehe ich, wie David mir nachläuft. Aber ich versuche, ihn so gut es geht zu ignorieren.
Die wartende Meute am Bierstand ist schlimmer als die Warteschlange vor dem Frauenklo. Aber das ist auch verständlich. Das Wetter ist super schön, und das bedeutet eben auch, dass es super warm ist. Dazu heiße Musik, zu der man sich einfach bewegen muss. Der Bierstandbetreiber macht sicher ein gutes Geschäft.
Jemand tippt mir vorsichtig auf die Schulter.
Ich schließe kurz meine Augen.
„Hey. Kann ich kurz mit dir reden?" Seine Stimme klingt so verführerisch. Eine männliche tiefe Stimme. Meine Augen öffnen sich langsam. Ich drehe mich noch langsamer um.
Mir stockt der Atem.

Sofort würde ich meinen Körper wieder an ihn schmiegen und seine Lippen spüren wollen, muss jedoch hart bleiben.
„Was willst du?" Das klang zu hart, aber vielleicht ist das auch besser so. Immerhin muss ich mich ja nicht in ein Drama stürzen. Auch nicht, wenn ich mich bereits jetzt schon wie eine Single-Lady fühle. Chris weiß noch nichts davon. Das muss er auch nicht. Den lass ich schmoren.
Bei dem Gedanken an Chris drückt mir sofort das Blut in meinen Adern. Mein Kopf könnte zerspringen.
David nimmt meine Hand. „Hey? Was ist? Geht es dir nicht gut?" Er sieht mich besorgt an.
„Alles ist in bester Ordnung!", lüge ich ihn an.
Er fährt mit seiner Hand durch sein Haar und atmet stoßartig aus.
„Hör zu. Ich. Ich möchte nur kurz mit dir reden. Bitte. Lass uns ein Stück gehen."
„Was darf es bei euch sein?" Eine schöne Rockabella sieht uns abwechselnd an.
„Zwei Bier", antworte ich.
David sieht mich an. Keinen einzigen Blick verschwendet er an diese wunderschöne Frau.
Die schöne Rockabella geht zum Zapfhahn. Ich lege ihr das Geld derweilen auf den Tresen.
„Du hast Durst, wie ich sehe."
„Eins ist für dich", antworte ich kühl.
„Danke", sagt er fast flüsternd.
Dann kommt es. Er hat wieder sein verführerisches Lächeln auf seinen Lippen.
„Was?"
„Dann gehst du mit mir ein Stück?", fragt er vorsichtig erwartungsvoll.
„Solltest du da nicht erst einmal deine Frau fragen?"
Ich drücke ihm sein Bier gegen seine Brust. Automatisch greift er danach und hält es fest.

Ich nutze den Augenblick, um zu verschwinden.
Er läuft mir nach.
Ein kleines Lächeln verspüre ich auf meinen Lippen.
Ich bin mir nicht sicher. Aber, dass er mir hinterherläuft, scheint mir auch irgendwie zu gefallen.
Mit meinem Bier in der Hand setze ich mich auf die Mauer und schaue ins Leere.
„Becky. Ich weiß nicht, wo ich anfangen soll."
„Dann fang doch am besten gar nicht an."
Ich sehe traurig in mein Glas.
„Hey", sagt David, während er mir zärtlich meine aus den Victory Rolls gerutschten Haare hinters Ohr legt.
Ich sehe ihn an. Tränen drücken in meinen Augen.
„Becky?"
Stumm sehe ich ihn an.
„Das klingt wahrscheinlich total kitschig aber, ähm, ich ..." Er bricht ab.
Er nimmt einen Schluck von seinem Bier. Vielleicht ist dann der Mut größer, das zu sagen, was er sagen will.
Ich nehme auch einen Schluck. Einen großen.
Dann sehen wir uns verloren an.
„Ich weiß nicht, wie das passieren konnte. Oder was eigentlich genau passiert ist", beginnt David.
„Aber ich hab dich gesehen und ich kann seitdem an nichts anderes mehr denken. Es ist, wie alle beschreiben, mit der Liebe auf den ersten Blick."
Als er merkt, wie ich stärker atme, hält er meine Hand.
„Ich will dir nichts von großer Liebe erzählen, aber irgendetwas ist mit mir passiert. Ich, ich hab, seitdem ich dich das erste Mal gesehen habe, das Gefühl, als hätte ich mein Mädchen gefunden. Ich kenne dich doch überhaupt nicht, aber es ist einfach um mich geschehen. Ich kann das nicht erklären, weil es auch völlig unreal klingt. Keine Ahnung, was du für Hobbys hast, was du arbeitest,

was du gerne isst oder welche deine Lieblingsfarbe ist. Ich weiß nur, dass ich mich in dich verliebt habe."
Ich spüre meinen Körper nicht mehr. Nur mein Herz. Es pocht und springt wild in meiner Brust. Worte! Wie oft habe ich von ähnlichen Worten geträumt. Es doch nicht für möglich gehalten, dass ich sie je von einem Mann hören werde.
„Jetzt sag doch was, bitte."
Mein Mund öffnet sich langsam.
„Rock 'n' Roll, Rechtsanwaltsfachangestellte, Äpfel, rot."
„Was?"
„Mein verlorengeglaubtes Hobby. Mein Beruf, bis jetzt. Das könnte sich eventuell bald ändern. Ich liebe Äpfel und die Farbe Rot."
Er lächelt. Und wie schön sein Lächeln ist.
Mein Blick bleibt starr.
„Das darf nicht passieren."
„Aber warum denn nicht?", fragt er verzweifelt.
„Weil. Na, weil du eine Frau und ein Kind hast!"
„Hab ich nicht!"
„Nicht?"
„Nein", schüttelt er, nach wie vor freundlich, mit seinem Kopf.
„Aber ...", mein Atem stockt.
„Nichts aber." David nimmt mein Bier und stellt es auf die Mauer. Er nimmt meine Hände in seine und sieht sie an. „Aber du hast jemanden. Ich habe es gehört, als du telefoniert hast. Du scheinst alles andere als glücklich zu sein. Korrigiere mich, wenn ich falschliege."
„Du liegst falsch."
„Oh." Schnell lässt er meine Hände los und sieht mich an.
Ich greife nach seinen Händen.
„Ich hatte jemanden. Wir sind zwar noch verheiratet, aber heute habe ich erfahren, dass er mich schon eine lange Zeit betrügt. Außerdem ist er ab und an ziemlich aggressiv mir gegenüber."

„Was meinst du mit aggressiv?"
„Vielleicht ist es besser, wenn wir es dabei belassen. Ich möchte nicht, dass du dich sorgst."
„Das tue ich bereits. Bitte. Ich möchte dich verstehen."
Ich hole tief Luft und rede dann ganz schnell weiter.
„Manchmal ist er sehr wütend auf mich, dann bespuckt und beschimpft er mich. Schmeißt mich in eine Ecke oder schlägt einfach zu."
Schweigen.
David sieht mich mit großen Augen an.
„Und diesen Mann hast du geheiratet?"
„Ich musste."
Er sieht mich weiterhin fragend an, so, als ob er eine weitere Erklärung benötigt.
Meine Schultern ziehen sich nach oben.
„Na ja, er hatte mal gesagt, wenn ich ihn nicht heirate, dann können wir uns ja gleich trennen."
Ich lasse ruckartig meine Schultern fallen.
David sieht mich noch immer genauso an.
„Aber wieso bist du dann nicht auf eine Trennung eingegangen?"
Verlegen sehe ich zum Boden.
„Ich war noch nicht so weit, eine endgültige Entscheidung zu treffen. Ich hatte immer gehofft, dass er wieder der liebevolle Chris wird, der er mal war. Immer seltener kommt er auch zum Vorschein, aber ich gebe die Hoffnung mehr und mehr auf. Dann ist da noch die Arbeit. Wir wohnen und arbeiten zusammen. Ich hatte immer Angst davor, einen Schritt zu machen und er bekommt es heraus. Flippt dann völlig aus. Und ich lande noch richtig im Krankenhaus oder im Totenbett."
„Aber jetzt ziehst du es durch?"
„Diana wird mir helfen. Bitte! Sie weiß nichts von der aggressiven Art. Sie weiß nur von den Betrügereien. Ich möchte nicht, dass jemand davon erfährt." Bettelnd nehme ich seine Hände in die

meinen. „Ich kann dir nicht sagen, wieso ich dir so sehr vertraue und dir das erzähle. Aber bitte versprich mir, dass es unter uns bleibt." In diesem Moment bereue ich schon, dass ich nach Jahren zum ersten Mal mit jemandem so offen darüber gesprochen habe.
„Mach dir keine Sorgen. Ich verspreche dir, dass wir ein Geheimnis haben. Aber bitte versprich mir, dass du vorsichtig sein wirst und dich da ganz schnell rausbegibst. Du kannst auch erst einmal bei mir wohnen. Und dann sehen wir weiter nach einer neuen Arbeit für dich."
„Du bist so unglaublich süß. Aber ich möchte nicht, dass du denkst, ich bin dir nah, um aus meinem Leben ausbrechen zu können. Ich habe noch Kraft und werde es schaffen. Du gibst mir Kraft."
Davids Blick ist fest auf meinen gerichtet.
„Wusstest du, dass der Flügelschlag eines Schmetterlings das Wetter beeinflussen kann?"
Mir wird heiß. Er sagt so wundervolle Dinge mit einer so wundervollen Art, dass es mich beinahe umhaut. Ich schaue in den Himmel und reagiere verträumt.
„Im Wetterbericht hatten sie eigentlich angesagt, dass es bewölkt ist und Regen geben kann", sagt er.
Mein Blick wandert wieder zu David.
Meine Stimme versagt beinahe. „Es ist wolkenlos und warm. Einfach nur schön."
David lächelt mich überglücklich an.
Sein Gesicht nähert sich meinem. Ganz langsam. Sein Blick bleibt an meinen Augen haften.
Meine Augen schließen sich. Ich spüre seinen Atem, seine Lippen, seine Arme mich umfassen.
Der Kuss wird intensiver. Seine Zunge spielt mit meiner. Immer stärker massieren sich unsere Zungen und unsere Lippen.
Schmetterlinge tanzen in meinem Körper. Immer wilder. Sie machen mich verrückt. Verrückt nach ihm. Verrückt nach mehr.

„Hey, ihr Süßen!"
Erschrocken lösen wir uns voneinander.
Diana!
„Ich finde es ja so wundervoll, dass ihr es kapiert habt und euch liebhabt, aber hier sind Kinder. Und überhaupt seid ihr hier nicht alleine", mahnt sie scherzhaft.
Wir lachen verschämt.
David sieht uns abwechselnd an. „Kommt, Mädels."
Er haut mir sanft auf meine Schenkel.
„Besorgen wir uns doch noch etwas zu trinken."
Wir beide nicken im Akkord.
David geht schlenkernd und voller guter Laune voraus.
Diana grinst mich wie ein Honigkuchenpferd an und haut mir auf die Schulter.
„Wusste ich es doch!"
„Was wusstest du?"
„Ach nichts", grinst sie mich an.
„Habt ihr das mit seiner Frau oder Nichtfrau klären können?"
Ich bleibe stehen und sehe sie peinlich berührt an.
Diana lacht herzlich.
Ich haue ihr auf die Schulter.
„Ist ja gut. Die gucken schon alle."
„Ach", winkt sie ab. „Ist doch egal. Weiß doch keiner, worum es geht."

Sonntagnachmittag ... Der letzte Tag des Rock 'n' Roll-Festivals.

„Diana?!"
Von der unteren Etage ruft Diana nach oben.
„Was?!"
„Kannst du mir mal bitte den Reißverschluss meines Oberteils schließen?!"

Heute trage ich eine schwarze enge Hose und ein schwarzes schulterfreies Oberteil. Dazu meine schwarzen High Heels.
„Ich komme!"
Sie rennt die Treppe hinauf und stürmt ins Zimmer.
„Ich habe dir einen Kaffee mitgebracht." Diana drückt mir die Tasse in die Hand.
Eine rosafarbene Tasse mit abgebildeten lilablauen Schmetterlingen und einer geschnörkelten Schrift. „Life like a Butterfly", lese ich verträumt vor.
David. Der Flügelschlag eines Schmetterlings kann das Wetter beeinflussen.
In meinem Bauch spüre ich wieder das Tanzen der Schmetterlinge.
Wie gut sich die Liebe anfühlt ...
Dachte ich gerade an Liebe? Oh Gott. Nein. Kann man von Liebe sprechen, wenn man den Menschen nicht kennt? Aber wann kennt man einen Menschen denn? Das würde Jahre dauern, davon sprechen zu können. Und selbst da wüsste man nicht, ob man den Menschen wirklich kennt. Der Mensch ändert sich ständig. Mit jeder Erfahrung ...
Also könnte ich von Liebe sprechen?
Ich sehe zu Diana. Sie sieht mich fassungslos an.
„Was?"
„Es ist so schön, wenn du träumst", lacht sie mich an.
„Sag mal, Diana, was würdest du als Liebe beschreiben? Also, wann weiß man denn, ob man einen Menschen so richtig liebt?"
„Ganz ehrlich? Das solltest du David fragen."
Mit hochgezogener Augenbraue sehe ich sie an.
„Das war ein Witz", lacht sie mich aus.
„Liebe?" Sie überlegt kurz.
„Ich glaube, es gibt keine Definition für die Liebe, an die sowieso kaum noch jemand glaubt. Wenn es Liebe ist, spürst du es einfach. Fühlt es sich bei David denn so an?"

Verlegen schaue ich in meine Tasse.
„Vermutlich."
„Vermutlich?"
„Ja. Ich kann mich nicht erinnern, dass ich jemals für Chris dasselbe empfunden habe. Also nicht am Anfang des Kennenlernens und erst recht nicht später im Laufe der Beziehung. Ich fand ihn interessant. Vielleicht war ich auch mal nervös bei den ersten Treffen und hatte den einen oder anderen Schmetterling im Bauch. Aber dieses unbeschreiblich elektrisierende Gefühl, in der Intension, spüre ich zum ersten Mal in meinem Leben."
Diana sieht mich verträumt an.
„Ich würde das auch gerne mal spüren."
„Jetzt kein Neid, bitte", necke ich sie. „Der große Stress liegt noch vor mir. Oder glaubst du allen Ernstes, dass Chris mich so einfach gehen lässt."
„Wie meinst du das?"
„Na ja. Er flippt schon mal gerne deftig aus. Und auch wenn er noch eine Affäre hat. Ich bin eine Trophäe. Die gibt er nicht mal eben her. Erst recht nicht, wenn er merkt, dass ich verliebt bin. Und zwar in einen anderen Mann. Ob ich mich auch in David verliebt hätte, wenn bei Chris und mir alles in Ordnung gewesen wäre?"
„Ich glaube, ja. Wenn ihr euch so verbunden fühlt und es die große Liebe ist, von der so viele reden, aber kaum einer sie erlebt, dann ja."
„Was ziehst du an?", lenke ich vom Thema ab.
„Kommt darauf an", überlegt Diana.
„Auf was?"
„Falls wir noch mal herkommen würde ich jetzt erst einmal mein blaues Pencildress anziehen. Ansonsten gleich mein Tanzkleid."
Sie sieht mich verschmitzt an.
„Dein Tanzkleid, so, so. Ich denke, wir gehen heute wie die Pink Ladies?"

„Oh! Das hatte ich ja völlig vergessen! Verdammt! Wie blöd! Ich muss mir schnell neue Klamotten raussuchen!" Diana rennt wie ein vom Fuchs gejagtes Huhn durch das Zimmer.
Sie beginnt in ihrem Kleiderschrank zu wühlen. „Schwarze Hose, schwarze Hose! Wo bist du verdammt?!" Ihre Klamotten fliegen im hohen Bogen aus dem Schrank, durch den Raum. Plötzlich, ein Gewinnerschrei. Diana hebt eine schwarze Hose in die Höhe. „Hab ich dich, du Miststück!" Sie zieht die enge Hose schnell an. Wegen ihrer Hektik sieht es ziemlich dämlich aus, wie sie versucht, ihre Beine in die Hosenbeine zu stecken. Dann macht sie sich an ihren Kleiderbügeln zu schaffen. „Schwarze Bluse! Schwarze Bluse ..." Sie bewegt jeden einzelnen Bügel von links nach rechts. „Schwarze Bluse, wo bist du? Verdammt noch mal!" Ich beobachte sie belustigt und nehme mein Handy zum Fotografieren dazu. *Das werden Erinnerungen!*
„Tataaa! Ich hab siiieee!"
Diana zieht sie überglücklich an. Geht zu ihren Schuhen und entscheidet sich ebenso für schwarze High Heels.
„Wow, ob wir heute als Schwestern durchgehen?", frage ich sie.
„Wir sind die Pink Ladies. Das ist doch praktisch wie Schwestern." Wir lachen und schnappen uns unsere neuen Jacken. Stolz gehen wir aus dem Zimmer, die Treppen hinunter. Dianas Opa kommt gerade zur Tür rein. Er pfeift wie die Jungs bei Grease, als Sandy am Ende total sexy auf dem Rummel ankommt. Ich drehe mich auf der Hälfte der Treppe zu Diana um und krame in meiner Handtasche. „Hier, Kaugummi. Ist authentischer."
„Cool! Danke!"
Wir gehen kaugummikauend und mit sexy Bewegungen die Treppe weiter runter, an Dianas Opa vorbei. Wir geben ihm im Vorbeigehen noch einen Kuss auf die Wange und verlassen das Haus.

„Ich nehme dich gern auf eine kleine Tour mit", spricht mich ein junger Mann an, der gerade aus seinem feuerroten Cadillac de Ville steigt.
Er könnte glatt ein Nachkomme von James Dean sein. Ein traumhaft schöner Mann.
Er kommt auf mich zu.
„Was sagst du?", fragt er mich.
„Oh", antworte ich erschrocken. „Nicht nötig."
„Du hast gerade zehn Minuten auf mein Auto gestarrt. Und verzichtest auf eine Tour?"
Zehn Minuten? Scheiß Tagträumer ... schimpfe ich mich selber.
Aufgeschreckt suche ich nach Diana.
„Hey, ist bei dir alles in Ordnung?"
„Ja, ich war nur so sehr in dein Auto vertieft, dass ich meine Freundin aus den Augen verloren habe." Verwirrt sehe ich nach rechts, nach links, nach hinten und nach vorne über den de Ville.
Intuitiv schlage ich mir meine Hand gegen den Kopf und zeige nach vorne. „Da ist sie ja!"
Schnell drehe ich mich zum Gehen um. Da ruft mir der ‚James Dean' hinterher. „Mein Angebot steht noch, auch für euch beide!"
„Was wollte er denn von dir?", fragt mich Diana äußerst neugierig.
Plötzlich steht der James Dean wieder neben mir. „Hey, ich wollte mich bei dir entschuldigen."
Verwirrt sehe ich ihn an. „Wofür?"
„Na, weil ich dich nicht anmachen wollte. Ich dachte nur, du hättest Lust, dir meinen Cadillac von innen anzusehen." Er schüttelt den Kopf. „Wenn Männer euch Frauen das anbieten, klingt es immer irgendwie nach Anmache." Er überlegt kurz und spricht dann ungefragt weiter.
„Na ja, auf jeden Fall wollte ich dich nicht anmachen. Nicht, dass du das nicht wert wärst, das bist du durchaus. Aber ich wollte nur nett sein und niemanden erschrecken."

Diana mischt sich ein. „Dann kannst du mir vielleicht erklären, warum ich derartige Angebote von Männern nicht bekomme."
Ein verschmitztes Lächeln zieht sich über sein Gesicht.
„Vielleicht solltest du auch mal zehn Minuten lang ein Auto anstarren."
Ich werde rot.
„Zehn Minuten?" Diana sieht mich an, als hätte ich nicht mehr alle Latten am Zaun.
„Ich habe geträumt", entschuldige ich mich locker.
„Okay, Mädels. Ich denke, es ist alles gesagt. Angebot steht. Vielleicht bis später.
Diana ruft ihm frech hinterher.
„Es ist nicht alles gesagt!"
Er dreht sich um.
„Wie heißt du überhaupt?" Ich habe Diana noch nie so kess erlebt.
Er kommt zurück und reicht Diana seine Hand.
„Mark. Freut mich."
„Diana. Freut mich ebenso."
Wie kleinlaut sie auf einmal ist.
Jetzt ist zwischen den beiden irgendetwas passiert. Interessant, wie man das von außen spürt. Da funkt es gerade! *Aber wie!*
„Also?", fragt sie ihn. Er antwortet mit einer Handbewegung Richtung Cadillac. Wir folgen ihm.
Ich rufe Diana flüsternd hinterher. „Diana?! Hey, Diana?!"
Sie dreht sich beiläufig um. „Was denn?"
„Du kannst doch nicht in das Auto eines dir völlig Fremden steigen!"
„Er heißt Mark! Er hat sich uns vorgestellt. Also ist er nicht fremd. Nun komm schon und lass uns einmal im Leben etwas Verrücktes tun!"
„Na gut. Wir sind immerhin zwei. Umbringen kann er uns nicht. Wir sind stark!"

Diana wirft mir einen tödlichen Blick zu. Ich beiße mir auf die Lippe und bin ganz ruhig.
Mark öffnet ihr die Beifahrertür. „Danke", sagt sie, während sie in den Cadillac gleitet. Mark hält die Tür weiter für mich geöffnet, doch ich öffne frech die hintere Tür und setze mich selbst hinein.
„Okay, bitte", sagt er leicht genervt.
„Wow, die Sitze! So bequem!" Diana ist hin- und weggerissen.
Mich hebt der Cadillac leider nicht mehr so an. Vielmehr interessiert und bewegt mich die Geschichte, die sich gerade vor mir abspielt.
Mark startet den Wagen. Unsere Augen werden wahnsinnig groß. Atmen!
Mark gibt Diana einen schnellen Kuss auf ihre Wange und fährt dann los. Verlegen starrt sie in die Ferne. Das Blut schießt in ihren Kopf.
Sie dreht sich zu mir um und lächelt bis über beide Ohren.
„Möchtet ihr eine etwas größere Runde drehen?"
Diana nickt verlegen.
Mark dreht sich zu mir, um sich zu vergewissern, dass es für mich auch okay ist.
Ich winke nach vorne ab. „Ja, mach nur und lass mich genießen", sage ich lächelnd.
Mark dreht das Autoradio lauter …
Wir fahren aus dem Ort hinaus, an wunderschönen Feldern vorbei. Sonnenblumen. Lächelnd verträumt vergesse ich, in welchem Wagen ich unterwegs bin. Die gelbe Farbe der riesigen Felder hat mich völlig vereinnahmt. Saftig grüne Bäume bewegen sich im leichten Wind. Die Sonne strahlt und zeichnet die traumhafte Welt noch viel schöner. Schmetterlinge tanzen in mir. Berauscht vom sonnigen Sein, verliere ich jegliche Sehnsucht …
Ich genieße. Ich bin frei!

Nach einer Weile des Träumens bemerke ich, dass wir wieder auf die Ortschaft zusteuern.
Mein Blick wandert nach vorne auf die Sitzbank. Mark hält Dianas Hand. *Wie romantisch!*
Diana sieht immer wieder verlegen zu ihm.
Mark parkt seinen Cadillac gekonnt, geschmeidig ein.
Schnell steige ich aus und kann es mir nicht verkneifen, wieder in das Auto reinzusehen. Mit einem riesigen Grinsen kann ich beobachten, wie die beiden sich küssen. *Wow, heiß ...*
Ich geh dann mal ein Stück und lasse die beiden Romantik genießen.

„Hey! Wo warst du?", schreit mich Diana von hinten an. Erschrocken verschlucke ich mich an meiner Bratwurst.
„Tut mir leid", entschuldigt sie sich und klopft mir auf den Rücken.
„Geht es wieder?", fragt sie lachend und besorgt zugleich.

„Da kommt David!", schwärme ich lauthals.
Er kommt direkt auf mich zu. Mir schießt das Blut durch meinen Körper. Alles kribbelt.
Er nimmt meinen Kopf in seine Hände, küsst mich voller Leidenschaft. Lass diesen Moment nie vergehen ...
Das Bratwurstbrötchen gleitet langsam aus meiner Hand. Meine Arme schlingen sich um David.
Ein lauter Räusperer von Diana holt mich aus diesem wundervollen Traum.
Böse schaue ich zu ihr rüber. Doch David lächelt sie an, entschuldigt sich und reicht ihr seine Hand.
„Hallo, Diana. Ich hoffe, du bist nicht enttäuscht, dass deine Begrüßung nicht so stürmisch abläuft."
Ich muss mich kurz räuspern, um mir ein Lachen verkneifen zu können.

Doch Diana antwortet souverän: „Ich hatte meinen stürmischen Spaß bereits in einem Cadillac."
Lachend zieht sie ihr Portemonnaie aus ihrer Tasche. „Ich habe Hunger!"
Mit einer weniger schönen Grimasse schaue ich auf den Boden zu meiner Wurst und dem dazugehörigen Brötchen. „Ich auch!"
„Ich lade euch ein", meint David stolz.
Er legt seinen Arm um mich und wir schlendern zum Grill.
David flüstert mir ins Ohr: „Du siehst so sexy aus!"
Sofort spüre ich ein Kribbeln zwischen meinen Schenkeln. Ich sehe ihn an. „Danke! Du bist auch nicht übel", entgegne ich ihm frech. Er kneift mir in die Seite und zeigt amüsiert seine Enttäuschung. Wir lachen.
Ich halte an, ziehe ihn an mich und sehe ihm tief in seine wunderschönen Augen. „Du bist der schönste Mann, den ich je gesehen habe." Er küsst mich leidenschaftlich. Unsere Arme umschlingen unsere Körper. Diana beginnt an meiner Jacke zu zupfen. „Ach kommt schon! Ich habe Hunger!"
Ich drehe mich zu ihr. „Du bist wie ein Kleinkind!"
Diana zieht ihre Schultern nach oben. „Entschuldigung?"
„Hach! Dir kann man auch nicht böse sein." Wir gehen weiter zum Wurststand.

Ich schaue auf meine Armbanduhr. Es ist Mitternacht.
Hechelnd gebe ich David ein Zeichen, dass ich eine Pause benötige.
Ich verlasse die rockende Menge.
David schnappt sich meine Hand und folgt mir.
„Wow! In meinem Leben habe ich noch nie so viel getanzt! Stunden sind vergangen!" Mit einem fassungslosen Blick wische ich mir den Schweiß von der Stirn.
„Du siehst süß aus, wenn du völlig fertig bist", feixt David mich an.

Ich gebe ihm einen schwachen Boxer gegen den Arm. Meine Faust ist so langsam, dass er sie einfängt und mich an sich zieht. Eindringlich sieht er in meine Augen. Mein Körper explodiert jeden Augenblick!
Schnell schließt er seine Augen und küsst mich so leidenschaftlich, wie ich es nie zuvor gekannt habe.
Ich löse mich vorsichtig von ihm.
Meine Augen sind fixiert auf seine.
„Ich würde jetzt gern in eine Unterkunft gehen."
David streicht mir liebevoll durch mein Haar.
„Dann bringe ich meine Prinzessin Cinderella pünktlich um Mitternacht ins Bett."
Lächelnd nicke ich ihm zu. *Er ist so unglaublich süß!*
Er nimmt meine Hand und wir gehen los.

Vor dem Haus von Dianas Großeltern angekommen, sehe ich peinlich berührt zu David.
Er nimmt mein Gesicht in seine Hände. „Schlaf gut", flüstert er und küsst mich zärtlich.
Ich flüstere „warte".
Er löst sich sanft von mir und sieht mich fragend an.
Mein Körper ist komplett unter Strom. Ich kann ihn jetzt nicht gehen lassen.
„Das klingt verrückt, aber ich möchte nicht, dass du gehst."
So wie ich es ausgesprochen habe, schießt ein noch viel größerer elektrischer Schlag durch meinen Körper.
David lächelt mich überglücklich an.
„Was möchtest du denn gerne?"
Unsere Gesichter sind sich ganz nah.
Flüsternd antworte ich: „Zeig mir, wie du wohnst?!"
Nach einem weiteren innigen Kuss nimmt David meine Hand und führt mich zu seinem Haus.

Ich stelle meine Schuhe im Flur ab. Und folge ihm ins Haus. *Wow! Er ist ein Rockabilly durch und durch! Wie wunderschön. Die Möbel, die Bilder, einfach alles in diesem Haus hat einen Stil. Und ich liebe es!*
„Ich würde gerne duschen gehen", sagt David etwas verlegen.
„Ich auch", entgegne ich ihm selbstbewusst, während ich mich ihm langsam nähere.
Wie durch Anziehungskraft verbinden sich unsere Lippen und wir verschmelzen.
Unsere Lippen werden wilder und wilder.
Mir wird heißer und heißer.
David gibt durch einen leichten Impuls die Richtung an. So bewegen wir uns von Raum zu Raum, während wir uns unaufhörlich wild küssen.
Nach und nach, im Rausch der Gefühle, legen wir, im Haus verteilt, unsere Kleidung ab.
Im Badezimmer angekommen, sind wir bereits nackt. Ohne hinzugucken und noch immer an meinen Lippen hängend, stellt David die Dusche ein. Wie zwei aufeinander abgestimmte schwingende Körper bewegen wir uns in die Dusche.
Das Wasser ist angenehm warm und fühlt sich an wie unendlich viele Küsse auf der Haut. Seine nassen Lippen küssen mich leidenschaftlich. Unsere Zungen massieren sich lustvoll. Ich spüre seine Lust an meinem Körper. Zwischen meinen Beinen bebt alles lustvoll. Unwillkürlich bewegt sich mein Becken, langsam vor und zurück. Mein ganzer Körper sehnt sich nach ihm. Ich will mehr!
Vorsichtig löst sich David von mir und dreht mich um. Er greift nach dem Duschbad und beginnt meine Schultern, meinen Hals massierend einzuseifen. Langsam vergrößert er die aphrodisierenden Massagekreise und verwöhnt meinen Rücken. Ich lasse mich völlig gehen und genieße jede seiner Berührungen. Seine Hände

gleiten über meinen Po, massieren ihn. Ein lustvolles Stöhnen presst sich aus meinen Lungen.

Langsam gleitet er wieder nach oben, über meine Hüften, meinen Bauch zu meinen Brüsten. Mein Kopf legt sich nach hinten auf seine Schultern. Zärtlich küsst er meinen Hals. Elektrische Impulse schießen durch mich hindurch.

Ich drehe meinen Kopf zu ihm und unsere Lippen vereinen sich. Mein Körper dreht sich gedankenverloren wieder zu ihm, während wir uns küssen. Seine Hände massieren noch immer meine erregten Brüste. Sein Glied drückt sich gegen meine Vagina. Seine Lippen wandern von meinem Mund, über meinen Hals, meine Brüste, Bauch, Kitzler. Mein Mund ist weit geöffnet. In völliger Ekstase stöhne ich, bettelnd nach mehr. Lauter und lauter. Seine Zunge massiert meinen lüsternen Kitzler wilder und wilder.

Mein ganzes Wesen gibt sich der Lust hin. Mein ganzer Körper prickelt, erfüllt von unbändiger Leidenschaft.

Seine Hände spielen sanft mit Po und Vagina. Seine Finger gleiten in mich und bewegen sich gleichermaßen massierend, wie seine Zunge meinen Kitzler. Er trifft in mir einen Punkt, der meine Lust ins unermessliche steigert. Seine Zunge, seine Finger werden wilder, und wilder und …

Mein Stöhnen wird lauter und lauter und …

Kurz vor dem besten Orgasmus meines Lebens wird er langsamer und löst sich vorsichtig. Er kommt zu mir hoch und reicht mir das Duschbad.

Während unsere Lippen wieder verschmolzen sind, seife ich ihm erregend Hals, Rücken, Bauch, Brust und wieder runtergleitend seinen knackigen Po und nach vorne gleitend sein steifes, hartes Glied ein. Er stöhnt.

Ich liebe sein männliches, erregtes Stöhnen. Es steigert meine Lust nach ihm ins Unermessliche.

Vorsichtig löse ich meine Lippen von seinen. Taste mich langsam mit meinen Lippen nach unten. Angekommen, lecke ich spielerisch an seinem Eichelrand.
Er greift meinen Kopf und presst mich näher an sich heran. Wieder spüre ich lustgesteigertes Kribbeln zwischen meinen Schenkeln, während er mir, mit seinen Händen an meinem Kopf, signalisiert, wie ich seinen Penis mit meinem Mund verwöhnen soll.
Sein Becken schiebt sich mir entgegen. Dann zieht er meinen Kopf sanft zu sich nach oben.
„Folge mir", flüstert er mir ins Ohr.
Er nimmt meine Hand und führt mich ins Schlafzimmer. Küssend dreht er mich zum Bett und wir gleiten hinein. Unsere nassen Körper sind eins. Von Lust erfüllt, öffne ich meine Beine und sein pulsierendes Glied dringt in mich ein. Ein Feuerwerk explodiert in meinem Körper. Es erfüllt mich bis in die Zehenspitzen. Mit mehr und mehr lustvollen, leidenschaftlichen Bewegungen stoßen wir unsere Becken gegeneinander. Mein ganzer Körper bebt. Sein ganzer Körper bebt. Laut genieße ich die unbeschreibliche Lust und die Erlösung in Form eines langen explosionsartigen Orgasmus'.
In völliger Zufriedenheit und mit Milliarden Schmetterlingen in mir, schmiege ich mich an ihn und wir schlafen ein ...

„Ich kann nicht glauben, was ich gefunden habe", flüstere ich in sein Ohr, während wir uns am Auto verabschieden.
„Was hast du denn gefunden?"
„Die Liebe. Die wahre Liebe, die kaum einer erfahren darf. Ich habe sie gefunden. In dir."
David küsst mich innig. Er umarmt mich fest. Und löst sich langsam. Ganz vorsichtig.
„Ich möchte nicht mehr ohne dich sein und danke Mutter Erde dafür, dass sie dich zu mir geschickt hat. Ich liebe dich, Becky."

Meine Tränen drücken. Gemischte Gefühle. Von selbstloser, inniger, bewegender, tiefgründiger Liebe erfüllt, hin zu Traurigkeit, denn ich muss ihn gleich loslassen und für eine Weile verlassen.
„Rufst du mich an, wenn du angekommen bist?", fragt er mich besorgt.
„Natürlich. Ich werde dich sicher ganz oft anrufen und dir schreiben. Ich hoffe, wir sehen uns ganz schnell wieder."

Unter Tränen gehe ich zu meinem Wagen. Diana wartet schon geduldig auf dem Beifahrersitz.
Ich atme tief durch.
„Na dann mal los!", sporne ich mich an.
Ich steige ins Auto und schließe schnell die Tür, bevor ich auf die Idee komme, doch noch auszusteigen und David erneut in die Arme zu fallen.
„Rock 'n' Roll?"
„Nein. Lass uns unterhalten", antworte ich.
„Okay."
Diana sieht mich besorgt an. Dann lächelt sie.
„Was?"
„Ich habe gute Neuigkeiten für dich!" Aufgeregt klatscht sie in ihre Hände.
„Ach? Und was soll das sein?"
„Ich hatte mich, während du mich im Stich gelassen hast, um bei David zu übernachten und zu frühstücken, heute Morgen mit meinen Großeltern unterhalten."
„Aha."
„Bist du nicht neugierig?"
„Ich bin furchtbar neugierig. Das weißt du doch", antworte ich nervös.
„Ich hatte meinen Großeltern von deinem Chris-Problem erzählt und von deinem großen Glück mit David. Sie freuen sich ehrlich für dich." Diana lächelt mich liebevoll an.

Ich versuche, mich auf den Verkehr zu konzentrieren, aber den einen oder anderen Blick muss ich ihr zuwerfen. Sie macht es wie immer spannend.

„Das ist nett", stelle ich fest.

„Ja, aber das ist zweitrangig, denn sie hatten eine gute Idee."

„Ach ja? Was denn?"

„Sie sagten, dass sie gerne möchten, dass mein altes Zimmer bewohnt wird. Und zwar von dir."

Erschrocken sehe ich sie an.

„Wie bitte?"

„Ja, ich finde, das ist eine wunderbare Idee. So wohnst du im gleichen Ort wie David, meine Großeltern haben etwas Unterstützung und du kannst gleich mal ganz schnell von Chris weg. Klang ja so, als könnte er mehr ausrasten, als ich es mir vorstellen könnte."

„Ist das dein Ernst?"

„Natürlich!"

„Aber der Weg zur Arbeit ist einfach zu weit. Mit dem Berufsverkehr. Das wird stressig, oder?"

„Willst du nun von zu Hause weg oder nicht?"

„Na auf jeden Fall. Aber erst muss ich mir eine Arbeit suchen."

„Das sehe ich aber anders. Lass dich doch erst einmal krankschreiben. Du bist eh nicht in der Lage, zu arbeiten", stellt sie selbstsicher fest.

„Wie kommst du denn darauf?"

„Willst du mir erzählen, dass du dich auf die Arbeit konzentrieren kannst, wenn Chris dein Vorgesetzter ist?"

„Vielleicht werde ich vorübergehend versetzt?"

„Das glaubst du doch wohl selber nicht."

„Wieso nicht? Doch. Das hoffe ich zumindest vorerst."

„Chris würde alles dafür tun, dich zu quälen."

„Könnte sein", grübele ich hoffnungslos.

„Lass dich doch krankschreiben, ziehe bei meinen Großeltern ein und suche dir nebenbei einen neuen Job."

„Vielleicht hast du recht."
„Danke?"
Ich sehe zu Diana mit einem dicken Grinsen.
„Danke!"
Ich fahre rechts ran.
„Knuddelalarm!" Wie eine verrückte schmeiße ich mich auf Diana und knutsche sie ab.
„Danke! Danke! Danke! Danke! Danke! Danke! Danke! Danke! Danke! Danke!"
Sie hebt wie ergeben die Hände. „Ist ja gut! Gerne, gerne, gerne!"
Ich schalte das Autoradio auf laut, Gang rein, und trete auf das Gas.
Wir singen ...

Ich drehe die Lautstärke ganz weit runter.
Verblüfft sieht mich Diana an und wartet ab, was das jetzt soll.
„Mir fällt gerade ein, dass du nichts mehr von deinem James Dean erzählt hast. Wie war euer Abend?"
Genervt blickt Diana aus dem Fenster.
„Oh, oh!"
Sie nickt.
„Erzähl!"
„Ach da war nichts weiter."
„Kann nicht sein. Ich habe doch euer Knistern gespürt."
„Ja, aber das hat wohl nicht gereicht." Diana zieht eine heulerische Miene.
„Und woher willst du das wissen? Habt ihr euch noch einmal getroffen?"
„Ja, so ähnlich." Sie hält sich ihre Hände vor ihre Augen. „Wie peinlich!"
Unwillkürlich muss ich lachen. „Ach komm schon, erzähl!"
Nach einem kurzen Augenverdrehen beginnt sie endlich zu reden.

„Mark hat mir gesagt, in welchem Hotel er übernachtet und die Zimmernummer und so weiter."
„Ah! Er wollte dich also nur fürs Bett!"
„Jetzt lass mich doch mal ausreden!"
„Entschuldige!"
„Jedenfalls sollte ich ihn vorher anrufen, wenn ich vorhabe, zu ihm zu kommen. Damit er auch da ist oder so ein Quatsch. Ich dachte, schaue ich einfach mal, ob ich ihn überraschen kann. Ach, ich habe einfach kein Glück in der Liebe", schreit sie plötzlich.
„Warum? Hat er sich nicht gefreut?"
„Er weiß nicht, dass ich da war."
„Ich verstehe nur Bahnhof."
„Ich stand an seiner Tür und habe Sexgeräusche aus seinem Zimmer gehört!" Angewidert streckt sie ihre Zunge raus, als würde sie das Bild genau vor Augen haben.
„Vielleicht hat er Pornos geguckt, weil er dachte, du kommst nicht mehr." Ich muss kurz lachen.
Diana guckt mich ernst an. Ich ziehe den Kopf ein.
„Entschuldige. Tut mir sehr leid. Ich hätte es mir so sehr für dich gewünscht."
Sie winkt ab. „Ist schon okay. Dieser scheiß Prinz wird schon noch kommen."
Ihre Finger gleiten zum Lautstärkeregler und sie dreht voll auf.
Schnell sind jegliche Gespräche vergessen und wir singen lautstark mit.
Den Rest der Fahrt wird nur gesungen und gelacht. Kein Wort wird mehr geredet …

Als wir in die Straße zu unserem Haus einbiegen, werden wir beide ruhig. Ich parke vor dem Haus. Mit Abwürgen des Motors schweigt auch das Radio.

Tonlos steigen Diana und ich aus und gehen zum Kofferraum. Tonlos ziehen wir unsere Taschen heraus und stellen sie neben dem Auto ab.
Diana sieht mich voller Sorge an.
Mir schießen die Tränen in die Augen.
„Sein Auto ist noch nicht da, also kann ich erst einmal in Ruhe ankommen", versuche ich sie zu beruhigen. Und mich.
Diana nimmt mich ganz fest in ihre Arme. Ich erwidere ihre feste Umarmung mit einer ebensolchen.
Sie lässt locker, sieht mich an und wischt mir die Tränen von meinen Wangen.
„Du schaffst das. Denke an die schöne Zeit, die du mit David hattest. Denke an die schöne Zeit, die ihr noch haben werdet."
Tonlos nicke ich. Einmal muss ich sie noch drücken.
Dann löse ich schnell meinen Griff und steuere schnell auf die Eingangstür zu. Kurz davor drehe ich mich noch mal um, lächele und winke Diana zu.
Mit der linken Hand öffne ich die Tür, in der rechten halte ich die Tasche. Ich trete ein.
Die Tür fällt hinter mir zu. Die Tasche fällt aus meiner Rechten.
Erstarrt sehe ich zum Sofa.
„Chris!"

VI

Er sitzt wie ein Pascha in der Ecke des Sofas und wartet ganz offensichtlich darauf, dass ich ihm in die Arme falle. Doch meine Beine fühlen sich an wie mit dem Boden verschweißter Stahl.
„Hast du geweint?", fragt er misstrauisch.
Hektisch bewege ich mich dann doch vor Schreck.
„Ach, der Abschied fiel mir gerade irgendwie schwer."
Er sieht mich an, als würde er mir das nicht recht glauben wollen.
„Möchtest du mich denn nicht begrüßen?" Die Angst, er könnte mir etwas anmerken oder schon etwas von diesem Wochenende wissen, steigt mir von den Füßen bis in den Kopf.
„Ja", antworte ich unsicher und bewege mich langsam in seine Richtung.
Ich setzte mich neben ihn. Erschrocken stelle ich fest, dass ich ihn in die Arme nehmen sollte und mache dies augenblicklich. Mein Herz schmerzt. Wie gerne würde ich diese Nähe mit David genießen. Ich hänge in den Armen von Chris und sehe gedankenverloren über seine Schulter.
Wovor habe ich Angst? Ich hätte ihm die Affäre mit Francesca gleich vorhalten und damit einen Schlussstrich ziehen können. Nein. Dann weiß er gleich, woher mein Wissen darüber stammt. Er ist doch nicht völlig verblödet. Ich hatte ganz vergessen, mir genaue Gedanken darüber zu machen, wann ich ihn wie verlassen kann. Er flippt aus, wenn ich ihn verlasse!
„Hey?" Chris nimmt mein Gesicht in seine Hände und sieht mich eindringlich an. „Geht es dir gut? Du wirkst so, als wärst du weit weg."
„Mir geht es gut. Ich bin nur müde."
„Mittagsschlaf?"
Misstrauisch sehe ich ihn an. „Okaaayyy."
Langsam bewege ich mich vom Sofa zur Treppe nach oben. Chris folgt mir.

Hoffentlich meint er tatsächlich Mittagsschlaf ...
Liebebedürftig kuschle ich mich in meine Decke und schließe sofort die Augen.
Chris beginnt, unangenehm quiekende Geräusche zu machen.
Aufmerksamkeit! Oh nein. Ich stelle mich schlafend.
Doch leider quiekt er weiter und weiter und weiter und ...
Ich öffne ruckartig meine Augen und sehe streng zu ihm rüber.
„Krabble mich!"
„Wenn du Sex willst, solltest du deinen Partner dazu animieren, wenn er fast am Schlafen ist. Und nicht verlangen, dass er dich noch mehr animiert und selbst überhaupt nicht sexuell erregt ist."
Ich drehe mich um und versuche weiterzuschlafen. Mit offenen Augen.
Chris rückt näher.
Hat nicht funktioniert ...
Er schmiegt seinen Körper an mich.
Mein Atem bleibt vor Schreck stehen.
Er reibt sich an meinem Hintern.
Aus der Nummer komme ich wohl nicht raus ...
Ich bleibe erstarrt.
„Du hast dich also doch ficken lassen!"
Mein Körper verkrampft. Langsam drehe ich mich um und sehe Chris an.
„Wie bitte?"
„Hast mich schon verstanden!"
„Weil ich mal nicht sofort auf deine Allüren anspringe?"
Wütend grummelt er Unverständliches vor sich hin.
Mein Puls schießt in die Höhe.
„Was bildest du dir überhaupt ein. Wieso kannst du eine Frau nicht einfach verführen, wenn du was von ihr willst. Immer soll ich dich verführen, selbst wenn ich keine Lust habe. Und zu allem Übel bist du jetzt tagelang schlecht gelaunt und machst mich nieder, weil ich einmal nein sage!"

Wütend erhebt er sich aus dem Bett. „Sei froh, dass ich überhaupt Bock auf dich habe. Mit deinem hässlichen Gebammel im Gesicht!"
„Wie bitte?", frage ich fassungslos.
„Hast dir auch noch auf dem dämlichen Festival so einen hässlichen Pony schneiden lassen. Jetzt siehst du richtig scheiße aus. Sei froh, wenn dich überhaupt jemand ficken will!"
Wutentbrannt geht er aus dem Zimmer. „Fotze", ist das Letzte, was ich noch verstehe.
Völlig entsetzt schaue ich zur Schlafzimmertür. Ich war kurz davor zu sagen, dass es jemanden gibt, der mich mit diesem hässlichen Pony sogar liebt. Aber es grenzt wohl schon an Glück, wenn er geht, bevor ich reagieren kann.
Völlig wirr und tieftraurig schmeiße ich mir die Decke über mein Gesicht.
Ich hasse mein Leben ...
Tränen drücken sich durch meine geschlossenen Augen.
Fuck! Was mache ich hier eigentlich?
Ich begrabe mich unter meiner Decke. Vielleicht ersticke ich einfach ...
Doch unter der Decke begraben, beginne ich zu träumen.
David. Ich sehe seine wunderschönen Augen, fühle seine Berührungen. Unwillkürlich öffnen sich meine Lippen, als ich an seine leidenschaftlichen Küsse denke. Die schlechten Gefühle sind wie weggeblasen.

Die Tür öffnet sich. Schnell reiße ich mir die Decke vom Kopf. Chris steht im Türrahmen.
Eine gefühlte Ewigkeit sagen wir kein Wort.
Dann entscheide ich mich doch, die Situation zu beenden.
„Was willst du?"
„Ich will, dass meine Frau mit mir schläft." Mit einem eisigen Blick sieht er mich eindringlich an.

„Und das soll sie immer dann wollen, wenn du es willst?"
„Ja", antwortet er kühl.
Er kommt zu mir ins Bett und greift zwischen meine Beine. Sein Gesicht ist nah an meinem. Er liegt halb auf mir.
„Aha. Du hast ja doch Lust", stellt er fälschlicherweise fest.
Ich bekomme keinen Ton aus meinem Mund.
„Die ist doch ganz nass", behauptet Chris, während er meine Vagina unsanft berührt.
Ich spüre, wie er sein steifes Glied an meinen Beinen reibt. Mein Atem ist schwer.
Chris reißt meine Beine auseinander und rutscht auf mich. Er legt seinen Kopf neben meinen und gleitet mit seinem Glied in mich.
Gott, hilf mir! Was soll ich nur tun?
Mein ganzer Körper verspürt nur Ekel. Ekel vor seiner Nähe, Ekel vor seinem Glied, seinem Atem ...
Sein Kopf dreht sich zu meinem Ohr.
„Und? Ist das gut?"
„Ja", lüge ich aus Angst.
Ich lasse es über mich ergehen.
Aus Angst, er würde ausrasten, wenn ich nicht mitmache. Aus Angst, dass der Ärger über Tage und Wochen hingezogen wird. Einfach aus Angst.
Jede seiner Bewegungen empfinde ich als abstoßend. Sein Stöhnen lässt mich innerlich um Hilfe schreien.
Nein! Nein! Nein! Ich will nicht! Ich will eigentlich nicht!...
„Alles okay?", fragt er mich skeptisch.
Ich muss mich mehr mühen, dass er denkt, ich hätte Lust. Dann ist es schnell vorbei.
„Ja."
Um seine Lust zu steigern, beginne ich zu stöhnen.
Bitte werde schnell fertig und lass mich nur noch in Ruhe!

Mit ekelverzerrter Miene drücke ich ihn an mich und bewege mein Becken gegen seine Bewegungen. Gespielt lustvoll stöhne ich.
„Ooohh, ich komme gleich, Schatz! Mach langsam. Ich will mit dir zusammen kommen."
Auch das noch!
Innerlich völlig verzweifelt, gebe ich mich lüsterner. Bewege mich schneller und beginne vorzugeben, dass es nicht mehr lange dauert ...

Weinend liege ich im Bett. Allein. Chris ist kurz nach dem Sex aufgestanden und hat das Schlafzimmer verlassen.
Meine Gedanken kreisen.
Verzweifelt suche ich nach einem Taschentuch. Ich greife nach meinem Hemd. *Scheiß drauf! Muss eh in die Wäsche ...*
Völlig irre und unkoordiniert denke ich nach, wie ich aus diesem Leben aussteigen kann.
Kündige ich erst meinen Job? Oder soll ich erst was Neues suchen. Allerdings würde Chris ausflippen, wenn er durch Zufall etwas von der Jobsuche erfährt. Auf der anderen Seite kann ich doch nicht einfach kündigen und hoffen, dass ich ganz schnell neue Arbeit bekomme. Und wenn das nicht so schnell passiert? Wovon soll ich dann leben?
Klare Gedankengänge sehen definitiv anders aus.
Hat er wirklich eine Affäre mit dieser Oberziege? Vielleicht hat Gregor sich das nur ausgedacht. Aber wieso sollte er sich so etwas ausdenken? Vielleicht steht Diana auf Chris? Und Gregor auf Diana? Gregor wollte vielleicht nur, dass Diana einen völlig schlechten Eindruck von Chris hat. Oder vielleicht hat sich Diana das nur ausgedacht, um an Chris ranzukommen? Vielleicht hat Gregor die Geschichte gar nicht erzählt?
Oh Gott, wenn das wahr wäre, dann hätte ich Chris betrogen und er hätte das nicht ansatzweise verdient.

Obwohl, so wie er mit mir umgeht ...
Mein Kopf explodiert gleich.
Ich brauche Wasser ...

Völlig neben mir, gehe ich zur Treppe. Chris kommt aus dem Badezimmer.
Er kommt direkt auf mich zu und nimmt mich fest in seine Arme.
Verwirrt über sein liebevolles Verhalten, halte ich inne.
Wäre er so liebevoll, wenn er mich betrügen würde? Nein. Bestimmt nicht. Oder gerade dann doch? Aber manchmal. Manchmal ist er so bösartig, dass ich mir den Vorwurf gut vorstellen kann.
Unwillkürlich streiche ich verzweifelt über meine Stirn.
„Was ist mit dir?", fragt Chris mit sanfter Stimme.
„Mir geht es irgendwie nicht gut", antworte ich schwach.
„Ist dir schlecht?"
„Nein!", antworte ich schnell. „Obwohl. Irgendwie schon. Und Kopfschmerzen und so weiter."
„Ich mach dir einen Tee, ja?"
Ich bemühe mich sehr, ihm in die Augen zu sehen, doch kann ich es nicht.
Chris nimmt meinen Kopf in seine Hände. „Was geht nur in diesem Kopf vor?"
Erschrocken zucke ich zusammen.
„Okay. Mal ehrlich! Was geht in deinem Kopf vor?" Er wirkt etwas angespannter als gerade eben. Ich bin so ein schlechter Schauspieler. Wieso kann ich nicht einfach so tun, als wäre alles bestens?
„Wärst du so freundlich, mir zu antworten? Wir können uns auch auf die Terrasse setzen und mal über dein Wochenende sprechen."
Mir stockt der Atem. *Vielleicht weiß er auch schon etwas? Er kennt so viele Leute. Und ich habe mich auf dem Festival mit David völlig unbekümmert in der Öffentlichkeit gezeigt. Geküsst ...*

„Wenn du mir nicht gleich sagst, was auf dem Festival passiert ist, flippe ich völlig aus!", droht er mir.
Was soll ich denn jetzt sagen? Vielleicht weiß er auch nichts? Dann wäre Leugnen fürs Erste besser. Kaum auszudenken, was passiert, wenn ich ihm von David erzähle. Vielleicht sollte ich ihm von seiner Affäre oder Nichtaffäre erzählen? Nein. Da flippt er genauso aus.
Außerdem, wer sollte mir davon erzählt haben, wenn nicht Diana?
Seine Hände greifen fest nach meinen Armen.
„Chris! Du tust mir weh!"
Sein Griff wird fester.
Seine Miene hart.
„Sag mir jetzt, was in deinem Kopf vorgeht!"
„Francesca", rutscht es mir so aus dem Mund. Unwillkürlich beiße ich mir auf die Lippe.
Fuck ...
„Wie bitte?" Seine Augen machen mir Angst. Dieser Blick. Ein Wahnsinniger.
„Ich dachte nur...", stammle ich vor mich hin.
„Du dachtest was?", schreit Chris mich an.
Ich nehme all meinen Mut zusammen und platze es einfach heraus. Jetzt kann es eh nicht mehr schlimmer werden.
„Hast du eine Affäre mit ihr?"
„Du Miststück!" In dem Moment lässt er meine Arme los und schlägt mir mit seiner Rechten kraftvoll ins Gesicht. Die Treppe ...

Verwirrt komme ich zu mir. Auf mir unbekannte Weise bin ich eine Etage tiefer gekommen.
Für einen Moment kann ich mich nicht bewegen. Chris poltert die Treppen herunter und tätschelt in meinem Gesicht herum.
„Becky! Es tut mir so leid! Sag doch was!"

Zwischen ‚ich will dich anschreien' und ‚ich bin zu kraftlos, um etwas zu sagen' entscheide ich mich für das Schweigen. Chris beginnt, an meinen Gliedmaßen zu tätscheln und zu ziehen und sie zu bewegen.
„Geht das? Tut das weh? Kannst du dich bewegen?"
Ich nicke leicht und beginne, mich ganz vorsichtig abzustützen. Chris will mir helfen, doch schüttle ich ihn wortlos ab.
„Jetzt sag doch was!", fleht er mich an.
„Scheiße!"
„Was?"
Mit einem verhassten Blick sehe ich ihn an.
„Mein Bein! Ich kann mein Bein nicht bewegen!"
„Oh nein! Versuche es noch einmal!", fleht Chris mich an.
Meine Augenbrauen ziehen sich zusammen, mein Gesicht ballt sich zur Faust, meine Lippen werden zu Stein.
Wütend schreie ich ihn leise an. „Ich kann mein Bein nicht bewegen!"
„Ach Becky", sagt er verzweifelt. „Wieso musst du mich nur immer so herauslocken?"
Verzweifelt setzt er sich neben mich und reibt sich mit den Händen durch sein Gesicht. Völlig platt sehe ich ihn an. Ich bekomme kein Wort heraus. Einfach nur platt ...
„Scheiße, Becky. Ich fahre dich in ein Krankenhaus."
Vorsichtig greift er nach mir und trägt mich wie ein Bräutigam seine Braut.
Unter Schmerzen lasse ich alles zu. Zu welchem Zwecke sollte ich mich auch wehren?
Er schnappt schnell seine Autoschlüssel und lässt die Wohnungstür zuknallen.

Während der Fahrt redet er ununterbrochen auf mich ein.
„Es tut mir so unendlich leid, Becky!"
Ich nicke nur und lächele.

Was soll ich auch sonst tun? Jegliche Diskussion versuche ich zu vermeiden. Bin ich doch gerade einfach nur zu viel mit mir selbst und den Schmerzen beschäftigt.
„Was willst du den Ärzten denn sagen?"
Ich zucke fragend mit den Schultern.
Ängstlich sehe ich zu ihm rüber. Er schaut stur auf die Fahrbahn.
„Sag denen am besten, dass du einfach ausgerutscht bist. Oder falsch aufgetreten oder so."
Ich antworte nicht und starre einfach nach vorne.
„Du kannst denen unmöglich sagen, dass ich bei dir stand. Ärzte sind verpflichtet, eine Anzeige zu erstatten, wenn sie von so etwas erfahren."
„Von was? Von häuslicher Gewalt?", rutscht es mir aus dem Mund.
Bereits im selben Moment bereue ich, dass ich überhaupt gesprochen habe.
„Ach, jetzt übertreib nicht!"
Verzweifelt sehe ich auf meine Beine.
Natürlich! Ich übertreibe ...
„Wir können uns unterhalten, wenn wir wieder zu Hause sind. Was wir anders machen sollten. Wie wir in Zukunft miteinander umgehen. Wir lieben uns doch! Das müssen wir doch irgendwie hinbekommen, ohne uns die Köpfe einzuschlagen!"
Natürlich! Wir ...
Ich höre auf, ihm zuzuhören. Lasse ihn reden und starre gedankenlos vor mich hin.

In der Notfallaufnahme angekommen ...
Chris trägt mich wieder.
Bevor ich etwas sagen kann, beginnt er schon an der Rezeption zu sprechen.
„Sie ist die Treppe hinuntergefallen und kann ihr Bein nicht mehr bewegen. Oder nur unter Schmerzen."

Sofort kommt eine Krankenschwester und bietet mir einen Rollstuhl an. Sie und Chris setzen mich vorsichtig hinein.
„Danke", ist das Einzige, was ich sagen kann. Chris klärt alles mit der netten alten Dame am Empfang.
Er reicht ihr meine Chipkarte und erklärt ihr noch einmal den Vorfall.
Sie sieht immer öfter zu mir herüber. Doch ich nicke nur und zucke verlegen mit den Schultern.
Sie bittet uns, ein wenig Geduld zu haben und Platz zu nehmen.
Chris küsst mich auf die Stirn und setzt sich auf einen Stuhl neben meinem Rollstuhl.
Er greift nach meiner Hand und streichelt zärtlich meine Finger.
Schweigend warten wir …

„Frau Martini!", ruft mich eine freundliche Männerstimme. Ich blicke auf und sehe einen jungen blonden Mann mit blauen Augen in einem Arztkittel. Er reicht mir seine Hand, um mich freundlich zu begrüßen. Dann rollt er mich den Flur entlang in ein Behandlungszimmer.
„Bitte", sagt er, während er sich setzt. „Erzählen Sie mal, was passiert ist und wo Sie Schmerzen haben."
Ich sehe auf sein Namensschild. *Thomas Mohr.*
„Frau Martini?"
„Oh. Entschuldigung! Ähm. Ich kann mein rechtes Bein nicht bewegen und es schmerzt."
„Was ist passiert?"
„Ich. Ähm. Ich, ich bin die Treppe hinuntergefallen. Dann bin ich zu mir gekommen und konnte nicht aufstehen", stottere ich.
„Haben Sie Alkohol getrunken?"
„Was? Nein!", antworte ich bestürzt.
„Ich muss einige Fragen stellen, um Ihnen bestmöglich helfen zu können. Das war keine persönliche Frage", beginnt er, sich lächelnd zu entschuldigen.

Wieso sage ich ihm nicht einfach, was genau passiert ist? Wahrscheinlich, weil Chris mich dann endgültig umbringen würde ...
„Ich habe keine Drogen genommen, weder Alkohol noch sonst irgendetwas", beteuere ich.
„War Ihnen vor dem Fall schwindlig?"
„Nein."
„Wissen Sie, wieso Sie gefallen sind?"
„Ja."
„Wie?"
„Ich, ich bin, ähm, ausgerutscht oder falsch aufgetreten oder so."
Er blickt mich ungläubig an. Vielleicht bilde ich mir das auch nur ein. Vielleicht.
„Also Ihnen war nicht schwindelig? Auch nicht schlecht oder sonst irgendwie unwohl? Sie sind einfach wegen Unachtsamkeit oder Ähnlichem die Treppe hinuntergestürzt und konnten sich auch überhaupt nicht irgendwo festhalten?"
Oh nein. Vielleicht konnte ich es nicht, weil ich durch den Schlag kurz das Bewusstsein verloren hatte.
„So war es."
„Gut." Er sieht mich fragend an.
„Dann machen wir erst einmal ein paar Tests, um ausschließen zu können, dass Sie eine Gehirnerschütterung haben oder sonstige Verletzungen außer dem Bein. Das röntgen wir. Vermutlich ist es gebrochen. Aber das schauen wir uns gleich genauer an."
Ohne jegliche Angst vor den Untersuchungen oder etwaiger Ergebnisse lasse ich alles über mich ergehen. Thomas Mohr strahlt so ein sonniges Gemüt und eine Ruhe aus, dass ich mich zwar noch etwas unsicher, aber ansonsten fast wohler als in meinem Zuhause fühle.

„So. Sie bekommen jetzt noch einen Gips. Ansonsten ist alles in Ordnung. Sie dürfen wieder nach Hause", meint Thomas Mohr.

Wortlos nehme ich das Gesagte hin und beobachte, wie er konzentriert den Gips anlegt.
„Fühlt sich der Gips zu eng an?"
„Nein. Danke."
Seine Lippen scheinen zu lächeln. Seine Augen sehen mich jedoch sorgenvoll an. Doch er fängt sich schnell.
„Gut. Dann bekommen Sie noch ein paar Krücken und ich sehe Sie in ein paar Tagen wieder."
Sehr höflich verabschiedet sich Thomas Mohr von mir und gibt mir ein Lächeln mit auf den Weg ...

Im Haus.
„Brauchst du etwas?", fragt Chris besorgt.
„Nein, danke. Ich setze mich ein wenig auf die Terrasse und genieße die Sonne."
„Okay."
Nach einer Weile bringt Chris mir Tee und geschnittenes Obst.
Schlechtes Gewissen ... Wie lange das wohl andauert?
Etwas aus Liebe tun, wäre mehr wert ...
„Danke."
Er setzt sich zu mir.
„Und wie geht es dir?"
„Die haben mir Schmerzmittel gegeben", antworte ich ihm. Mein Blick bleibt auf den blühenden Garten gerichtet. Leider heitert mich die farbenfrohe Pracht auch nicht auf. Ich bin so tieftraurig. Ich fühle eine so große Leere. *Wie soll das je wieder besser werden? Werde ich mich je wieder gut fühlen?*
Chris blickt in den Garten.
„Das wird nie wieder passieren. Das verspreche ich dir", beteuert er.
„Hm", antworte ich nur. Unwissend darüber, ob es tatsächlich nie wieder passiert.

Mein Handy klingelt. Chris steht auf und bringt es mir.
„Diana? Was will die denn von dir?", fragt er leicht genervt.
„Das würde ich wissen, wenn ich den grünen Knopf drückte."
Allerdings lege ich das Handy auf den Tisch.
„Wieso gehst du nicht ran?"
„Ich habe keine Lust zu reden."
Wir starren gemeinsam in den Garten und geben vor, die Sonne zu genießen.
Mein Handy klingelt. Diana. Ich schalte es ganz aus.
Ein schlechtes Gewissen bohrt sich durch meinen Körper. Immerhin macht sie sich mit Sicherheit Sorgen und will wissen, ob alles okay ist. Aber im Moment müsste ich eh lügen. Und ich habe noch weniger Lust zu lügen als einfach zu reden.
Die Leere in mir breitet sich mehr und mehr aus.
Die Frage, wie es weitergeht oder welchen Weg ich wie gehen sollte, stelle ich mir nicht mehr.
Mein Kopf fühlt sich wie leergeblasen an. Er lässt keine zusammenhängenden klaren Gedanken zu.
„Ich will einen Film sehen", sage ich, ohne darüber nachgedacht zu haben. Einfach so.
Chris steht ohne weitere Fragen sofort auf und holt mir seinen Laptop.
„Hier kannst du mal durchstöbern, was du sehen magst. Ich mache es drinnen gemütlich und ein kleines Abendbrot fertig. Dann können wir entspannt den Abend ausklingen lassen."
Ich lächele ihn bejahend an.
Dirty Dancing?...
Cry Baby?...
Grease?...
Pleasantville?...
The Body Holly Story?...
Walk the Line...

Chris kommt wieder auf die Terrasse. Er schaut über meine Schultern.
„Walk the Line? Echt, jetzt?"
„Ja."
„Na gut. Dann kann ich wenigstens nebenbei schlafen."
Hätte ich eine andere Reaktion von diesem Stümper erwarten können?
Nein.
Also! Mund halten! Aufregen bringt nichts. Obwohl, wenn ich in mich hineinhöre, regt mich nicht mal etwas auf. Nichts hebt mich an. Eben leer ...

Ich humpele nach drinnen und lasse mich auf dem Sofa nieder.
Chris hat Kerzen im Wohnzimmer verteilt angezündet. Auf dem Tisch steht eine große Schüssel Feldsalat mit Lachs. Brot, Wurst, Käse und Butter. Eine Kanne Pfefferminztee. Und für ihn ein Glas, gefüllt mit Whiskey, und eine Flasche daneben.
Chris schließt den Laptop am Fernseher an und startet widerwillig den Film.
Wir passen eben so oder so nicht zusammen ..., denke ich. Und es ist mir einfach egal.
Schweigend essen und trinken wir. Chris trinkt mehr, als er isst. Und vor allem schneller. Ständig gießt er nach. Schließlich lehnt er sich an die Couch und seine Augen fallen zu.
Ich hingegen genieße den Film und nasche und schlürfe immer mal am Tee. Fühlt sich schon besser an.
Nur die Momente, in denen ich zu Chis hinübersehe, erfüllen mich mit Hass. Wenn es nur Gleichgültigkeit wäre. Doch es ist Hass.
Wie er mir das antun konnte?! Und dann ein schlechtes Gewissen haben. Ist ja ganz nett, aber wieso kann er nicht einfach immer liebevoll sein? Wieso muss er sich erst so vergessen, bevor er merkt, dass er auch anders kann.

Ein Gefühl von Mitleid drängt sich in meine Brust.
Vielleicht ist er krank? Vielleicht sollte ich besser einfühlsamer für ihn da sein? Vielleicht ist es ja doch die Aufgabe der Frau, für ihren Mann da zu sein? Männer können das umgedreht vielleicht nicht. Und ihnen das zum Vorwurf zu machen, wäre auch gemein. Vielleicht sollte ich doch lernen, meinen Mund zu halten. Ihn nicht mit meinen Ängsten belasten.
Aber will ich denn immer für einen Mann da sein? Also, ohne dass ich etwas zurückbekomme? Mit David war es so wunderschön. Ob er immer so ist? Oder wollte er mich auch nur rumkriegen? Vielleicht sollte ich einfach in diesem Leben bleiben. Vielleicht ist es in einem anderen noch viel schlimmer? Woher sollte man das vorher wissen? Das kann man nicht vorher wissen. Aber stell dir doch mal vor, ich gebe meine Arbeit auf, ziehe aus dem Haus, fange noch einmal ganz von vorne an. Ohne etwas. Und dann ist der Mann, mit dem ich zusammenlebe, genauso oder noch schlimmer?
Sollte man es einfach wagen? Oder lieber alles so lassen, wie es ist, und sich arrangieren? Vielleicht gewöhnt man sich doch noch an die Eigenschaften des Partners, die man so gar nicht leiden und verstehen kann. Vielleicht bringt jeder Partner diese schrecklichen Eigenschaften mit. Vielleicht ist es einfacher, alles so zu lassen, wie es ist?
David. Du fehlst mir ...
Deine Stimme ...
Deine zarten Berührungen ...
Deine verführerischen Küsse ...

„Guten Morgen, Schatz." Chris lehnt sich zu mir rüber.
Ich versuche, meine Umgebung auszumachen.
Auf der Couch eingeschlafen. Offensichtlich wir beide.
„Ich gehe schnell duschen. Möchtest du noch einen Kaffee mit mir trinken, bevor ich ins Büro fahre?"

Ich nicke müde und schlafe sofort wieder ein.

Ein aufdringlicher Kaffeegeruch in meiner Nase weckt mich erneut.
Vorsichtig öffne ich meine Augen und sehe, wie Chris eine Kaffeetasse vor meiner Nase hin und her schwenkt.
Ich greife nach der Tasse, während ich versuche, mich aufzusetzen.
Gleichzeitig erblicke ich den Tisch. Er ist mit frischen Brötchen, gekochten Eiern, Marmelade, Butter, Schokolade, etwas Wurst, Käse, Weintrauben und frisch gepresstem Orangensaft gedeckt.
Ich werfe einen Blick auf die Uhr.
„Musst du nicht gleich los?"
„Ja, aber einen Kaffee kann ich doch noch mit dir trinken." Er küsst mich auf die Stirn.
Dann beginnt er, seinen Tagesplan aufzusagen. Als hätte er ihn auswendig gelernt. Von Terminen, über Schriftsätze, die er nun selber machen muss, bis hin zum Einkauf.
„Obwohl, Francesca kann auch Schreiben für mich fertig machen. So oft, wie die in der Küche rumsteht, wird sie sicher auch mal Zeit haben, etwas für mich zu tippen."
Ich beiße mir fest auf die Lippe.
„Aua!", schreie ich vor Schreck. Ich sehe entschuldigend zu Chris. „Auf die Lippe gebissen, verdammt."
Chris redet unbeirrt weiter. Die komplette Einkaufsliste höre ich bereits zum zweiten Mal.
„Wieso bist du eigentlich krankgeschrieben? Kannst du nicht auch mit gebrochenem Bein am Schreibtisch sitzen? Oder ich bringe mal das Diktiergerät mit. Dann kannst du wenigstens von zu Hause aus ein paar Schriftsätze aufsetzen. Heute muss es mal so gehen."
Chris schaut hektisch auf seine Armbanduhr und steht auf.
„Ich muss los, Schatz!"

Er drückt mir einen Kuss auf meine Lippen und verschwindet.
Ich schüttle mit dem Kopf, als ich feststelle, dass er redete und redete und redete und redete und kein Wort von mir hören wollte. Er hat keine Lücke für ein Gespräch gelassen. Nur geredet und geredet und geredet und geredet.
Ich denke nach ...
Wenn nur einer redet, ist es kein Gespräch. Wie nennt man es denn dann? Unwillkürlich zucken meine Schultern.
Vielleicht sollte ich Diana mal zurückrufen. Sie macht sich sicher noch mehr Sorgen, wenn ich nicht im Büro auftauche ...
Ich starre auf mein Handy.
Vielleicht ist es besser, noch zu warten? Wenn Chris ins Büro kommt, bemerkt er vielleicht, dass sie gerade mit mir spricht. Dann wird er sofort skeptisch.

Plötzlich piept das Handy.

Nachricht von David.

Oh nein. David! Er macht sich sicher große Sorgen.

Guten Morgen, Becky! Ich hatte gehofft, eine Nachricht von Dir zu erhalten. Weiß ja nicht, wie Du unter Beobachtung stehst, und möchte Dir keinen Ärger machen. Hoffe gerade sehr, dass Du in Deinem Büro sitzt und alleine diese Nachricht liest. Wie geht es Dir? Liebe Grüße, David!

Kein Emoji? Ein Herz oder eine Rose? Er ist sicher richtig böse auf mich. Ich hätte mich wenigstens mit einem kurzen Text bei ihm melden können.

Guten Morgen, David! *Sonne* Es tut mir so leid, dass ich mich nicht melden konnte. Erkläre ich Dir am besten später. Ich vermisse Dich sehr! *Rose* P. S. Du kannst mir immer schreiben!

Freue mich sehr über Deine Nachricht. Und vermisse dich ebenso! *Herz* Du hast leider meine Frage nicht beantwortet. Aber wahrscheinlich hast Du auch zu tun. Vielleicht können wir heute nach der Arbeit telefonieren? Würde so gerne Deine Stimme hören. *Rose* *Herz* *Kuss*

Ich drück mein Handy gegen meine Brust. Ein Blitz durchfährt meinen Körper. Mein Atem stockt. Verträumt beiße ich mir auf die Lippe. Ich sehne mich so nach Dir ...
Es ist schon verrückt, wie man sich in einen Mann verlieben kann, den man doch kaum kennt. Insgesamt habe ich ihn doch nur ein paar Stunden erlebt, und selbst das meist unter Menschen. Und wenn es ihm ebenso ergeht, ist die Geschichte noch viel verrückter. Und doch so schön. Wenn auch nicht einfach ...

Ich tippe eine Nachricht an David.

Wann kannst Du telefonieren? *Herz*

Sehnsüchtig warte ich auf Antwort.
Mein Körper wird schwerer.
Noch nichts ist geklärt. Nicht, wie es weitergeht. Oder nicht weitergeht. Nicht, wie ich es anstelle, aus meinem Leben zu verschwinden. Die Reihenfolge. Zuerst neuer Job oder neue Wohnung? Ich kann doch nicht einfach bei Dianas Großeltern einziehen. Zumindest kann ich dort nicht lange bleiben. Was sollen sie denn von mir denken? Ohne Job könnte ich mir aber nicht dauerhaft eine Wohnung leisten. Also erst Jobsuche. Oder wie jetzt? Vielleicht liegt es an mir. Vielleicht finde ich die Antworten nicht, weil ich nicht mit festem Willen aus diesem Leben möchte?
Aber ich möchte es!
Ich möchte wieder diese Liebe spüren.
Oh nein, vielleicht spürt man diese Liebe nur am Anfang einer Liebe. Vielleicht ebbt jedes Gefühl so sehr ab. Wenn dem so ist,

wieso sollte ich mich dann auf eine neue Liebe einlassen? Na ja, zumindest wäre ein Mann für mich gut, der mich nicht ständig maßregelt. Und das auf eine ziemlich schwer zu ertragende Art und Weise. Aber vielleicht fällt jeder Mann in dieses Muster, weil ich so schwer zu ertragen bin?
Ich reibe mein Gesicht mit meinen Händen, als würde ich es waschen. Abrupt greife ich zum Handy und entschließe mich, Diana anzurufen.

„Oh mein Gott, Becky! Alles in Ordnung?" Sie gibt sich keine Mühe, ihre Sorge um mich zu verbergen. Nicht im Geringsten.
„Ja, alles gut", lüge ich, ohne darüber nachzudenken.
Ein lautes Ausatmen dringt durch mein Handy.
„Da bin ich aber beruhigt. Wann kommst du denn ins Büro? Chris ist ja schon lange da. Und es ist ehrlich gesagt schon ziemlich spät." Jetzt klingt sie wie eine Mutter.
„Ich, ähm. Ich komme heute nicht, denke ich."
„Was? Aber warum denn? Hab mich schon so auf dich gefreut."
Ihre Stimme klingt nach großer Enttäuschung.
Schnell überlege ich, was ich ihr antworten soll.
„Ich fühle mich nicht so gut heute. Ich glaube, ich werde krank. War wohl doch zu wild am Wochenende", feixe ich, um schnell abzulenken.
„Aber du hast noch nie gefehlt. Und mit triefender Nase, roten Augen und einer Extratasche Taschentücher habe ich dich hier auch schon gesehen. Also, was ist los?", fragt Diana wiederholt besorgt.
„Nichts. Mach dir keine Sorgen", versuche ich sie zu beruhigen.
„Ich leg mich jetzt hin und ruhe mich noch etwas aus. Wir reden später, ja?!"
Enttäuscht antwortet Diana: „Ja, ist gut. Pass auf dich auf. Und du meldest dich sofort, wenn du mich brauchst."

Die Tränen schießen in meine Augen. „Natürlich. Mach's gut, Diana."
Schnell lege ich auf und lasse mich zur Seite auf das Sofa fallen. Unaufhaltsam rinnen Tränen über mein Gesicht. Ich weine. Viel. Laut. Aus ganzer Seele.

Erschrocken reiße ich meine Augen auf, als ich das Knallen einer Tür wahrnehme. Schnell versuche ich auszumachen, wo ich bin. *Eingeschlafen. Auf der Couch. Wie spät ist es?*
Chris schaltet das Wohnzimmerlicht ein und kommt dann auf mich zu. Verwirrt und immer noch nach der Uhrzeit suchend, setze ich mich langsam auf. Er setzt sich zu mir und hält seine Hand an meine Stirn.
„Alles okay?"
„Ich denke schon."
„Hast du etwas gegessen? Das Frühstück steht noch immer auf dem Tisch."
Verwirrt fragend sieht er mich an.
„Oh", antworte ich, ebenso verwirrt.
„Wie spät ist es?"
„Halb neun." Chris schüttelt seinen Kopf.
Was auch immer das jetzt zu bedeuten hat.
Er beginnt den Tisch abzuräumen.
„Tut mir leid. Ich bin eingeschlafen. Und irgendwie nicht mehr wach geworden."
„Schon gut. Das sind vielleicht die Schmerzmedikamente."
„Wieso bist du denn so spät?"
Mit einem bösen Blick sieht er zu mir.
„Musst du mir wieder die Laune verderben?"
„Ähm. Ich wollte doch nur ein Gespräch beginnen. Vielleicht ist etwas passiert? Oder es war was Besonderes? Oder was weiß ich denn." Meine Stimme wird leiser und leiser und versagt schließlich.

Eine Antwort auf meine Frage erhalte ich auch nicht.
„Hast du Hunger?", ruft Chris aus der Küche.
„Geht", antworte ich traurig.
Ich greife nach meinem Handy.

5 *Nachrichten von David*
Die kann ich jetzt nicht öffnen. Jeden Moment kann Chris aus der Küche kommen.
Verdammt.

Chris kommt mit einem Teller aus der Küche.
„Ich habe dir ein paar Schnitten geschmiert und Obst aufgeschnitten."
Ziemlich lieblos stellt er den Teller auf dem Tisch ab und geht unter die Dusche.
Toll! Vielen Dank fürs Gespräch ...

Appetitlos beginne ich zu essen. Nebenbei öffne ich Davids Nachrichten.

*Ich muss bis um vier arbeiten. Freue mich sehr auf deinen Anruf! *Herz**

*Bist du noch immer am Arbeiten? *Kuss* *Rose* *Herz**

Herz

*Beginne mir langsam Sorgen zu machen. Vielleicht kannst Du wenigstens schreiben. Nur damit ich mir nicht solche Sorgen machen muss ... *Kuss**

*Vielleicht hattest Du einfach einen harten Tag. Melde Dich, wenn Du Zeit hast. *Kuss* Fühl Dich liebevoll geküsst und umarmt. *Herz**

Gott, ist der süß.
Schnell beginne ich zu tippen.

Entschuldige. Mach Dir keine Sorgen. Ich bin furchtbar müde. Gehe jetzt schlafen. Melde mich morgen wieder. Schlaf dann schön und träum was Schönes! *Herz* Ich drück Dich!

Als hätte er wartend auf sein Handy gestarrt, kommt auch prompt, keine Minute später, seine Antwort.

Liebste, ich träume von Dir! Freue mich auf Nachricht von Dir morgen. Schlaf gut. Ich bin bei Dir! *Herz*

Wieder drücke ich mein Handy ergriffen an meine Brust. Träume beginnen sich in meinen Kopf zu schleichen.
Ich sehe Dich ... Ich spüre Dich ...
Ich erwische mich beim Kauen auf meiner Lippe und lächle verlegen. Vorsichtig beginne ich, das Geschirr in die Küche zu bringen und dann nach oben zu humpeln.
Die Kleider fliegen von meinem Körper und ich lege mich ins Bett. Mein Handy bekommt einen Kuss. Und das Träumen geht weiter ...

Der Wecker klingelt. Chris gibt mir einen Kuss und verlässt das Bett. In dem Moment, als er das Schlafzimmer verlässt, greife ich nach meinem Handy.

Nachricht von David

Guten Morgen, schöne Frau. *Kuss* Ich hoffe, Du hast gut geschlafen. Ich vermisse Dich. *Herz*

Glückliche Schmetterlinge tanzen in meinem Bauch. Während ich mir auf die Lippe beiße, träume ich, wie er neben mir aufwacht, wie er mir einen zärtlichen Kuss schenkt, wie er mir glücklich in die Augen sieht ...

Guten Morgen, schöner Mann! *Herz* **Ich hoffe, Du hast ebenso gut geschlafen und wunderbar geträumt. Du fehlst mir so sehr.** *Kuss* **Wann kann ich Dich heute anrufen?**

Ich starre auf mein Handy.
Das dauert mir zu lange. Ich schalte den Ton ein, damit ich keine Nachricht verpasse, lege das Handy neben mich und träume so lange weiter, bis ich eine Nachricht erhalte.
Nach einem kurzen Einschlafen weckt mich ein Nachrichtensignalton.

Guten Morgen, Becky! Wollen wir heute einen Kaffee trinken, bevor Du mit Deiner Arbeit beginnst? Drück Dich, Diana *Sonne*

Ach Mist. Sie kann ja noch nicht wissen, dass ich eine Weile nicht kommen kann.

Chris betritt vorsichtig das Zimmer.
„Ach, du bist wach?"
Er setzt sich an meine Bettkante. Ich nicke nur.
„Ich habe dir ein kleines Frühstück vorbereitet. Ich mache mich jetzt los zur Arbeit. Ich sage Thomas, dass du ab nächster Woche wieder arbeiten gehst. Ja?"
„Aber ich bin noch krankgeschrieben."
„Na, dann sage ich ihm, dass du ein bisschen von zu Hause aus arbeitest. Oder soll Francesca jetzt wochenlang deine Arbeit erledigen?"
„Das macht sie gern", sprudelt es aus mir heraus. Sofort beiße ich mir auf die Lippe und weiß, dass ich das hätte für mich behalten sollen.

Chris verlässt das Zimmer.
Starr sehe ich an die Decke.
Oh Mann! Wieso kann ich nicht meinen Mund halten?

Guten Morgen, Diana! *Sonne* Ich werde die nächsten Tage nicht auf Arbeit erscheinen. Vielleicht rufst du mich mal an, wenn du Zeit hast. Bis dann ... *Kleeblatt*

Schönste! *Herz* Ich bin heute schon ab Mittag im Feierabend. Du kannst mich gerne anrufen, wenn es Dir passt. Freu mich sehr auf Dich! Oder zumindest auf Deine Stimme. *Kuss*

Das mache ich! *Herz* Denk ganz fest an Dich *Herz*, antworte ich David.

Gut, dann lassen wir den Tag mal beginnen. Plan. Frühstücken, Arbeit suchen, Bewerbungen schreiben, mit dem schönsten Mann telefonieren! Wie gerne würde ich ihn sehen und richtig spüren. Doch wie soll ich ihm das Bein erklären? Ich bin so eine verdammt schlechte Lügnerin. Und wenn ich es mir genau überlege, will ich ihn niemals belügen. So fängt doch das Ende an. Lügen, Vertrauensverlust ...

Es ruft.
Geh ran! Oh Gott, bin ich nervös!
„Hallo, schöne Frau!", begrüßt mich eine wunderschöne männliche Stimme.
„Hallo, schöner Mann!"
Schmetterlinge! Millionen Schmetterlinge! Ich bin so verzaubert von dem Klang seiner Stimme, dass ich nicht mehr weiß, was ich ihm alles sagen wollte.
„Wie geht es dir?", bricht er das Schweigen.
„Oh. Gut. Denke ich. Und dir?"
„Du klingst ein wenig traurig", stellt David fest.

„Mach dir keine Sorgen! Wie war dein Tag bisher?", versuche ich schnell, von mir abzulenken.
„Arbeit eben!" Er lacht.
Wie schön er lacht ...
„Wie war deine Arbeit heute? Oder ist deine Arbeit heute?"
Oh nein! Was sage ich ihm nur?
Die Wahrheit am besten! Nicht gleich jedes Detail. Aber die Wahrheit ist ein guter Anfang.
„Hallo?"
„Oh, entschuldige. Ich muss auch in das Mikro reinsprechen. Ich weiß. Ich habe heute freie Arbeitsstellen gesucht und begonnen, Bewerbungen zu schreiben."
„Du bist ja mutig! Arbeitet Chris nicht im selben Büro wie du?"
„Oh, nicht ganz. Er ist mein Vorgesetzter. Aber ich habe meinen Arbeitsplatz außerhalb seines Büros."
„Trotzdem. Ihr arbeitet ziemlich nah zusammen. Oder hast du es ihm schon gesagt, dass du gehst?"
„Nein. Ich habe noch keine Ahnung, wie ich das anstellen soll."
„Hm. Dafür war es erst recht gefährlich. Stell dir mal vor, er erwischt dich bei der Arbeits- oder Wohnungssuche! Meinst du, dass er da nicht ausflippt?"
„Doch. Aber ich mach das schon. Ich dachte, du freust dich, dass ich einen Schritt in deine Richtung gehe?"
„Das tue ich auch. Aber ich möchte nicht, dass du Ärger hast. Und wenn ich das richtig verstanden habe, ist mit dem Chris nun überhaupt nicht zu spaßen. Oder?"
„Ja stimmt. Ich bin vorsichtig."

Sowie ich den Satz ausgesprochen habe, öffnet sich die Eingangstür. *Scheiße! Chris!*
Ich beende das Telefonat schnell, indem ich den roten Hörer drücke. Ohne auch nur ein Wort zu David zu sagen.
Der Arme! Hoffentlich ist er nicht sauer!

„Chris! Du bist schon zu Hause?"
Er sieht mich genervt an.
„Wie du siehst."
Mein Handy klingelt.

Anruf David

„Wer ist das?", fragt Chris.
„Oh, ähm. Ein alter Bekannter."
„Und warum nimmst du das Gespräch nicht an?"
„Ach weil, weil, ähm. Er quatscht mir zu lange."
„Wieso habe ich noch nie von einem David gehört?"
„Weil, ähm. Weil ich auch lange nichts von ihm gehört habe. Also, er hatte sich vor Kurzem telefonisch gemeldet, weil er ein Problem hatte. Einen Rechtsstreit. Er wollte wissen, was so auf ihn zukommen könnte. Also Kosten. Und, ähm, und ich habe ihm gesagt, dass ich es mir mal ansehe. Da ich das noch nicht getan habe, brauche ich auch nicht ranzugehen. Kann ihm eh keine aussagkräftige Auskunft geben."
„Aha."
Chris geht in die Küche und holt sich ein kühles Bier aus dem Kühlschrank.
Puuuh! Das war fast gut gelogen. Ich muss vorsichtiger sein!!!
Chris kommt mit seinem Handy in der Hand zu mir.
„Ich bestelle uns etwas zu essen. Auf was hast du Lust?"
„Oh. Pizza. Wieso bist du denn schon zu Hause? Oder verbringst du nur deine Mittagspause hier?"
„Ich wollte nach dir sehen. Und vor allem, dass du etwas isst. Nicht so wie gestern. Ich gehe danach noch mal ins Büro. Wird dann sicher wieder spät. Aber wenigstens war ich zwischendurch bei dir."
Er drückt mir einen Kuss auf die Stirn und widmet sich gleich wieder seinem Handy.

„Ja, Martini. Guten Tag. Ich möchte gerne etwas zu essen bestellen …"

Vielleicht wäre es mir lieber gewesen, er käme abends eher nach Hause und ich würde mich um mein Mittag selbst kümmern. Bestimmt trifft er sich abends wieder mit der Oberziege ...

Innerlich kochend starre ich auf mein Handy.

Jetzt sitze ich mit diesem Arsch hier. Und David weiß überhaupt nicht, was los ist! Das tut mir so leid. Ich muss hier schnell raus! Das kann nicht so weitergehen ...

VII

Ich ziehe mir ein schwarzes knielanges, fraulich locker geschnittenes Kleid an. Die Haare habe ich mir zu einem lockeren Dutt gebunden.
Diana klingelt an der Tür.
Vorsichtig versuche ich, mit den Krücken die Treppe hinunter zu balancieren. Ich greife nach meiner Handtasche, meinen Unterlagen, und verlasse das Haus.
„Hallo Diana!"
Ich versuche, sie zu umarmen, ohne sie mit meinen Krücken zu erschlagen.
„Hallo Becky! Ähm …"
„Wir müssen los!"
Diana hält mich am Arm fest.
„Wieso weiß ich nichts von einem Gipsbein?"
„Wieso solltest du das wissen?"
„Weil ich dich jeden Tag gefühlte tausend Mal angerufen habe, um zu wissen, wie es dir geht und warum du nicht auf Arbeit bist. Und du verschweigst mir dieses klitzekleine Detail?"
„Können wir los?"
„Klar", antwortet Diana zynisch. „Kann ich dir vielleicht etwas abnehmen?" Das klingt auch nicht gerade nett, aber eine Diskussion darüber wäre mir jetzt einfach zu anstrengend.
„Ja, hier die Bewerbungsmappe."
Wir setzen uns in Dianas Auto.
„Was hast du Chris erzählt?"
„Nichts."
„Und wenn er unverhofft nach Hause kommt?"
„Dann muss mir was einfallen."
Diana sieht mich skeptisch an.

„Ich bin mit dir Mittagessen gefahren. Was soll daran schlimm sein? Mit dir bin ich jetzt eh unterwegs. Also was soll schon passieren?"
„Ja, genau. Wir fahren nämlich jetzt immer in die nächstliegende große Stadt zum Mittagessen, weil es in unserer Stadt nicht mehr schmeckt", neckt sie mich.
„Bist du nervös?"
„Nein. Entweder die Kanzlei will mich haben oder nicht. Dann suche ich weiter."
„Gute Einstellung", lobt sie mich.
Diana macht das Autoradio an.

The Firebirds – Diana

Ich muss lachen.
Diana auch.
„Mein Song!", schreit sie.
Wir singen und lachen die ganze Fahrt. Kein Wort wird geredet.
Das ist genau das, was ich brauche, nach über einer Woche völliger Isolation.

Diana kommt mir aus dem Kaffee gegenüber der Kanzlei entgegengerannt.
Eine Angestellte des Kaffees rennt ihr hinterher.
„Hey! Hey! Sie haben noch nicht bezahlt!"
„Und? Und? Und? Süße, wie lief es?", schreit Diana mir entgegen.
Diana verspürt einen leichten Puff auf ihrer Schulter und dreht sich um.
Sofort erkennt sie die Kellnerin und entschuldigt sich.
„Komm, wir setzen uns ins Café", unterbreche ich ihre Rechtfertigungen der Kellnerin gegenüber.

Im Café …

„Jetzt sag schon!"
„In der Kanzlei sitzen drei Anwälte. Der eine kam mir irgendwie bekannt vor. Aber ich kann mich nicht entsinnen, wo ich den schon mal gesehen haben soll. Frank Willert oder so." Nachdenkend sehe ich an Diana vorbei.
Sie tätschelt meinen Arm.
„Ja und? Haben sie dich jetzt genommen oder nicht?"
„Ich war bei einem Anwalt im Gespräch, der recht angetan von mir ist."
Verschmitzt lächele ich Diana an.
„Angetan?"
„Ja. Ich soll ihn schnellstmöglich anrufen, wenn ich weiß, ab wann ich anfangen kann."
Diana schreit: „Wow, das ist ja fantastisch!" Sie rennt um den Tisch und umarmt mich etwas zu fest.
„Ist ja gut! Ist ja gut!", versuche ich sie zu beruhigen.
„Es geht bergauf!", sagt Diana, während sie sich wieder setzt.
„Ja, aber ich weiß trotzdem noch nicht, wie das jetzt funktionieren soll."
Verzweifelt lege ich mein Gesicht in meine Hände.
„Was meinst du?"
„Wie soll ich das denn jetzt anstellen. Soll ich Chris sagen, so, ich kündige und arbeite woanders? Weil mir langweilig ist, oder warum jetzt? Der flippt aus!"
Diana greift nach meiner Hand und hält sie fest.
„Mach dir keine Sorgen. Wir finden eine Lösung. Du könntest doch einfach deine Sachen packen und zu meinen Großeltern ziehen. Hier kannst du mit Arbeiten beginnen."
„Chris würde mich nie einfach Sachen packen lassen."
„Dann müssen wir gemeinsam packen, wenn Chris im Büro ist. Oder hast du peinliche Dinge versteckt?", neckt mich Diana.
„Auch!", antworte ich sichtlich peinlich berührt.

Doch dann beginne ich zu lachen.
„Nein, das ist es nicht. Aber was machen wir denn, wenn er wider Erwarten eher nach Hause kommt?"
Besorgt sieht mich Diana an. „Du hast ja richtig Angst vor ihm. Trennungen passieren leider jeden Tag. Das wäre ja schrecklich, wenn nach jeder Trennung einer tot aus der Beziehung geht."
„Das ist jetzt nicht gerade beruhigend", mahne ich sie.
„Tut mir leid", entschuldigt sich Diana schnell. „Aber ich habe eine Idee. Du hast doch Zugriff auf seinen Terminplan. Leider kannst du im Moment nicht arbeiten und vereinbarst keine Termine für ihn. Sonst hätten wir ein ganz leichtes Spiel. Dann hättest du ihm einen Tag mit Terminen vollpacken können und den hätten wir nutzen können." Diana überlegt kurz.
Ich breche das Schweigen.
„Mein Kopf funktioniert ja noch. Ich biete ihm einfach an, doch wieder arbeiten zu gehen. Mit einem gebrochenen Bein kann ich immerhin auch am Schreibtisch arbeiten, oder nicht?"
Diana überlegt weiter.
„Könnte funktionieren", sagt sie nachdenklich.
„Aber mit gebrochenem Bein umzuziehen, wird schwierig. Selbst wenn ich nur die wichtigsten Dinge mitnehme."
Diana legt ihre Hand auf meine. „Dafür hast du doch Freunde."
„Na ja, so viele sind davon nicht mehr da", merke ich traurig an.
„Ach Quatsch. Du hast doch mal was von einer Steffi erzählt, die das Kind bekommen hat. Dazu gibt es doch sicherlich einen Vater. Also die könnten uns doch helfen. Und David würde dir sicherlich liebend gerne helfen. Erst recht, wenn das für ihn bedeutet, dass er dich ganz schnell bei sich hat."
Verlegen wandert mein Blick auf den Tisch.
„Da fällt mir auf, dass du heute noch nicht von ihm gesprochen hast", merkt Diana fast fragend an.
„Wir hatten bisher auch andere Themen."
„Aber er ist noch Thema Nummer eins?"

„Ach jetzt sei nicht kindisch. Thema Nummer eins." Meine Augen rollen genervt.
„Okay, raus mit der Sprache! Was ist los? Meldet er sich nicht mehr?"
„Doch!"
„Ist er sauer auf dich, weil du noch nicht ganz so frei bist, wie er das gerne hätte? Also ehrlich, ich werde ihn mir zur Brust nehmen! So schnell …"
„Ich melde mich nicht", falle ich Diana ins Wort.
Versteinert sieht sie mich an.
„Was? Aber wieso denn nicht? Ich denke, er ist die große Liebe? Du warst doch so glücklich? Willst du jetzt doch bei Chris bleiben? Nein, dann hättest du heute kein Vorstellungsgespräch …"
Ich hebe meine Hände. „Stopp!", sage ich bestimmend.
Diana sieht mich erschrocken an.
„Er fehlt mir so sehr."
„Aber?"
„Ich kann ihn nicht so zappeln lassen. Es muss schrecklich für ihn sein. Ich wohne bei Chris. Er kann nie wissen, was passiert. Er vermisst mich sehr."
„Na aber, dass er dich vermisst, wird doch dadurch nicht weniger! Außerdem arbeitest du doch an der großen Veränderung!"
„Er weiß nichts von meinem gebrochenen Bein. Und wenn ich mit ihm Kontakt habe, will er mich sehen. Also …"
„Was also? Meinst du, er mag dich nicht mehr wegen einem Gips, der sowieso in ein paar Wochen Geschichte ist? Oh, oh. Du hast dich in deinen Arzt verliebt!"
„Diana! Ich gebe zu, der ist sehr hübsch und nett, aber ich liebe David. Mehr, als ich es jemals für möglich gehalten hätte."
„Aber warum lässt du ihn dann nicht an deinem Leben teilhaben?"
„Ich will ihn nicht anlügen."
„Wieso anlügen?"
Ich zucke mit meinen Schultern.

„Okay! Jetzt warte mal. Du hast mir nichts von deinem Gipsbeindingens gesagt, weil, warum? Lass mich raten, weil du mich nicht anlügen wolltest? So wie bei David?"
Mein Blick sinkt auf den Boden.
„Können wir bezahlen und langsam zurückfahren?", frage ich traurig.
„Chris hat etwas mit deinem gebrochenen Bein zu tun, nicht wahr?"
Ich humpele zur Kasse und bitte darum, unsere Rechnung bezahlen zu können.
Ich höre, wie Diana stark ausatmet. Ich sehe zu ihr. Sie hat ihren Kopf in ihre Hände gelegt und sieht nachdenklich aus.
„Hey! Wollen Sie jetzt bezahlen oder nicht?", fragt mich die Kellnerin am Tresen unhöflich. Ich drehe mich erschrocken zu ihr.
„Ja, Entschuldigung!"

Ängstlich blicke ich von dem Sofa auf.
„Chris!"
„Hey, Schlafmütze. Dein Mann ist wieder da", versucht er, mich liebevoll zu wecken.
Doch ich suche verwirrt nach einer Uhr.
„Es ist zweiundzwanzig Uhr." Antwortet Chris, bevor ich fragen kann.
„Wow, wieder so spät zu Hause?"
„Tja, wenn die eigene Frau auch noch die Rechtsanwaltsfachangestellte meiner selbst ist und nicht arbeiten geht, dann muss ich das eben alleine machen. Und dann dauert alles etwas länger."
„Ach so. Ich dachte die Obe…äh, Francesca hilft dir?"
„Sie hat ja immerhin auch noch andere Sachen zu tun, als mir zu helfen."
Er geht schnell zur Küche und holt sich ein Bier aus dem Kühlschrank.
„Möchtest du noch mit auf die Terrasse kommen, auf ein Bier?"

„Klar."
Mühsam wuchte ich mich auf und schnappe mir meine Krücken.
Chris öffnet ein zweites Bier.
Als ich mich setze, steht er auf.
Er kommt mit einer leichten Decke zu mir und legt mir diese zärtlich über meine Schultern.
„Zum Wohl, Schatz", prostet Chris, und die Flaschen lassen einen lauten Ton erklingen.
„Ich habe mir überlegt, dass ich wieder arbeiten gehe."
Entgeistert sieht mich Chris an.
„Wieso das denn?"
„Was ist? Wieso denn nicht? Meinen Mann sehe ich gar nicht mehr. Hier fällt mir die Decke auf den Kopf. Und ich verstehe überhaupt nicht, warum ich nicht mit einem gebrochenen Bein arbeiten gehen könnte. Zumindest bei einem Sesselpupserjob."
„Ach Becky, dein Tatendrang ehrt dich. Aber ich schaffe das schon."
„Vor einer Woche warst du noch der Meinung, dass ich arbeiten sollte."
„Und da warst du der Meinung, dass du nicht arbeiten kannst. Ende der Diskussion."
Schweigen.
„Außerdem wird es morgen so oder so wieder spät. Später als heute."
„Aha. Darf ich fragen, weswegen?"
„Ja, Kontrolletti."
So, wie er spricht, beginnt in mir das Blut zu kochen.
Wieso muss er denn immer so ausfallend werden und mich beleidigen. Darf man denn in einer Ehe nicht fragen, was der andere so macht oder vor hat zu ...
„... Willert, Grohm und Karger. Selbst die kommen extra den weiteren Weg. Mein guter alter Freund Frank. Auf den ist noch Verlass."

Der Zustand meines Blutes ändert sich augenblicklich in gefroren.
„Entschuldige, ich habe gerade nicht richtig aufgepasst. Was hast du gerade gesagt?"
Krampfhaft versuche ich, meine Nervosität zu bändigen.
„Das Anwaltsessen morgen", wiederholt Chris genervt.
„Einige Kanzleien aus unserer Gegend hatten abgesagt. Da habe ich meinen alten Freund Frank Willert angerufen. Und er kommt tatsächlich mit seinen Geschäftspartnern extra hierher."
Seine Stimmung ist sichtlich aufgehellt.
Meine ist auf ihrem Tiefpunkt.
„Frank Willert? Sollte ich den kennen? Ich meine, dein guter alter Freund? Wann hast du ihn denn das letzte Mal gesehen?"
„Du hast ihn auch schon gesehen."
Nein! Er weiß, dass ich zum Vorstellungsgespräch war!
„Er war auf der Halloweenparty vor zwei Jahren. Bei der Biologiestudentin. Die mit den Fauchschaben. Erinnerst du dich?"
Er weiß es nicht!
Erleichterung breitet sich in mir aus.
„Frank war der blutüberströmte Häftling. Du hattest dich, wie es aussah, gut mit ihm unterhalten. Aber wahrscheinlich wirst du ihn nicht erkennen, so wie der geschminkt war." Chris lacht.
Mir wird schlecht.
Natürlich! Die Augen! Deswegen kam er mir so bekannt vor! Wieso bin ich nicht darauf gekommen? Er hatte das ganze Gesicht mit roter Farbe zugeschmiert. Aber die Augen!
„Ist das Essen mit Frauen? Also Ehefrauen, Partnerinnen oder wie auch immer?"
„Natürlich. Wie immer."
„Aber ich soll da mit meinem Gipsbein sicher nicht mit, oder?"
„Was hast du denn? Ist doch nur ein Gips. Du siehst auch mit Gips bezaubernd aus."
Ich zwinge mich zum Lächeln.
Schweigen.

Verdammt! Verdammt! Verdammt! Verdammt! Ich muss morgen krank sein! Irgendetwas muss mir einfallen! Von heute auf morgen wird er mich ganz sicher erkennen. Und wenn er ein guter Freund ist, wird er seinem Chris ganz sicher von meinem Vorstellungsgespräch erzählen. Fuck! Wenn ich Glück habe, redet er vielleicht erst mit mir und ich kann versuchen, ihm zu erklären ... Was denn erklären? Dass sein guter Kumpel seine Frau schlägt, wenn er nicht Herr seiner Sinne ist? Dass dieses Vorstellungsgespräch nur ein Witz war? Sehr lustig! Dass ich nur wissen wollte, wie die Kanzlei eines guten Freundes aussieht? Klar!
Unwillkürlich lasse ich verzweifelt meinen Kopf in meine Hände fallen.
Chris sieht mich verwirrt an. „Ist alles in Ordnung? Geht es dir nicht gut?"
Ich lache kurz. „Alles in bester Ordnung", rutscht es mir zynisch aus dem Mund. Chris sieht mich verwirrt an. „Wieso reagierst du so doof?" Ich sehe ihn erschrocken an. „Entschuldige, ich hatte gerade nachgedacht und war durcheinander." Schnell lege ich meine Hand auf seine und lächele ihn an. Etwas unglaubwürdig lächelt er zurück.
Ich gähne. „Müde", sage ich. „Vielleicht sollte ich ins Bett gehen."
„Du hast doch den ganzen Tag schlafend verbracht", wundert sich Chris.
„Hm. Die Tabletten machen mich müde, denke ich."
„Du hast ja noch nicht mal die Hälfte deines Bieres getrunken."
„Oh! Schmeckt heute nicht. Vielleicht auch die Tabletten?"
Chris sieht mich fragend an. „Na gut." Er gibt auf. „Ich bringe dich ins Bett, wenn du magst."
„Sehr gerne", antworte ich verwirrt. *Hoffentlich will er nicht noch etwas von mir.*
Chris macht sein Angebot wahr und trägt mich nach oben ins Schlafzimmer. Vorsichtig legt er mich auf dem Bett ab. Er küsst

mich zärtlich und versucht, seine Zunge in meinen Hals zu stecken. Ich empfinde plötzlich so etwas wie einen Ekel und ziehe unwillkürlich meinen Kopf zu Seite.

„Was ist? Sind daran jetzt auch die Tabletten schuld?", fragt er mich genervt.

Ich scherze: „Das hoffe ich doch."

„Witzig!" Er lässt mich abrupt los, steht schnell auf und verlässt das Schlafzimmer.

Irgendwie dumm gelaufen. Aber irgendwie auch gut, dass er so schnell aufgegeben hat. Oh Gott! Wenn man sich schon vor einem Kuss ekelt, hat das doch alles keinen Sinn! Selbst wenn er jetzt der gute liebende Ehemann sein wird. Kann es nicht auch zu spät für diese Erkenntnis sein? Ich glaube, das ist es. Nicht nur, weil ich mich in David verliebt habe, sondern auch, weil ich nichts mehr für ihn empfinde. Außer Mitleid, wenn er sich Vorwürfe macht oder es ihm nicht gut geht. Aber das ist doch keine Liebe! Was ich für David empfinde, das ist Liebe! Dieses Kribbeln! Diese schreckliche Sehnsucht! Ich spüre seine Küsse, wenn ich nur an ihn denke! Ich spüre seinen Atem auf meiner Haut, seine Haut auf meiner Haut, wenn ich nur an ihn denke! Herr Gott noch mal, ich spüre ihn sogar zwischen meinen erregten Schenkeln, wenn ich nur an ihn denke! Überall sehe ich ihn! Egal wo ich bin, träume ich, dass er neben mir ist, dass ich in seinem Arm bin ... er ist einfach immer und überall da! Wieso zögere ich dann noch? Ach! Ich verstehe mich selbst nicht! Das ist doch völlig krank! Oder ist es im Allgemeinen schwierig, sich von einer Beziehung zu lösen? Fällt es jedem so schwer? Trotzdem man sich vielleicht schon neu verliebt hat? Trotzdem man weiß, dass man sein Leben so nicht verbringen mag? Wieso zögern wir Menschen nur so, wenn es um eine Trennung geht? Haben wir Angst vor dem Neuen? Dass es schlechter wird als vorher? Dass wir das Alte dann doch zu sehr vermissen? Ich habe noch nie den Wunsch nach einer alten Beziehung gehabt. Bin ich kalt?

Ich greife nach meinem Handy und mache mir Entspannungsmusik an. Bei dem Gedankenwirrwarr bekomme ich Kopfschmerzen. Ich versuche, mich zu entspannen, doch stelle ich nach einer Weile fest, dass meine Gedanken immer und immer wieder kreisen. Ich versuche es mit Entspannungsgeschichten. Doch falle ich jedes Mal wieder von der Wolke und befinde mich mitten im Gedankenwirrwarr. Ich bemerke nicht mal, wie es anfängt. Irgendwann merke ich nur, dass ich schon wieder aufgehört habe, mich an die Entspannungstechniken zu halten.
Ich suche eine Anleitung zur Entspannung nach Jacobsen heraus. Sie beginnt mit leichter Musik und einer entspannenden Männerstimme. Doch keine Ahnung, wann ich aufgehört habe, zuzuhören und meinen Körper anzuspannen und zu entspannen. Auf jeden Fall befinde ich mich mal wieder im Gedankenwirrwarr. Ich schalte das doofe Handy aus und ergebe mich meinem Gedankenwirrwarr. Ich entscheide mich, von David zu träumen. Wie wir uns wiedersehen und uns in die Arme laufen. Ich träume, wie er mein Gesicht in seine Hände nimmt und meinen Mund zärtlich küsst. Sofort spüre ich Wärme in mir. Ein erfülltes Gefühl. Ich erwische mich sogar beim Lächeln. Ich denke nur an ihn und lächele unvermeidlich.

Die Schlafzimmertür öffnet sich. Chris kommt rein. Schnell verschwindet mein Lächeln und ich stelle mich schlafend. Chris schleicht um das Bett und zieht sich leise die Klamotten aus. Er tippt noch etwas auf seinem Handy. Meine Neugierde ist nicht groß genug, um mich umzudrehen. Ich spüre vielmehr, dass es mich nicht mal anheben würde, wenn er einer anderen Frau schreiben würde. Er legt das Handy auf seinen Nachttisch und dreht sich zu mir. „Becky?", fragt er leise. Ich antworte nicht. Ich schlafe doch! Er sagt nichts mehr und beginnt schnell zu schnarchen. Auch das noch …

Die Tür knallt zu. Chris ist aus dem Haus gegangen. Ich muss noch im Bett bleiben. Die Decke ist zu kuschelig und meine Gedanken kreisen so sehr, dass es besser ist, gleich liegen zu bleiben. Mein Handy gibt einen kurzen Ton von sich.

Guten Morgen, Becky. *Sonne* Wie geht es Dir? Ich habe so lange nichts von Dir gehört. Bitte melde Dich, auch wenn Du mir sagen willst, dass ich ein Fehler war. Dieses Nichtwissen macht mich fertig. Ich weiß nicht, wo Du bist, wie es Dir geht, ob Du mich vergisst, ob Du unsere wunderschöne Nacht vergisst ...??? Ich denke Tag und Nacht an Dich! Bitte quäle mich nicht unnötig!

David!

Unwillkürlich beiße ich mir auf die Lippe. Mein Körper fühlt sich elektrisiert an. Sehnsucht! Mächtige Sehnsucht. Ich spüre seine Lippen auf meinen, seine Berührungen, seinen Atem. Das Gefühl, als wir eins waren. Eine unübertrefflich glühende Leidenschaft.
Doch kann ich ihm unmöglich von dem Vorfall mit meinem Bein erzählen. Und ohne diese Begründung kann ich ihm keinen Grund nennen, warum ich noch immer hier bin.

Anruf David

Mein Blick erstarrt.
Was mache ich denn jetzt? Soll ich einfach rangehen? Aber was soll ich denn sagen? Die Wahrheit? Natürlich die Wahrheit. Deswegen rede ich lieber gar nicht.
Dann hätte ich die ganze Zeit schon lügen können. Aber ich will ehrlich zu ihm sein. Die Schwelle zum einfachen Unehrlich-Sein nicht überschreiten.

Es hat aufgehört zu klingeln. Ich lege das Handy auf meine Brust.
Zu lange überlegt. Bitte verzeih mir irgendwann!
Eine Träne schleicht mir die Wange herunter.
Meine Gedanken kreisen weiter …

Anruf Diana

So früh am Morgen?

„Guten Morgen, Diana!"
„Guten Morgen, Becky! Wie geht es dir?"
Sie klingt etwas aufgelöst.
„Gut. Hast du von dem Anwaltsessen heute Abend gehört?", frage ich, von ihrer Hektik angesteckt.
„Ja. Ist doch jedes Jahr", antwortet Diana ruhiger.
„Stimmt! Nur, dass ich da nicht vorher zum Vorstellungsgespräch in einer fremden Kanzlei war!"
„Mach dir nicht so viele Sorgen. Es kommen jedes Jahr Anwälte aus unserer Stadt. Oder wie groß soll das Treffen noch werden?"
„Viele haben abgesagt und dummerweise kennt Chris einen Anwalt aus der Kanzlei, in der ich mich, ausgerechnet gestern, vorgestellt habe. Frank Willert."
„Hast du nicht den Namen Willert beim Kanzleinamen erwähnt?"
„Japp! Und jetzt weiß ich auch, wo ich den einen, also den Frank Willert, mal gesehen habe."
„Verdammt, Becky! Und deswegen habe ich nicht mal angerufen!"
„Ich merke schon, du hast keine Ahnung und bist genauso verwirrt wie ich jetzt. Aber warum hast du denn angerufen?"
„David hat sich bei mir gemeldet."
„Wieso hat er deine Nummer?"
„Die hatte er nicht. Er wusste aber, in welcher Kanzlei wir arbeiten und dass ich die Empfangsdame bin. Er macht sich sehr große Sorgen um dich."

„Moment mal! Er war in der Kanzlei?"
„Becky, ich habe mich verquatscht. Und jetzt weiß er von deinem gebrochenen Bein. Ehrlich gesagt, machen wir uns beide große Sorgen um dich. Und jetzt, wo ich von diesem blöden Anwaltsessen weiß, ausgerechnet mit dem Willert, mache ich mir noch viel größere Sorgen!"
„Du hast ihm davon erzählt? Verdammt!"
„Was machen wir denn jetzt mit dir? Das Essen wird nicht glimpflich ausgehen. Das ist dir doch wohl klar! Und wenn du nicht völlig verkrüppelt sein willst, machst du dich da mal ganz schnell aus dem Staub!"
„Diana! Übertreibe nicht. Ich muss jetzt David anrufen. Und du hörst auf, dir solche Sorgen zu machen. Ich bin schon groß!"
„Okay", antwortet sie kleinlaut.
„Bis später, Diana."
„Bis später. Pass auf dich auf", sagt sie traurig resigniert.
Offensichtlich macht sie sich wirklich große Sorgen. Aber bis zum Abheilen meines Bruches werde ich ja wohl noch aushalten. Und dann kann ich hier verschwinden.

Es ruft.

„Becky!" David klingt aufgebracht und erleichtert zugleich.
„Hey, David." Reumütig beginne ich zu sprechen.
„Bin ich erleichtert, dass du anrufst."
„David, es tut mir so leid. Ich bin so unendlich überfordert."
„Ist schon gut. Kann ich dich sehen? Ich würde mich gerne richtig mit dir unterhalten. Nicht übers Telefon."
„Ja."
„Wann?"
„Wie es dir passt."
„Ich habe heute Mittag Schluss. Und da ich heute Abend noch in deiner Gegend zu tun habe, kann ich auch gleich nach Feierabend

zu dir fahren. Lass uns doch halb drei in dem Kneipenrestaurant treffen. Das mitten in dem Straßenwirrwarr der Stadt. Ach, ich komme nicht auf dem Namen. Weißt du, welches ich meine?"
„Ja, da gehe ich immer mit Steffi hin, wenn wir uns mal sehen."
„Gut. Dann lass uns doch dort treffen, Kaffee trinken und über alles sprechen."
„Gute Idee. Ich freue mich darauf, dich zu sehen."
„Ich freue mich auch. Bis gleich, schöne Frau."
Ich lege auf.
Erstarrt bleibe ich liegen.

Verdammt, Diana! Er weiß es jetzt! Was sage ich ihm nur? Ich kann ihm unmöglich von dem wahren Vorfall erzählen! Er flippt vor lauter Sorge aus! Ich sehe ihn heute wieder! Bin ich nervös! Ich muss heute umwerfend aussehen! Ob er mich zur Begrüßung küsst? Oh, das wäre wundervoll! Ich kann es kaum erwarten ...

„Können Sie mich bitte da vorne rauslassen? Da, wo dieser schöne Mann steht? Er könnte mir möglicherweise aus dem Auto helfen."
Mit einem verschmitzten Lächeln sieht mich der zerzauste grauhaarige alte Taxifahrer an.
„Die Jugend", sagt er und schüttelt den Kopf. „Ich wäre froh gewesen, wenn ich in seinem Alter einer so schönen Frau aus dem Auto hätte helfen dürfen."

David sieht mich, als wir vor ihm halten. Erwartungsvoll lächelt er. *Dieser Blick, dieser wunderschöne Mann ...*
Meine Beine werden weich.
„Sechs Euro dann bitte."
Ich gebe dem Taxifahrer zehn Euro und winke ab.
David öffnet mir die Tür.
„Vielen Dank. Auf Wiedersehen", sage ich noch.
„Alles Gute."

David greift nach meiner Hand und hilft mir, wie man sich einen Gentleman vorstellt, aus dem Wagen.
Ohne zu überlegen, lande ich in seinen Armen. Von unvorstellbar großen Gefühlen überrannt, küssen wir uns leidenschaftlich.
Als wir uns voneinander lösen, schaue ich mich kurz um. Mir wird klar, wie kopflos ich bin. Uns hätte immerhin jemand sehen können. Der Ärger, der daraus folgen könnte, ist kaum vorstellbar.
„Komm! Wir gehen nach drinnen", bittet mich David. Er hält seinen Arm wie einen Henkel und ich hake meinen Arm ein.
„Ich sitze gerne an dem runden Tisch da hinten. Gleich am Fenster in der Ecke", meine ich und überlege lieber noch einmal kurz. Denn es wäre doch in diesem Falle ziemlich dumm, sich genau an zwei Fensterfronten zu setzen.
„Oder wollen wir lieber hier an der Wand sitzen. Auf diesem Banksofadingens?"
David lacht. „Banksofadingens, ja?" Sein verliebter Blick trifft mich wie ein Schlag. Ich halte mich stärker an ihm fest. Seinem Blick kann ich nicht widerstehen. Ich muss ihn einfach immer wieder küssen. Und er kann ganz offensichtlich auch nicht widerstehen.
Während wir aneinanderkleben, bewegen wir uns zum Platz. Geschmeidig gleite ich auf die gepolsterte Sitzbank.
Und als hätte sie geduldig gewartet, steht auch schon die Kellnerin vor mir, als ich meinen Blick von David löse.
„Guten Tag. Darf es bei Ihnen schon etwas sein?" Sie scheint unser Verhalten amüsant zu finden.
„Ich hätte gerne einen großen Cappuccino", antworte ich schnell.
„Und ein stilles Wasser.
Sie sieht zu David.
„Für mich das Gleiche. Aber das Wasser mit Sprudel, bitte."
Seine Aufmerksamkeit wechselt sofort wieder zu mir.
Er hält meine Hand.

„Jetzt kannst du mir in Ruhe erklären, wieso du mich so zappeln lässt." Er sagt es mit ernster Stimme, aber gleichzeitig mit einem leichten Lächeln auf seinen Lippen.
„Ich wollte dich nicht verletzen." Mein Blick senkt sich.
Seine Finger streicheln zärtlich meine Hand.
„Kannst du mir das vielleicht genauer erklären?"
„Na ja, ich weiß auch nicht. Ich konnte mit dem Bein nicht viel machen. Und wollte doch eigentlich schnell einen Schlussstrich ziehen."
„Wieso lässt du dir dann nicht helfen? Ich meine, gebrochenes Bein hin oder her, ich hätte ein paar Freunde zusammengetrommelt und schon hätten wir deine Sachen für dich rausgetragen."
„Klar, und gepackt hättet ihr für mich auch?"
Sein Blick senkt sich.
„Becky, wenn du dich noch nicht entschieden hast, welchen Weg du gehen möchtest, dann sag es doch. Auch wer sich für nichts entscheidet, hat sich für etwas entschieden."
Traurig sieht er mich an. Es tut im Herzen sehr weh, ihn so zu sehen.
Und mir wird klar, dass es stimmt, was er sagt. Solange ich nichts ändere, habe ich mich unbewusst für das Leben mit Chris entschieden.
„Ich hatte ein Bewerbungsgespräch in deiner Gegend. Und, es ist noch nichts unterzeichnet, aber die Chancen stehen gut." Ich versuche, das Gespräch in eine positive Richtung oder Entwicklung zu lenken, doch bemerke schnell, dass die Chancen heute schon vertan sein könnten.
Davids Gesicht beginnt vorsichtig zu strahlen, so als hätte er eine leise Ahnung, dass es erst einmal zwar gut ist, aber noch etwas verschwiegen bleibt.
„Das klingt doch sehr gut. Und wann soll es losgehen, wenn es losgeht?"

„Das weiß ich noch nicht so genau. David." Ich mache eine kurze Pause, um tief Luft zu holen. „Ich wollte wirklich so schnell wie möglich und vorsichtshalber klammheimlich aus dem Leben, in welchem ich bin, verschwinden. Doch werden mir kurzerhand immer wieder Steine in den Weg gelegt."
Besorgt sieht er mir in die Augen.
„Was meinst du damit?"
„Na ja, sieh mal, das Bein behindert mich im Wegrennen. Und, ähm, puh. Heute Abend wird es sehr spannend."
„Wieso? Was meinst du? Becky, könntest du mir bitte sagen, was zur Hölle hier los ist?"
Er wird leicht ungehalten. Kann ich verstehen. Er muss einiges aushalten.
„Ich war bei diesem Vorstellungsgespräch und der eine Anwalt kam mir noch so bekannt vor. Ich habe ihn aber nicht erkannt, denn als ich ihn mal gesehen habe, war er blutüberströmt. Ähm, geschminkt. Ähm, Halloween. Heute ist ein Anwaltsessen und Chris sagte mir bereits, dass genau dieser Anwalt dabei sein würde.
„Und natürlich hat Chris keine Ahnung von diesem Vorstellungsgespräch? Wieso gehst du überhaupt mit?" David sieht mich besorgt an.
Die Kellnerin bringt unsere Getränke.
„Haben Sie einen Schokoladenkuchen mit ganz viel Schokolade?"
Ich sehe die Kellnerin an, als wäre ich ein völlig ausgehungerter bettelnder Hund.
„Tut mir leid. Wir haben heute nur verschiedene Früchtekuchen im Haus."
„Erdbeere?", frage ich kapitulierend.
Sie lächelt. „Ja."
„Dann nehme ich davon ein Stück. Möchtest du auch etwas essen?"
„Nein. Danke."

Die Kellnerin geht mit ihrer Bestellung.
Chris lächelt mich an. „Du bist so süß."
„Wieso?"
„Weil du zu den Frauen gehörst, die in Stresssituationen zu Schokolade greifen."
Und schon kommt die Kellnerin mit dem Stück Erdbeerkuchen.
„Na ja, Hauptsache Zucker", lache ich.
Doch Davids Blick wird schnell wieder besorgt.
„Was? Ich kann es mir erlauben, in Stresssituationen auf Zucker zurückzugreifen."
Er lächelt wieder für einen Moment. „Ich sag ja nichts dagegen."
Wir halten kurz inne.
„Aber ich bin ziemlich besorgt, was deine Seele betrifft."
Ich sehe ihn fragend an.
„Ich sehe doch, dass es dir nicht gut geht. Es sind Augenblicke, in denen du alles vergisst und einfach glücklich bist. Aber dann gibt es Momente, in denen ich sehen kann, dass du sehr traurig bist. Und ich wünsche mir nichts sehnlicher, als dass du glücklich bist."
Ich schlucke das Stückchen Kuchen hinunter und lege den Kuchenlöffel auf den Tellerrand.
Meine Arme umschlingen ihn und eine Träne lässt sich nicht unterdrücken.
„Ich werde mein Leben verändern. Vertraue mir."
„Ich vertraue dir."
„Ich werde mich der Situation heute Abend stellen. Und wir werden sehen, was passiert. Wir sollten dem Leben mehr Vertrauen schenken."
„Ja, vielleicht hast du recht. Aber du meldest dich sofort bei mir, wenn etwas schiefläuft. Oder wenn du mich brauchst. Oder was auch immer. Du meldest dich, ja?"
„Ja, versprochen, mein Traumprinz!"
David muss kurz lachen. „Traumprinz", wiederholt er mich.

„Ja, du bist mein Traumprinz! Und den gebe ich nie mehr her."
David nimmt mein Gesicht in seine Hände und blickt mir tief in die Augen. „Meine Prinzessin! Ich werde alles dafür tun, dass du glücklich bist. Ich werde immer auf dich achten, dir immer ein guter Prinz sein ..." Er muss grinsen. *Wie süß er grinst!*
„Ich liebe dich, Becky. Und ich bin der glücklichste Mann auf der ganzen weiten Welt, wenn du an meiner Seite bist."
Mein Herz macht einen Aussetzer. *Das hat er gerade nicht gesagt! Ich träume!* Kurzentschlossen kneife ich mir in den Arm. „Au!"
David lacht und fragt: „Was machst du da?"
Ich muss lachen. Dann beruhige ich mich schnell und sehe ihm wieder in seine Augen. Ein unbeschreiblich erregendes Gefühl schießt durch mich.
„Ich liebe dich, David! Und ich bin die glücklichste Frau auf der ganzen weiten Welt, wenn du an meiner Seite bist." Ohne auch nur kurz zu warten, kleben seine Lippen an meinen. Unfassbare Glückshormone schießen wild durch unsere Körper. Ich will über nichts Ernsthaftes mehr reden. Nur noch genießen! Wer weiß, wie schnell wir wieder in den Genuss kommen! Lass uns einfach nur noch genießen ...

Meinen Pony habe ich brav in meine Frisur eingeflochten, sodass er nicht zu sehen ist. Mein Make-up ist sehr dezent fraulich. Für meine Lippen habe ich mir sogar noch einen rosé-farbigen Lippenstift besorgt. Ein schwarzes Kostüm schmeichelt meinem Körper. Schwarze Pumps, schwarze Handtasche und ein schwarzes Armband machen mich nicht trauriger, als ich ohnehin schon bin.

Bis auf zwei freie Plätze sieht es so aus, als seien alle bereits da. Als wir bemerkt werden, wird aus dem angeregten Gerede schnell ein unheimliches Schweigen.
Wir hängen unsere Mäntel an die Garderobe.

Chris dreht sich um und schreitet zum Tisch. Ich humpele ihm hinterher.
Er begrüßt alle sehr freundlich, nach und nach per Handschlag und Küsschen rechts und Küsschen links. Unsicher versuche ich, es ihm gleichzutun.
Frank Willert sieht mich kurz irritiert an. Dann lächelt er aber und kommentiert unser Aufeinandertreffen nicht.
Ein mir noch völlig fremder Anwalt zieht mir den Stuhl zurück, damit ich mich besser setzen kann. Als ich sitze, reicht er mir seine Hand. „Sebastian."
„Becky. Danke, Sebastian."
„Für was?"
„Oh, dass Sie mir den Stuhl zurück- und rangeschoben haben."
„Gern geschehen."
Ich spüre einen leichten Puff in meiner Hüfte.
„Würdest du vielleicht nicht mit dem einzigen Singleanwalt hier flirten", flüstert Chris in mein Ohr.

Erstarrt bleibe ich sitzen und fühle mich unsicherer als zuvor.
„Was darf ich Ihnen einschenken?"
Erschrocken drehe ich mich um. Ein junger Kellner steht hinter mir. „Entschuldigung, ich wollte Sie nicht erschrecken."
Ich lächele ihn an und gebe ihm zu verstehen, dass alles in Ordnung sei.
Chris sieht mich mit einem bitterbösen Blick an.
Mein Körper verfällt in eine Schockstarre. Nur meine Lippen bewegen sich mechanisch.
„Ich hätte gern ein großes Bier."
„Becky!" Chris sieht mich an, als wäre er total verzweifelt.
„Zum Anstoßen wirst du doch kein Bier bestellen."
So langsam nervt mich der Kerl.
Ich lege ein überbreites Grinsen auf. Mit überheblicher Stimme bestelle ich absolut selbstsicher.

„Schenken Sie mir zum Anstoßen doch bitte einen halbtrockenen Sekt ein. Zum Trinken hätte ich dennoch gerne einen Krug Bier."
Der Kellner verneigt sich leicht und zieht von dannen. Ich bin mir nicht sicher, ob er irritiert oder begeistert war von meiner Reaktion. Aber er hat völlig vergessen, Chris nach seinem Getränkewunsch zu fragen.
Meine Lust auf Gespräche ist auf den Tiefststand gesunken.
Apathisch schaue ich über die Köpfe der anderen hinweg und träume.
Wenn doch nur David hier wäre. Anstelle von Chris natürlich. Würde ich mich wohlfühlen. Ich spüre seine Lippen ...
Ein warmes Gefühl durchflutet mich.

Von einem riesen Schrecken werde ich aus meiner Trance gerissen.
Schon wieder ein Puff gegen meine Hüfte.
Mit einem mörderischen Blick sehe ich zu Chris. Er beugt sich leicht zu mir und setzt gerade zum Reden an. Da kommt auch schon der nette junge Kellner dazwischen und bringt mein Bier und eine Flasche Sekt. Er schenkt mir ein. Und zu meinem Vergnügen auch Chris.
Chris sieht den Kellner entgeistert an.
Da er aber vor den anderen nicht unangenehm auffallen möchte, lässt er jeglichen Kommentar dem Kellner gegenüber. Weder darüber, dass er halbtrockenen Sekt nicht mag, noch, dass er hier nicht mal gefragt würde.
Der Kellner aber beugt sich zu Chris und flüstert ihm ins Ohr: „Ein Gentleman bevorzugt das Gleiche zum Anstoßen wie seine Frau."
Mir ist diese Allüre zwar nicht bekannt, aber dass mal jemand Chris die Stirn zu bieten vermag, amüsiert mich schon. Chris sieht wieder böse zu mir. Doch ich kann nicht aufhören zu grinsen.

Thomas erhebt sich. „Da jetzt alle da sind, möchte ich mit Ihnen allen auf einen angenehmen, unterhaltsamen Abend anstoßen. Vielen Dank, dass Sie alle erschienen sind."
Er hebt sein Glas und wir tun es ihm alle gleich.
Als mein Blick über den Tisch schweift, verharre ich kurz vor Schreck beim Blick von Frank Willert. Lüstern. Das macht mir Angst.
Mit einem Hieb trinke ich mein Sektglas leer.
Mal wieder sieht mich Chris an, als wäre ich ihm unendlich peinlich.
Ich greife nach meinem Bier und trinke mehrere große Schlucke.
„Aaahhh. Mann, hab ich einen Durst."
Peinlich berührt, sieht Chris dieses Mal schnell in eine andere Richtung. Sebastian lacht lauthals los. Bemerkt aber schnell, dass das jetzt vielleicht nicht so angebracht war, und versucht mit einem schmerzverzerrten Gesicht, dem Lachen zu widerstehen.
Ich bemerke, dass ich mich in einem völligen Gefühlschaos befinde. Zwischen Angst, unermesslichem Unwohlsein und einem hohen Grad an Amüsiert-Sein. Was für ein Durcheinander ...

Kurzentschlossen stehe ich auf, greife nach meiner Krücke und humpele zu den Toiletten.
Erst einmal wieder abkühlen, runterfahren und dann kann ich mich wieder auf die Leute loslassen.
Ich starre in den Spiegel, als auch die letzte Dame die Toilettenräume verlässt.
Keine fünf Sekunden nach ihr geht die Tür auf und Frank Willert kommt herein.
„Was machen Sie denn hier?", frage ich überrascht. Er greift nach mir und zerrt mich in eine Toilettenkabine.
Ich weiß in dem Moment nicht, wie ich mich aus dieser Schlinge befreien kann. Er schließt die Tür hinter sich zu und versucht, mich zu küssen. Doch drehe ich meinen Kopf schnell zur Seite.

Etwas verwirrt sieht er mich an. „Möchtest du etwa nicht, dass unser kleines Geheimnis unter uns bleibt? Oder kann ich mit Chris offen über unsere letzte Begegnung sprechen?" Er redet in einem unangenehmen perversen Flüsterton.
„Es könnte jeden Moment jemand reinkommen!" Etwas Besserer fällt mir in diesem Moment nicht ein.
Anstatt von mir abzulassen, wandert seine linke Hand nach unten. Sie streicht über meine Brust, meinen Bauch zu meinen Schenkeln. Seine Berührungen ekeln mich an.
„Du bist wunderschön. Ich möchte nur einmal meinen Schwanz in dir spüren." Das ist jetzt nicht wahr!, schreie ich tonlos.
Seine Hand gleitet weiter, von meinem Schenkel zu meinem Slip. Er zieht mir den Slip herunter und greift nach meiner Vagina. Ich kann nicht glauben, was da gerade passiert. *Bitte! Warum kommt denn keiner dazwischen? Nein! Bitte! Nein!*
„Fühlt sich heiß an", flüstert er in mein Ohr. Während seine Finger in mich gleiten, läuft mir eine Träne die Wange herunter.
Ich bin völlig hilflos, ratlos, versteinert ...
Er leckt meine Träne von meinem Gesicht und zieht seine Finger aus mir heraus. Er sieht sich seine Finger an und leckt sie lustvoll ab. Dann sieht er mich begierig an, öffnet seinen Gürtel, seine Hosenknöpfe und lässt seine Hose an seinen Beinen runtergleiten. Genüsslich reibt er sein Glied an mir.
Angewidert weinend, frage ich ihn: „Tragen Sie nie eine Unterhose?"
„Ich wusste, dass wir uns wiedersehen. Oder denkst du etwa, ich fahre den weiten Weg zu einem langweiligen Anwaltsessen?"
„Aber ..."
„Schschscht!"
Die Eingangstür der Toilettenräume öffnet sich.
„Becky?!"
Chris!
Frank hält seine Hand vor meinen Mund.

Sehr leise flüstert er in mein Ohr. „Wenn Chris uns hier sieht, wird er dir nicht glauben, dass du das nicht wolltest."
Er löst vorsichtig seine Hand von meinem Mund.
„Chris?"
Ich höre schnelle Schritte zur Toilettentür.
„Becky? Was ist los? Warum versteckst du dich hier?"
„Ich, ich musste mich, äh, übergeben. Es geht langsam besser. Lass mir nur eine Minute. Ich beruhige mich und mache mich schnell frisch.
„Okay."
Das war alles. Er geht. Und ich bin nach wie vor mit diesem kranken Typen in der Toilettenkabine eingesperrt.
„War doch nicht so schwer", lobt er mich.
„Dann lassen Sie uns jetzt gehen. Wir fehlen nämlich beide da draußen."
Sein Griff wird fester.
Er schiebt seinen steifen Penis in mich.
„Ich mache keine halben Sachen", flüstert er mir ins Ohr und bewegt sein Becken vor und zurück, vor und zurück …
Bitte nicht! Was mach ich denn jetzt? Ich komme hier verdammt noch mal nicht los! Bitte ergieß dich nicht in mir! Wie ekelhaft! Bitte lass ab von mir! Bitte!
Tränen strömen über mein Gesicht. Meine Beine sind butterweich. Doch kann ich durch seine feste Schlinge nicht zusammenrutschen.
„Bitte hören Sie auf!"
In dem Moment ergießt er sich in mir. Er stöhnt leise. Der Ekel in mir ist unbeschreiblich groß. Ich fühle mich hilflos und schwach. Er genießt seinen Samenerguss noch einen Moment in mir. Dann zieht er seinen Penis aus mir heraus. Er zieht seine Hose wieder nach oben, schließt seinen Gürtel und geht, ohne ein Wort.
Meine Beine geben nach und ich lande auf der Toilette. Fassungslos öffne ich den Toilettendeckel und setze mich. Mit voller Kraft

versuche ich, das Zeug aus mir herauszupressen. Ich muss kotzen. Schnell drehe ich mich um. Mit dem Gesicht zur Toilette. *Lass alles raus, Becky! Kotze, was das Zeug hält! Ist das ekelhaft! Für was werde ich nur so hart bestraft?*
Langsam beginne ich, mich zu sortieren. Ich fühle in mich hinein, ob ich noch einmal kotzen muss. *Schlecht! Aber geht! Kotzen vielleicht nicht!*
Vorsichtig stütze ich mich an den Toilettenwänden ab und ziehe mich wieder nach oben. *Runter war einfacher ...*
Ich greife nach dem Toilettenpapier, wische mich sauber und ziehe mein Höschen wieder dorthin, wo es hingehört.
Ich steure wie im Taumel das Waschbecken an. Meine Krücke liegt davor. Eine Frau betritt die Toilettenräume. Sie ist eine von den Anwaltsfrauen.
„Liebes Kindchen!" Sie schlägt ihre Hände vor ihr Gesicht.
„Was ist denn mit Ihnen passiert."
Ich kann sie nicht ansehen. Sehe aber in meinem Augenwinkel, wie sie mir meine Krücke reicht und dann ein Tuch. „Hier, trocknen Sie Ihr Gesicht und Ihre Haare. Ich werde Ihrem Mann Bescheid geben, dass er Sie nach Hause bringt."
Sie verlässt die Räumlichkeit.
Mit einem tiefen Seufzer schaue ich in den Spiegel.
Meine Gedanken kreisen unsortiert durch meinen Kopf. Von *wie konnte mir das nur passieren*, über *wie vielen Frauen passiert das eigentlich wirklich*, bis hin zu *das darf nicht wahr sein. Und dieser Kerl hat nicht mal verhütet! Wehe, ich bin jetzt schwanger! Wehe, er hat mich mit irgendeiner miesen Geschlechtskrankheit infiziert!* Meine Stimmung kippt von dieser bodenlosen Traurigkeit in eine aggressive Wut um.

Die Eingangstür zu den Toilettenräumen öffnet sich. Chris steht wie ein ausdrucksloser stocksteifer Türsteher in der Tür.
„Ich habe gehört, wir gehen nach Hause?"

Etwas Nettes habe ich ehrlich gesagt auch nicht erwartet. Und ein ‚wie geht es dir' schon gar nicht.

„Gute Idee!"

Mit ausdruckslosem Gesicht ziehe ich an Chris vorbei, ohne ihn eines Blickes zu würdigen.
Erst im Auto bemerke ich, dass wir, ohne uns zu verabschieden, aus dem Restaurant gegangen sind.
Wortlos kommen wir nach einer wortlosen Fahrt im Haus an.
Mein Mantel, meine Handtasche gleiten von mir ab.
Ich steuere, ohne ein Wort zu sagen oder mich auch nur umzusehen, direkt auf die Dusche zu.
Meine Kleidung fliegt sofort in den Wäschekorb. Ich greife nach einer Tüte und verpacke meinen Gips. Eine zweite Tüte gibt mir mehr Sicherheit, sodass kein Wasser meinen Gips berühren kann. Panisch suche ich nach dem Paketband, das ich für das Duschen mit Gips bereits im Badezimmer versteckt habe. Triumphierend halte ich es in die Höhe, bevor ich die Tüten mit ganz viel Paketband an meinem Bein festklebe. Das wird nachher brutal beim Abziehen, aber das interessiert mich herzlich wenig. Kann der Schmerz schlimmer werden als der, den ich bereits in meiner Brust trage? Ich steige in die Dusche.
Das warme Wasser umspült meinen Körper. Ich stehe einfach nur da und lasse das Wasser an mir herablaufen. Meine Beine sind schwach. Aber der Drang, alles abzuspülen, ist so groß, dass es meine Beine aushalten müssen.
Meine Gedanken sind schwer beschreibbar. Zwischen nichts denkendem Schwarz und unangenehmen Bildern dreht sich alles in mir.
Ich greife kurzentschlossen zum Shampoo. Übertrieben viel, ganz nach dem Gefühl, viel muss viel helfen! Ich schrubbe meine Haare intensiv und lasse das Shampoo noch eine Weile drauf. Damit

es richtig einwirkt und jeglichen Schmutz von mir löst. Dann greife ich zum Duschbad. Eine halbe Duschbadpackung benötige ich, um mir den Schmutz von Kopf bis Fuß zu lösen. Ich nehme die Duschbürste. Wie eine Wilde schrubbe ich mich von oben bis unten. Wütend schmeiße ich die Bürste in die Halterung. Ich weine. Schlage gegen die Wand. Und weine ...
Langsam besinne ich mich. Ich drehe mich mit dem Rücken zur Brause und lasse das Wasser über meinen Kopf laufen. Ich spüre, wie alles Schlechte abgespült wird.
Das warme Wasser läuft und läuft und läuft ...

Heftiges Klopfen an der Badezimmertür reißt mich aus meinem Rausch.
Erschrocken blicke ich auf.
Die Tür öffnet sich.
Nicht abgeschlossen, verdammt ...
Chris stellt sich in den Raum und sieht zu mir. Er stemmt seine Arme in die Hüften.
Heftig atmend, warte ich ab, was jetzt passiert.
Mir wird heiß. Das Atmen fällt mir schwerer und schwerer. Wissend, dass jetzt die Luft brennt. Niemand, der mir helfen kann, steht vor mir. Niemand, der für mich da sein will, steht vor mir.
Vor mir steht jemand, der mir Schmerz zufügen möchte. Das spüre ich!
Chris kommt auf mich zu. Er reißt die Tür der Dusche auf und packt meinen Arm. Sein Gesicht sieht aus, als würde er mich umbringen wollen.
Einen Moment lang sieht er mir eiskalt und ohne mit den Wimpern zu zucken in meine Augen.
Eine unendlich große Angst macht sich in mir breit.
Das war es jetzt. Er wird mich umbringen ...
„Was hast du dir dabei gedacht?", schreit Chris mich an.
Doch antworten kann ich nicht.

Er reißt mich aus der Dusche und bespuckt mich.
„Was du dir dabei gedacht hast, habe ich gefragt!" Sein lauter Ton lässt mich zusammenzucken.
„Antworte!"
„Was habe ich denn nur getan?", schreie ich verzweifelt in den Raum.
Entsetzte Blicke treffen mich. „Du fragst nicht allen Ernstes, was du getan hast!"
Er packt mich und schmeißt mich aus dem Bad. Im Flur komme ich zu mir. Wie ich geflogen bin, daran kann ich mich nicht erinnern.
Ich spüre einen starken Schmerz in meinem Bein. Seine Hand in meinem Gesicht. Er schlägt zu. Und wieder. Und wieder. Dann lässt er mich liegen.
Ich kann ihn nicht sehen. Meine Hände halten sich schützend vor mein Gesicht.
„Alle haben es mitbekommen! Alle!", höre ich ihn schreien.
Bitte hau einfach ab! Bitte! Verschwinde!
„Vor allen Kollegen hast du mich blamiert! Vor allen!"
Langsam lösen sich meine Hände von meinem Gesicht und ich schaue zu ihm rüber. Er schlägt die Hände über seinem Kopf zusammen und sieht völlig fertig aus. Wütend, gedemütigt, sprachlos ...
Er dreht sich zu mir um. Langsam nähert er sich mir. Dann beugt er sich zu mir runter. Wie von selbst wandern meine Hände schützend vor mein Gesicht.
„Dass du während eines Anwaltsessens mit einem guten Freund, ach, was rede ich, von wegen guter Freund! Dass du dich von dem hast auf der Toilette ficken lassen, werde ich dir nie vergeben! Du bist ein ekelhaftes, erbärmliches Miststück! Eine Hure!"
Er spuckt mir ins Gesicht und wendet sich dann von mir ab.
Er geht einfach.

Ich liege auf dem Boden. Keine Ahnung, was ich machen soll. Keine Ahnung, was heute geschehen ist. Keine Ahnung, ob ich sogar an einer Vergewaltigung schuld bin. Keine Ahnung ...
Verwirrt öffne ich meine Augen. Es ist dunkel.
Vorsichtig taste ich meine Umgebung ab, um herauszufinden, wo ich bin.
Mein Kopf schmerzt. Mein gebrochenes Bein schmerzt.
Ich halte meine Hand gegen meinen Kopf. In diesem Moment fällt es mir wieder ein. Was passiert ist. Wo ich bin.
Wie lange habe ich hier gelegen? Und wo ist Chris? Hat er, ohne zu wissen, ob ich tot bin, mich hier liegen lassen?
Vorsichtig taste ich mich an der Wand entlang nach oben, bis ich stehe. Dann gleite ich an der Wand entlang, bis ich den Lichtschalter finde.
Niemand zu sehen.
Das Haus ist unheimlich still. Vorsichtig schaue ich in jeden Raum.
David! Er macht sich bestimmt schreckliche Sorgen! Ich sollte ihn doch anrufen! Mein Handy! Wo ist es?

Wirr und voller Schmerzen steure ich durch den Gang zum Schlafzimmer. Kein Chris. Kein Handy. Ich gehe gedankenverloren zur Treppe und stütze mich am Geländer ab, während ich runterhumpele. Im Wohnzimmer ist nichts zu sehen. Kein Chris. Kein Handy. Ich gehe in die Küche. Chris sitzt auf einem Stuhl und sein Kopf liegt auf dem Tisch. Er scheint eingeschlafen zu sein. Vor ihm liegt mein Handy. Ich kann mich nicht daran erinnern, es hier abgelegt zu haben. Aber wahrscheinlich hat Chris versucht, etwas über mein Handy herauszufinden. Vorsichtig schleiche ich zum Küchentisch und greife ganz langsam nach dem Handy. Meine Atmung setzt aus. Ich habe es in meiner Hand und bewege mich ganz langsam zurück. Meine Atmung halte ich noch

immer an. Mit einem schmerzenden Gipsbein schleicht es sich sehr schwer aus der Küche, doch die Angst vor ihm ist so groß, dass ich dem Schmerz standhalten kann. Sowie ich die Küche verlassen habe, atme ich erst einmal wieder. Dann schleiche ich leise weiter zur Treppe, nach oben, ins Schlafzimmer. Vorsichtig schließe ich die Tür. Langsam gehe ich zum Bett und setze mich auf die Bettkante.
Ich lege meinen Daumen auf die Fingerabdruckerkennung und sehe 27 Anrufe in Abwesenheit. Von David natürlich!
Und 7 Nachrichten, auch alle von David.

Hallo Becky! Ich wollte Dir nur mal eben ganz viel Kraft für das Anwaltsessen schicken! Ich denke ganz fest an Dich und hoffe, alles wird gut verlaufen! Fühl Dich liebevoll umarmt und geküsst! Dein David!

Hey, Becky! *Kuss* Wahrscheinlich bist Du immer noch bei diesem Essen. Bitte denk daran, Dich zu melden. Mache mir Sorgen! Du bist mir so wichtig! *Herz*

Es ist schon sehr spät und ich hoffe einfach, dass Du dich noch meldest. Pass auf Dich auf! *Herz* *Kuss* *Herz*

Ich fühle, dass etwas ganz gewaltig nicht stimmt! Ich hoffe sehr, dass ich mich irre! Ich liebe Dich!

Kann man auf Verdacht die Polizei rufen? Oder ich komme einfach zu Dir und sehe nach, ob alles gut ist!
Ob er hier war?

Ich lese die nächste Nachricht.

Okay. Tut mir leid. Jetzt fühle ich mich wie ein Stalker. Aber ich wollte wirklich nur sehen, ob alles gut ist. War gerade bei Dir.

Alles ist dunkel. Euer Essen geht verdammt lange! Oder fühlt es sich nur so an?

Okay. Ähm, ich versuche jetzt zu schlafen. Werde nicht länger nerven. Du musst denken, ich sei verrückt. Bin ich eigentlich auch. Nach Dir! Schlaf nachher schön. Ich küsse Dich zärtlich!

Ich drücke mein Handy gegen meine Brust. Antworten kann ich gerade nicht. Mein Kopf ist leer. Meine Seele ist tieftraurig, mutterseelenallein, verletzt, am Sterben ...

VIII

Die Sonne wärmt angenehm mein Gesicht. Ich lächele. Genieße. Meine Decke ziehe ich mir, zum intensiven Kuscheln, bis an den Hals. Meine Beine ziehe ich an meinen Körper. In wohliger Wärme beginne ich zu träumen ...

David! Er liegt hinter mir und hat mich fest in seinen Armen. Ich fühle mich geborgen ... Sein Bauch drückt sich leicht gegen meinen Rücken. Ich spüre seine Wärme ... Sein Penis stupst an meinen Po. Ein erotisch anregendes Gefühl zieht sich durch meinen Körper ... Seine Beine knoten sich in meine. Seine Schlinge beschützt mich ... Ich spüre seinen Atem an meinem Ohr. Ein lustvolles Kribbeln zwischen meinen Schenkeln wird wach ... Vorsichtig spielt er mit seiner Zunge an meinem Ohrläppchen. Das Kribbeln wird stärker ... Er drückt sein Becken langsam an mich. Seinen Bewegungen folgend, beginne ich leise zu stöhnen. „Ich liebe dich", flüstert er. „Und ich liebe dich." ... David!

Erschrocken reiße ich meine Augen auf!
David! Oh nein! Ich hatte ihm nicht mal geantwortet. Der Arme macht sich sicher große Sorgen! Er wird mich verlassen! Ganz sicher! Ich bin eine furchtbare Frau! Kein Mann der Welt will eine Frau haben, bei der er sich ständig sorgen muss! Die ihm meistens, in Momenten, in denen seine Sorge am größten ist, nicht antwortet. Er darf mich nicht verlassen! Ich liebe ihn! Kann man überhaupt von Verlassen reden? Wenn man offiziell kein Paar sein kann. Doch, ich denke schon. Denn in meinem Herzen ist er mein und ich bin in seinem Herzen sein. Ich muss ihn anrufen! Bin ich überhaupt alleine? Was für ein Tag ist heute?

Schnell greife ich zum Handy.
Es ist Donnerstag. Chris müsste theoretisch im Büro sein. Und wenn nicht?

Unwillkürlich beiße ich mir auf die Lippe. Das Handy lege ich wieder zurück auf mein Nachtschränkchen. Vorsichtig ziehe ich meine Decke von mir weg und bewege mich aus dem Bett. Fast zeitlupenlangsam bewege ich mich aus dem Schlafzimmer. Die Tür schließe ich nicht hinter mir. Vorerst bleibe ich stehen und lausche, ob sich im Haus etwas bewegt. Nichts. Ich bewege mich wieder langsam auf die Treppe zu. Bei jedem leichten Tritt mit meinem gebrochenen Bein spüre ich einen stechenden Schmerz. Doch ich muss mich weiterbewegen. Ich muss wissen, ob ich alleine bin. Langsam humple ich, mit dem Griff fest am Geländer, die Treppen runter. Am Ende der Treppe angekommen, bleibe ich erneut stehen. Nichts. Vorsichtig schweift mein Blick durch das Wohnzimmer. Nichts. Ich humple in die Küche. Nichts. Raus in den Garten. Nichts. Nur Vogelgesänge, die wunderschön sind. Doch gehe ich schnell wieder rein. Chris' Schuhe sind weg. Sein Auto. Weg. Keine Aktentasche, kein Handy, keine Spur von Chris. *Ich Dumme! Hätte ich nicht erst einmal Diana anrufen können?* Unwillkürlich haue ich die Hände gegen mein Gesicht. *Hätte ich!*

Schnell schreite ich zur Treppe, humple unter Schmerzen nach oben und ins Schlafzimmer. Erschöpft von den Schmerzen, setze ich mich auf die Bettkante. Mein Blick geht zum Handy. Meine Hand macht es nach. Ich wähle ihre Nummer ...
„Becky!", schreit sie überglücklich in das Telefon.
Kleinlaut antworte ich: „Hallo Diana."
„Wie geht es dir? Bist du krank? Ist was passiert? Soll ich dich holen?"
„Stopp! Stopp! Stopp! Stopp! Immer langsam! Eins nach dem anderen bitte!" Ich muss lachen. *Das ist so typisch für sie!*
„Entschuldige", sagt sie ruhiger.
„Schon gut. Mir geht es gut. Okay?"
„Ja, okay", antwortet sie leise.

„Ich muss dich jetzt mal fragen, ob Chris im Büro ist."
„Ja, ist er", flüstert sie. „Wieso weißt du das nicht?"
„Weil ich erst ziemlich spät wach geworden bin und nicht bemerkt habe, wie er das Haus verlassen hat."
„Ah. Und ist wirklich alles in Ordnung? Wie war das Anwaltsessen?"
„Erkläre ich dir alles später. Ich muss erst wissen, wo Chris ist. Jetzt rufe ich mal David an. Er macht sich sicher Sorgen. Wir reden später, okay?"
Sie antwortet resignier „okay".
„Und kannst du mir vielleicht einen Gefallen tun?"
„Klar", antwortet sie enthusiastisch. „Was immer du willst!"
„Falls du noch auf Arbeit bist, wenn Chris das Büro verlässt, kannst du mich bitte anrufen oder mir schreiben oder so?"
„Selbstverständlich!"
„Danke!"
„Kein Problem!"
„Dann bis später, Diana!"
„Ja, bis später! Und, Becky!"
„Ja?"
„Pass auf dich auf! Was immer du vorhast! Ich bin für dich da, wenn du, wie auch immer, Hilfe benötigst!"
„Danke, Diana! Ich vertraue dir!"
Wir küssen beide das Telefon und legen auf.

Schnell wechsele ich das Menü im Handy auf Telefonbuch und suche Davids Nummer.
Es klingelt ...
„Becky! Gott sei Dank!"
Ich höre seinen lauten Atem.
„Geht es dir gut? Ich habe mir solche schrecklichen Sorgen gemacht! Du denkst sicher, ich bin ein Freak oder so. Aber das ist

nicht so. Ich liebe dich nur so sehr und mache mir schreckliche Sorgen. Gerade in deiner Situation!"
„Es geht mir gut", unterbreche ich ihn.
„Wirklich?"
„Na ja", antworte ich kleinlaut.
„Na ja? Was ist passiert?"
„Ähm. Nichts weiter. Schon okay. Ich muss nur wahrscheinlich noch mal zum Arzt. Mein Bein schmerzt wieder mehr."
„Kann ich dich fahren?"
„Ja, sehr gerne. Ich melde mich nur erst telefonisch in der Klinik und dann sage ich dir, wann ich hinkommen kann. Okay?"
„Ja, natürlich! Ich freue mich, wenn ich für dich da sein kann. Und auf dem Weg dorthin erzählst du mir von dem Anwaltsessenabend, ja!?"
Ein stechender Schmerz trifft meinen Magen. Ein Schauer fegt durch meinen Körper.
„Ja, mal sehen. Ich würde das Thema lieber meiden und mit dir Zukunftspläne schmieden. Alles andere bringt doch nichts."
„Zukunftspläne? Klingt auch gut. Wenn du aber über gestern reden magst, dann mach das bitte auch! Ansonsten unterhalten wir uns eben über unsere Zukunftspläne." Er klingt, als würde er wieder lächeln. Meine Mundwinkel ziehen sich bei dem Gedanken daran automatisch nach oben.
„Gut, mein Traumprinz. Dann melde ich mich wieder bei dir, wenn ich den Termin habe."
„Ich warte auf dich, Prinzessin! Ich liebe dich!"
„Ich liebe dich!"
Schnell lege ich auf, mit gemischten Gefühlen, zwischen Verliebt-Sein, Glück, Wut, Trauer, Drang nach Weinen, Drang nach Lachen ...

Mein Handy klingelt, gerade als ich mir den Schuh anziehe. Nach einmaligem Klingeln bleibt es stumm. *David!*

Erleichtert und in plötzlicher Eile, versuche ich, den Reißverschluss meines Schuhes zu schließen. Ich humple zum Kleiderständer und ziehe meinen leichten Mantel ab, schnappe nach meiner Handtasche, dem Handy und dem Hausschlüssel. So schnell wie möglich humple ich aus dem Haus und lasse die Tür hinter mir zufallen. David steht vor der Einfahrt zum Haus und steigt sofort aus, um mir entgegenzukommen. Schnell nimmt er mir die Handtasche ab und greift unter meinen Arm, um mich zu stützen. Dann öffnet er mir die Beifahrertür seines Wagens und stützt mich beim Einsteigen. „Ich habe den Sitz schon nach hinten gestellt, sodass du viel Beinfreiheit hast."
Alleine dafür könnte ich ihn schon knutschen!
Mit einem breiten Grinsen steige ich ein. David schließt die Tür. Er legt meine Sachen auf die Rücksitzbank und steigt auf der Fahrerseite ein. Wir versuchen, schnell und unauffällig das Grundstück zu verlassen.
Als wir in die erste Seitenstraße einbiegen stoppt er am Straßenrand den Wagen. Er sieht mich mit verliebten Augen an, nimmt mein Gesicht in seine Hände.
Schmetterlinge bringen in mir alles durcheinander. Alles um mich wird vergessen. Er küsst mich zärtlich. Und ich ihn. Ich schmecke ihn. Nie soll dieser Moment vergehen. Er löst sich von mir.
„Hallo, meine Traumfrau", begrüßt er mich noch einmal richtig.
Ich lächle mit Mund und Augen. „Hallo, mein Traummann."
David dreht den Schlüssel im Zündschloss und fährt erneut los.
„Hast du dir die Adresse gemerkt?", frage ich ihn nervös.
„Natürlich. Ich habe schon geguckt, wo es ist. Will mich ja nicht blamieren."
Er ist noch viel süßer, wenn er lächelt!
„Du bist wirklich traumhaft", sage ich mit einem verliebten Blick, mit Liebe im Herzen und dem Gefühl, neben ihm genau richtig zu sein.

Er legt seine Hand auf meine. „Du bist traumhaft. Und ich werde immer für dich da sein!"
Mein Mund verzieht sich so sehr zu einem Lächeln, dass ich nicht sprechen kann. Eher rutscht mir ein Lachen raus.
„Was?", fragt David ebenso lachend.
„Ich bin überglücklich. Entschuldige! Ich bin einfach nur überglücklich, wenn ich an deiner Seite bin."
Er drückt seine Hand fester zu. Es fühlt sich an, als wolle er mir damit sagen, dass es ihm ebenso geht.
„Und wie hast du geschlafen?", versuche ich ein Gespräch zu beginnen.
Er sieht leicht schmerzverzerrt auf die Straße.
„Oh", ist alles, was ich dazu sagen kann. Das schlechte Gewissen droht mich aufzufressen. *Es ist meine Schuld, dass er nicht mal mehr schlafen kann.*
„Hey! Guck nicht so traurig", sagt er mir und drückt seine Hand erneut etwas fester auf meine.
Ich lächle ihn an. Doch dann wird mein Gesichtsausdruck wieder traurig.
„Es tut mir so unendlich leid, was du wegen mir durchmachen musst."
„Ist schon okay. Alles wird gut. Ja?"
„Ja."
„Wollen wir nach deinem Termin noch etwas essen gehen?", fragt er.
„Können wir gerne machen. Obwohl ich viel lieber in deiner Wohnung wäre. Fühle mich in der Öffentlichkeit gerade nicht so wohl."
Ohne mich zu bestätigen, sagt er einfach „okay".
„Was bedeutet das?"
„Was meinst du?"
„Na dein Okay."

Er lächelt. „Wenn meine Traumfrau nach Hause möchte, bringe ich sie dort hin."
Ungläubig sehe ich ihn an.
„Was?", fragt er.
„Ich kann nicht glauben, dass du echt bist."
„Du darfst mich nachher kneifen", scherzt er. „Aber ich kann dich nicht so spät zurückbringen. Nicht, dass dein Mann im Haus ist und mich sieht, wenn ich dich bringe."
„Oh, den hab ich ja völlig vergessen." Überlegend schaue ich aus dem Fester.
„Ich kann doch mit der Bahn zurückfahren."
„Das kommt überhaupt nicht infrage. Mit deinem Bein lasse ich dich nicht allein. Und schon gar nicht, falls es gegen Abend werden sollte."
Ich muss wieder lächeln. *Ich glaube das einfach nicht!*
„Du bist der goldigste Mann, den ich kenne", rutscht es mir raus.
David lächelt. „Du bist die Goldigste!"
„Nein, du bist der Goldigste", versuche ich mich zu streiten.
„Okay. Hast recht."
Wieder muss ich ihn ungläubig ansehen. *Der ist nicht echt!*

„Wartest du hier auf mich?", frage ich David, als er mir aus dem Auto hilft.
„Nein."
Verwirrt sehe ich ihn an. „Habe ich was Falsches gesagt? Du willst mich verlassen, stimmt's? Oh, bitte tu das nicht. Alles wird …" David hält seine Hand vor meinen Mund.
„Pst. Entschuldige, wenn ich dir den Mund verbiete, aber ich muss dich unterbrechen. Ich liebe dich! Und ich werde dich niemals verlassen! Nie! Ich werde auf dich warten, egal, wie lange es dauert, bis du endlich ganz offiziell bei mir bist."
Meine Augen füllen sich mit Tränen. *Nie hat jemand etwas so unglaublich Schönes zu mir gesagt.*

„Ich liebe dich!", ist das Einzige, was ich sagen kann.
„Ich komme mit rein", sagt David und deutet mit einer Handbewegung an, dass wir gehen können.
Er stützt mich den ganzen Weg, bis ich mich endlich auf einen Warteplatz setzen kann. Selbst die Anmeldung übernimmt er für mich.
Er ist so traumhaft! Wo bist du nur all die Jahre gewesen? So vieles hätte ich mir ersparen können, wenn du eher in mein Leben getreten wärst. Hm. Vielleicht hätte ich ihn in früheren Jahren nicht so sehr zu schätzen gewusst? Kann sein. Vielleicht ist es gut so, dass er eben erst jetzt da ist. Obwohl es besser wäre, wenn ich nicht erst geheiratet hätte. Wie konnte ich das nur tun? Das bringt nichts. Ich muss mir Gedanken machen, wie ich mein Leben ändere und endlich wieder glücklich sein kann. Mit David, selbstverständlich. Ich liebe ihn so sehr, dass ich es ständig sagen könnte. Nie ...
„So, alles erledigt. Jetzt müssen wir nur noch warten", meint David, während er sich zu mir setzt.
„Wie geht es dir?", fragt er liebevoll.
„Gut", antworte ich. „Mit dir an meiner Seite geht es mir sehr gut."
Verliebt schauen wir uns an. Er küsst mir die Stirn. *Das muss Liebe sein!*
„Wie geht es dir?", frage ich ihn besorgt.
Er lächelt mich an. „Gut. Mit dir an meiner Seite geht es mir sehr gut." David nimmt meine Hand und küsst sie zärtlich. *Er ist nicht echt! Er kann nicht echt sein! Solche Männer gibt es nicht!*
„Frau Martini!" Thomas Mohr ruft mich in sein Sprechzimmer. David hilft mir auf und sieht mir hinterher, als ich den Gang zum Sprechzimmer entlanglaufe.

Im Sprechzimmer angekommen, schüttelt Thomas Mohr meine Hand.

„Guten Tag, Frau Martini. Wie geht es Ihnen?"
„Gut. So weit."
Er schaut in seine Karteikarte. „Wir hatten den Termin zur Nachkontrolle letzte Woche und es war alles in Ordnung", grübelt er. „Was führt Sie denn zu mir?"
„Ich bin, ich bin gestürzt", stottere ich.
„Gestürzt?" Er fragt mich, als würde er mir nicht glauben. Warum auch. Ich muss mal wieder lügen.
„Ja, gestürzt. Und wahrscheinlich ungünstig gefallen. Jetzt schmerzt mein Bein wieder viel mehr als vorher." Unwillkürlich streichle ich über den Gips, der mein Bein schützen sollte.
„Wie sind Sie gestürzt?" Sein Blick durchbohrt mich.
„Wie? Wie, wie meinen Sie das?"
„Sind Sie direkt auf das Bein gefallen?" Sein Blick weicht nicht von mir.
Ich werde unsicherer.
„Ich weiß nicht."
„Sie wissen es nicht?" Er bleibt sehr nett, doch sein Blick verrät mir, dass er sich sorgt und mir nicht ganz glaubt. Vielleicht bilde ich mir das auch nur ein.
„Was war der Auslöser für den Sturz?"
„Das, ähm, das weiß ich auch nicht", lüge ich ihn an. Ich werde rot und beginne unaufhaltsam zu schwitzen.
„Hören Sie, Frau Martini. Ich frage diese Dinge nicht einfach so. Ich muss entscheiden, wie ich Sie behandle, dazu sind gewisse Fragen zum Hergang wichtig. Falls Sie einfach nur so umkippen, dann müsste ich Sie in ein CT schicken. Oder es gibt Auslöser dafür, wie Ausrutschen, Stolpern oder Ähnliches.
„Sie brauchen mich nicht in ein CT zu schicken. Ich bin ein Tollpatsch. Mehr nicht." Beschämt schaue ich zu Boden.
„Gut, dann werde ich Sie von diesem Gips befreien und eine neue Röntgenaufnahme machen lassen."
„Ist gut."

Er wollte gerade zum Aufstehen ansetzen, doch unterbricht er seinen Vorgang und setzt sich wieder.
„Sie wissen, dass, falls eine Fremdeinwirkung Grund für Ihre Stürze sind, ich das polizeilich melden muss?" Er wendet seinen Blick nicht von mir. Meine Augenlider zittern. Tränen drücken in meinen Augen. „Ja, das weiß ich", antworte ich flüsternd.
Er nickt und zieht für einen Moment seine Augenbrauen zusammen. Dann scheint er von weiteren Befragungen abzusehen und kümmert sich weiter um mein Bein.

Ich verlasse das Sprechzimmer und sehe zum Warteraum. Er ist noch da!
Mit einem überglücklichen Lächeln humple ich zu ihm. Als David mich sieht, steht er sofort auf.
„Und? Was hat der Arzt gesagt?", fragt er aufgeregt.
„Ich muss sterben", antworte ich weinend.
Sein Blick erstarrt. „Was?"
Mit einer Krücke stupse ich gegen sein Bein. „War ein Witz", lache ich. „Wegen einem gebrochenen Bein werde ich ja wohl nicht sterben", lache ich weiter.
„Aber ich, an einem Herzinfarkt, wenn du so weitermachst!", entgegnet David erleichtert. Er legt mir meinen Mantel um meine Schultern und wir verlassen die Klinik.
Wie immer öffnet er die Wagentür und hilft mir einzusteigen.
Als er losfährt, fragt er mich: „Was ist denn mit deinem Bein? Einfach so wird es nicht mehr schmerzen, oder?"
„Nein." Mein Blick geht zu meinem Bein. Ich lege meine Hände schützend darauf. „Der Bruch ging doch längs am Schienbein lang. Jetzt ist er wieder größer geworden."
Davis Augen werden zu Schlitzen. „Und wie kann das passieren?" Sein Mund sieht hart aus, während er spricht.
„Ich bin gestürzt", antworte ich leise.
„Wie?"

Ich muss lachen. „Das hat der Arzt auch gefragt." Schnell merke ich, dass ihm nicht zum Lachen zumute ist und ich damit auch keine Stimmung kippen kann.
„Einfach so. Ich bin einfach gestürzt und ungünstig gefallen."
„Wieso stürzt du immer einfach? Hast du das mal untersuchen lassen?"
Besorgt sieht er zu mir.
„Nein. Ich brauche nichts untersuchen zu lassen. Ich bin nur ein Tollpatsch und zurzeit wohl eher eine Pechmarie."
„Pechmarie", wiederholt er kopfschüttelnd.
„Hey." Ich greife nach seiner Hand, welche auf dem Schaltknüppel rastet. „Lass uns nicht darüber reden. Ich möchte die Zeit mit dir genießen. Bitte!"
David beißt sich auf die Lippe. „Okay." Er lächelt mich an. Doch sehe ich seinen Mund lächeln, nicht aber seine Augen.
Die Fahrt bis zu ihm nach Hause reden wir kein Wort mehr. Er scheint konzentriert zu sein. Ich schaue immer mal zu ihm und dann wieder aus dem Fenster. Hin und her. Jedes Mal, wenn ich zum Reden ansetze, überlege ich es mir anders. Ab und an schaut er auch zu mir. Doch redet auch er kein Wort.

„Wir sind da", sagt er schließlich.
„Ich weiß", ist das Einzige, was mir dazu einfällt. David sieht mich fragend an.
„Ich war schon einmal hier, falls du dich nicht erinnerst", necke ich ihn.
„Wie könnte ich das vergessen." David küsst mich und steigt dann aus dem Auto. Schnell läuft er zur Beifahrerseite und hilft mir aus dem Wagen. Dann nimmt er meine Sachen und führt mich ins Haus. Im Haus legt er meine Sachen ab und führt mich in sein Wohnzimmer.
„Möchtest du etwas trinken?" Er wirkt sehr nervös. So, als hätten wir unser erstes Date.

„Ein Wasser würde ich gerne nehmen", antworte ich ebenso nervös.
Ich setze mich auf sein Sofa. David holt Getränke aus der Küche und ruft mir zu: „Was denkt dein Mann, wo du bist?"
Nervös reibe ich mir die Beine. Die Worte bleiben in meinem Hals stecken. Es fühlt sich an, als würde ich daran ersticken.
David kommt mit den Getränken zu mir und setzt sich neben mich.
Eindringlich sieht er in meine Augen. Beschämt muss ich nach einem Augenblick meine Augen von ihm abwenden.
„Du musst es mir nicht sagen. Hauptsache, du bist jetzt da. Du machst mich zum glücklichsten Mann, wenn du bei mir bist."
David greift sanft nach meinem Gesicht.
Mein Blick ist wieder auf seine Augen gerichtet.
Wie durch Elektrizität verbunden, kann ich meine Augen nicht von seinen abwenden.
Seine männlich feurige Stimme, der atemberaubende Klang, wenn er solche liebevollen Dinge sagt, prickeln sich durch meinen Körper. Meine Beine, meine Arme, meine Hüfte. Alles an und in mir ist wie elektrisch geladen. Bis ins Mark erfüllt von Glücksgefühlen. Völlig frei von jeglichen Gedanken, nehme ich nur ihn, mich und die vollkommene Liebe wahr.
Er küsst meine Stirn. Streichelt über mein Haar und sieht wieder in meine Augen. Die Blitze treffen mich am ganzen Körper. Ich halte es nicht aus. Ich muss ihn küssen.
Seine weichen, warmen Lippen machen mich verrückt. Leidenschaftlich spielen unsere Lippen, unsere Zungen miteinander. Mein Körper ist kurz davor, zu explodieren. Seine Atmung wird stärker. Ich spüre sie auf meiner Haut. Er greift nach meinem Hals und zwingt meinen Kopf, sich nach hinten fallen zu lassen. Seine Lippen wandern zu meinem Hals. Er küsst mich zärtlich. Doch dann beginnt er meinen Hals immer leidenschaftlicher zu küssen. Er öffnet seinen Mund und beißt ganz leicht in meinen Hals. Er

löst seinen Biss ganz langsam und wiederholt diesen erregenden Biss an einer anderen Stelle meines Halses. Unwillkürlich öffne ich meine Beine. Dieses Kribbeln zwischen meinen Schenkeln lässt mich jegliche Erziehung vergessen. Ich will nur ihn. Sofort! Von einem schlechten Gewissen keine Spur. Die Lust in mir ist nicht zu bändigen. Wir gleiten auf die Couch, sodass ich unter David liege.
„Schmerzt dein Bein?"
Ich lächle, voller Freude, dass er sich für mein Empfinden interessiert.
„Nein. Ich bin mit Schmerzmedikamenten versorgt. Also keine Sorge." Ich sehe in seine liebevollen Augen und kann es kaum glauben, dass ich ihn gefunden habe.
„Was? Warum schüttelst du deinen Kopf", fragt David lachend.
„Ich, ich, ähm. Kannst du mich mal kneifen?"
„Du träumst nicht!" So wie er das ausspricht, wandert sein Mund wieder zu meinem Hals und er beißt fester zu als vorhin.
Ein lusterfülltes „Au!" dringt stöhnend aus meinem Mund.
David hebt seinen Kopf. „Und, träumst du?", fragt er mich neckisch.
Ich schüttle leicht den Kopf. „Nein. Aber ich kann nicht glauben, dass du echt bist. Und dass du mich dann auch noch gefunden hast. Was für ein großes Glück kann man denn haben?"
Seine Augen strahlen wie die Sonne. „Tja, dann hat Amor mit seinem scheiß Pfeil endlich mal gut getroffen, was?!"
Ich lache. „Ja, dann war er endlich mal zur rechten Zeit am rechten Ort und hat auch noch unsere zwei Herzen getroffen. Danke, Amor!"
Wir verschmelzen ineinander. Leidenschaftlich küssen, stöhnen, bewegen wir uns. Ich greife nach Davids Shirt und ziehe es nach oben, um seinen nackten Körper berühren zu können.
David lässt leicht von mir ab. Verwirrt sehe ich ihn an. Ein besorgter Blick trifft mich.

„Meinst du, das geht mit dem Bein?"
Wieder muss ich ergriffen lächeln.
„Finden wir es raus."
„Hör mal, Becky. Du musst nicht mit mir schlafen. Wir können auch einfach nur zusammen sein. Und wenn du wieder richtig fit bist, haben wir alle Zeit der Welt, um Sex zu haben. Ich genieße so oder so jeden Augenblick, den du bei mir bist."
„Du bist so goldig." Ich streichle sein Gesicht. In mir spüre ich meine Liebe für ihn, und ich spüre seine Liebe für mich.
„Aber ich will dich", sage ich noch und küsse ihn wieder voller Erregung. Er lässt sich darauf ein und verschmilzt mit mir. Es gibt nur noch uns zwei. Selbst den Raum, in dem wir uns befinden, nehme ich nicht mehr wahr. Ich spüre nur ihn, nur Liebe, nur Glück, Leidenschaft, Lust …

Wir liegen nackt auf der Couch. David küsst mich auf den Mund, auf die rechte Wange, die linke Wange, die Stirn, meinen Hals. Dann löst er sich von mir. Er greift nach einer Wolldecke und deckt mich zu. Er legt sich neben mich und kuschelt sich mit ein. Unsere Finger spielen miteinander. Ich spüre, wie David nervös wird.
„Was ist?", frage ich ihn besorgt. David schaut in meine Augen.
„Es ist traumhaft schön, dir nah zu sein."
Wieder trifft mich ein Blitz in den Magen.
„Geht mir mit dir genauso." Ich lächle ihn an, doch seine Augen werden traurig.
„Hey", meine Hand streichelt seine Wange. „Was ist mit dir?"
„Verstehe mich bitte nicht falsch. Ich genieße den Moment mit dir sehr. Aber ich frage mich gerade, wie lange du wohl bei mir bleibst. Ich würde dich am liebsten nicht mehr gehen lassen."
Verliebt und gleichzeitig besorgt, sehe ich ihn an.
„Eine schwere Zeit wird auf uns zukommen. Die Scheidung könnte uns viel Kraft kosten."

„Unsere Liebe wird das überstehen", entgegnet er vertrauensvoll. Doch dann senkt sich sein Blick erneut. „Aber wann wirst du dich endgültig von ihm trennen?"
„Ganz bald, mein Liebster. Alles wird gut. Mach dir keine Sorgen. Ich muss nur den richtigen Moment erwischen."
Besorgt sieht er mich an. „Den richtigen Moment? Das könnte ja dann auch noch dauern. Möglicherweise."
David bemerkt meinen misstrauischen Blick. „Entschuldige. Ich hätte dich nur, wie gesagt, lieber gleich bei mir. Du könntest auch vorübergehend hier wohnen. Ich weiß, das klingt jetzt zu voreilig, aber wenn du nicht weißt, wo du inzwischen unterkommen kannst, dann bleib doch erst einmal hier. Ich sorge für uns. Du kannst von hier aus in Ruhe nach einer neuen Arbeit suchen."
Mir fehlen die Worte. *Dieser Mann ist ein Traum! Er kann nicht echt sein!*
„Was hältst du davon, wenn ich heute Nacht zum Anschnuppern hierbleibe?"
Mit großen leuchtenden Augen sieht er mich an. „Wirklich?"
„Ja wirklich", lache ich ihn an.
„Zum Anschnuppern", wiederholt er gleichermaßen glücklich und auch nachdenklich.
„Ja, weißt du denn nicht, wie wichtig der Geruch ist?"
„Aber du kannst mich doch schon riechen", lacht David.
„Ja, aber nachts riecht man anders. Oder der eigene Körpergeruch ist intensiver", gebe ich zu bedenken.
„Mach mir keine Angst."
Ich überlege kurz. „Ich habe, ehrlich gesagt, selbst ein kleines bisschen Angst."
Er sieht mich irritiert an.
Meine Hände spielen wild miteinander. Sie schwitzen.
„David, ich liebe dich. Und ich bin unendlich glücklich, dich gefunden zu haben. Oder darüber, dass du mich gefunden hast. Aber ich kenne auch das Gefühl, wenn man neben jemandem einschläft

und seinen Eigengeruch einfach nicht erträgt. Und ich ärgere mich so sehr darüber. Jetzt habe ich ehrlich Angst davor, dass mir das bei dir auch passieren könnte. Aber ich will diese Enttäuschung nicht spüren. Verstehst du das? Ich will diese Liebe, ich will dich!"
David nimmt meine Hände auseinander und greift mit seinen Fingern zwischen meine.
„Wir verbringen diese Nacht zusammen. Und wenn du mich tatsächlich nicht riechen kannst, dann muss ich mir etwas einfallen lassen. Und wenn ich nachts aufstehen muss, um mir Parfum aufzutragen. Ich liebe dich. Hab keine Angst. Daran werden wir nicht scheitern."
Er zieht mich an sich und küsst mich so verführerisch, so leidenschaftlich, so voller Liebe.

Ein sanfter Kuss weckt mich. Ich sehe seine Augen im verdunkelten Zimmer. Mein Herz schlägt mir bis zum Hals. Der Bauch kribbelt unendlich stark. Mein Mund lächelt voller Glück. Unsere Augen sind fest in ihren Blicken verbunden.
Ich kann den Gefühlen nicht mehr standhalten und muss ihn küssen.
„Guten Morgen, schöner Mann."
„Guten Morgen, schöne Frau."
David stützt sich auf die Seite und streichelt meinen Arm.
„Und, hast du gut geschlafen?"
„Na ja", scherze ich.
Doch sehe ich schnell, dass er sich nicht sicher ist, ob das scherzhaft gemeint ist.
„Es war eine traumhafte Nacht", versichere ich ihm.
„Finde ich auch", gibt er erleichtert zurück.
„Ich war oft wach, aber gerade diese Momente waren so wunderschön. Wenn ich deinen Atem gehört und dich neben mir gesehen habe, dann haben Glücksgefühle mir meinen Atem geraubt. Jede

leichte Berührung hat in mir ein Gefühl von Geborgenheit ausgelöst. Das möchte ich jetzt immer haben."
„Dann brauche ich nachts nicht aufzustehen, um mit Parfum zu schummeln?"
Wir lachen.
„Nein, du bist für mich perfekt, so, wie du bist."
David schmiegt sich noch enger an mich. „Und du bist für mich perfekt, so, wie du bist."

David hält an der Ecke vor der Straße, in der ich wohne, an.
„Da wären wir also. Bist du sicher, dass ich dich hier rauslassen soll?", fragt er besorgt.
„Ja, es ist besser so. Wenn Chris dich sieht, flippt er aus", versuche ich ihn zu beruhigen. Doch sieht er nicht beruhigter aus.
„Wird er nicht sowieso wütend sein? Immerhin bist du nicht zu ihm gekommen."
„Mach dir keine Sorgen. Ich mach das schon. Bald ist es vorbei, wir sind dann endlich zusammen und dann vergessen wir diesen Ärger und diese Unsicherheiten ganz schnell wieder, ja?"
David küsst mich, als würde er mich nie wiedersehen.
„Ich liebe dich, meine Traumfrau."
„Ich liebe dich, mein Traummann."
David steigt aus seinem Wagen und hilft mir auszusteigen. Er reicht mir meine Gehhilfe und gibt mir einen schnellen Kuss. Dann läuft er schnell auf die Fahrerseite und wirft mir einen Luft-Kuss zu, bevor er wieder in den Wagen steigt.
Kein Blick trifft mich mehr und er fährt davon.

Langsam löse ich meine Starre. Ich sehe mich um und entschließe mich, zum Haus zu gehen. Keine Menschenseele auf der Straße zu sehen. Das hat schon etwas Unheimliches. Ein ungutes Gefühl breitet sich in meinem Bauch aus. Die Angst schnürt mir die Kehle zu. Jeder Schritt fällt mir schwerer. *Wieso mache ich das ei-*

gentlich? Wieso gehe ich zu ihm zurück? Kann ich nicht einfach abhauen? Braucht man seine persönlichen Sachen so dringend? Einfach fernbleiben wäre doch viel einfacher. Was, wenn er schon lange auf mich wartet? Was mache ich, wenn er wieder so ausrastet? Vielleicht bringt er mich dieses Mal um?
Ich stehe vor der Haustür und ziehe meinen Schlüssel aus meiner Jackentasche. Mein Blick verweilt einen Augenblick auf dem Schlüssel. Dann entschließe ich mich, stark zu sein. Mein Körper spannt sich entschlossen an. Ich öffne die Tür. Langsam trete ich ein und schließe die Tür vorsichtig hinter mir. Niemand zu sehen. Diese Ruhe. Unheimlich!
Ich gehe langsam und leise zum Sofa. Ich setze mich. Meine Gedanken beginnen zu kreisen. Doch so wild durcheinander, dass ich sie nicht erfassen kann. Ich strenge mich an, die Gedanken ordnen zu können. Aber es gelingt mir nicht. Ich bemühe mich, mit meinen Gedanken den gestrigen Abend noch einmal zu erleben. Doch drängen sich immer wieder Erinnerungen und Ängste, wie Chris wütet, dazwischen. Meine Beine werden schlapp und ich spüre, wie ich müde werde.

Plötzlich poltert etwas in der oberen Etage. Es scheint aus dem Schlafzimmer gekommen zu sein. Mein Herz droht, aus meiner Brust zu springen. Eine große Angst steigt in mir hoch. Ich lausche. Chris scheint aus dem Schlafzimmer zu gehen. Erstarrt warte ich, was passiert. Die Tür des Badezimmers knallt zu. Nach einer Weile höre ich Wasser aus der Duschbrause rauschen. Ein kurzer Moment des Aufatmens. Doch dieser verfliegt auch sehr schnell, als mir bewusst wird, dass Chris nicht ewig unter der Dusche bleibt. Schnell stehe ich vom Sofa hoch und breche wieder zusammen vor Schmerzen. Scheiß Bein!
Was mache ich denn jetzt? Vielleicht gehe ich in die Küche! Was soll ich denn in der Küche? Oder ich gehe in den Garten. Ja, da kann mir vorerst nichts passieren. Die Nachbarn würden mich

hören! *Oder ich bleibe hier sitzen und beruhige mich vorerst. Umso nervöser ich bin, desto mehr stecke ich ihn mit Nervosität an. Cool bleiben!*
Ich gehe doch in den Garten ...

Die Sonne scheint, die Vögel singen. Gute Entscheidung. Hier fällt es leichter, Anspannungen zu reduzieren. Ich sehe zur Rasenfläche. Hollywoodschaukel! Perfekt. Langsam humple ich zu ihr und lasse mich entspannt nieder. Eine Biene saust an meiner Nase vorbei und setzt sich auf eine Rosenblüte. Ich beobachte, wie sie von Blüte zu Blüte fliegt und sich die Taschen vollhaut. Die Sonne wärmt mich angenehm. Für einen Moment ist mein Kopf frei. Ich bin frei.

„Hallo, Fremde!"
Erschrocken drehe ich mich zum Haus, von wo das Geräusch offensichtlich herkam.
„Chris! Hast du mich erschreckt." Unwillkürlich halte ich meine Hand an meinen Brustkorb.
„Warum so schreckhaft?", fragt er ernst.
„Ich bin immer schreckhaft! Das weißt du doch!", rufe ich ihm entgegen.
Er kommt auf mich zu. *Cool bleiben, Becky! Cool bleiben!*
Chris setzt sich neben mich. Und starrt mich an. *Bleib cool, verdammt!*
„Du bist also wieder da", stellt Chris laut fest.
„Ja", entgegne ich nur.
„Wo warst du?"
„Bei Steffi."
Wieso hast du meine Anrufe nicht entgegengenommen?"
„Ich brauchte Abstand."
„Abstand?"
„Ja."

„Abstand", wiederholt er.
Ich sehe fest in seine Augen. „Ja."
„Und hat dir der Abstand etwas gebracht?"
„Ich weiß nicht", meine Schultern zucken.
„Wieso hast du nicht wenigstens etwas gesagt? Ich habe mir Sorgen gemacht."
„Ich wollte nicht, dass du mich davon abhältst."
„Aha!"
Chris starrt auf die Wiese. „Und was jetzt?", fragt er mich.
„Weiß nicht."
„Möchtest du gehen?"
„Weiß nicht." Mein Herz würde mich verraten, wenn seine Ohren dafür nicht fast taub wären.
Eine Weile wird gefüllt mit Schweigen.
Dann weint Chris plötzlich. Und es tut so schrecklich weh, das zu sehen. Mein Körper verkrampft.
„Meine Frau! Wieso will nicht einfach alles funktionieren? Du bist doch meine Frau! Ich liebe dich doch!"
Ohne zu überlegen, lege ich meinen Arm um seine Schultern und lehne meinen Kopf an seinen.
Er dreht sich zu mir und nimmt mich ganz fest in seinen Arme.
„Es tut mir alles so schrecklich leid. Das war nicht ich. Ich will doch nicht so sein. Kriegen wir das nicht irgendwie wieder hin? Wir lieben uns doch! Wir haben geheiratet!"
Mir schmerzt die Seele so sehr, doch weinen kann ich nicht. Mein Kopf beginnt zu drücken, denn die Gedanken kreisen wieder im schnellen Tempo, dass mir schwindelig werden könnte. Der Wunsch, einfach umzukippen, einfach zu sterben, drängt sich in meinen Kopf. *Das Herz könnte doch einfach stehen bleiben. Oder die Luft einfach wegbleiben! Oder das Gehirn sich einfach wegen Überlastung abschalten!*
Chris löst seinen Griff. Er sieht mich mit verheultem Gesicht an.
„Verzeih mir!" Und schnell drücken wir uns.

Was soll ich denn jetzt machen? So kann ich ihn doch nicht verlassen! Vielleicht sollte ich lieber bei meinem Ehemann bleiben? Wer weiß? Vielleicht ist David auch nur am Anfang so liebevoll. Chris war es immerhin auch in der Kennenlernphase. Zwar nicht so sehr wie David, aber er war auch liebevoll. Wie sehr ich es bereuen würde, wenn ich diese Ehe scheitern ließe und sich David dann auch nur als Arsch entwickeln würde? Aber vielleicht bereue ich es auch, wenn ich an dieser Ehe festhalte. Chris mich dann irgendwann verlässt, weil er die Schnauze von mir voll hat oder doch was mit Francesca hat. David wird nicht ewig auf mich warten! Dann hat er sich vielleicht neu verliebt, Kinder oder auch geheiratet. Dann ist es zu spät! Für welchen Weg soll man sich denn entscheiden?
Ich spüre, wie mein Körper Kraft verliert. Diese ewig kreisenden Gedanken! Dieses Nichtwissen, was der bessere Weg ist! Das macht mich alles müde und krank! *Kann mir denn nicht irgendjemand anderes die Entscheidung abnehmen? Vermutlich nicht ...*

IX

„Danke, Herr Mohr."
„Nichts zu danken. Sie haben sich besser geschont als beim ersten Versuch. Und Sie haben fleißig geübt. Das war unser letzter Kontrolltermin. Nun brauchen Sie mich nicht mehr."
Wir schütteln uns die Hände und ich verlasse das Behandlungszimmer. Ohne Krücken!
Bereits beim Gehen wähle ich Davids Nummer.
„Hey, schöne Frau!", begrüßt mich David. Ich kann hören, wie er lächelt.
„Hey, schöner Mann!", schwärme ich in mein Handy. „Ich war gerade das letzte Mal beim Arzt wegen meinem Bein. Es ist alles in Ordnung!"
„Das klingt gut! Da fällt mir ein Stein vom Herzen."
„Mir auch. Endlich. Hat ja lange genug gedauert, bis ich wieder normal gehen kann."
„Das stimmt. Ich bin froh, dass du endlich wieder richtig gesund bist. Wann kommst du wieder nach Hause?", fragt er vorsichtig.
„Ich weiß noch nicht. Habe noch ein paar Dinge zu erledigen. Ich sage dir dann Bescheid, ja?"
„Du hast alle Zeit der Welt, schöne Frau. Ich werde zwar langsam ungeduldig, aber würde ewig auf dich warten."
„Ich weiß, mein schöner Mann."
„Ach, sorry. Ich muss dich abwürgen. Die Arbeit ruft. Ich liebe dich, Baby!" Seine Stimme verrät, dass er gerne weitergeredet hätte.
„Ich liebe dich auch! Kuss!"

Ich öffne meine Beifahrertür, schmeiße meine Tasche und mein Handy auf den Beifahrersitz. Schließe die Tür und wechsle zur Fahrerseite.

Motor an. Musik an. Seit ich ohne Ende wirr bin und viel zu oft traurig, laufen bei mir die Comedian Harmonists rauf und runter. Gespalten zwischen Freude und Traurigkeit, fahre ich durch die Straßen. Manchmal singe ich mit. Manchmal nicht. Dann doch wieder. Dann doch wieder nicht.
Ich stelle mich auf meinen Mitarbeiterparkplatz. Schnell schnappe ich mir die Handtasche und laufe zur Arbeit.
Ein Radfahrer rast über den Fußweg. Er rast so unkontrolliert, dass er mich in seinem Wahn leicht anrempelt.
„Spinnst du?!", schreie ich ihn entsetzt an.
Wider Erwarten bleibt er ruckartig stehen. Er sieht mich mit ernster Miene an und kommt auf mich zu. Mein Herz beginnt zu rasen. Das Blut in meinen Adern pumpt spürbar.
Der Radfahrer steht vor mir und schreit zurück. „Hast du sie nicht mehr alle?"
Ängstlich halte ich mir die Hände vor mein Gesicht.
„Wie kannst du es wagen, mich anzuschreien?", schreit er weiter.
Die Angst in meinen Knochen lässt mich zusammenrutschen. Meine Beine können mich nicht mehr halten. Vor dem Radfahrer kniend, bitte ich ihn um Vergebung. Meine Hände, noch immer schützend über meinen Kopf gehalten.
Er greift nach meiner Hand. Ich versuche panisch, mich von ihm zu lösen.
„Schschscht", flüstert er beruhigend.
Langsam erhebe ich meinen Kopf und sehe ihn an.
Sorgenvoll sieht er mich an. Er hilft mir dabei, mich wieder zu erheben.
Ich sage kein Wort. Mit gesenktem Kopf gehe ich weiter.
Als ich einige Meter weitergelaufen bin, fällt mir auf, dass ich an meiner Arbeitsstelle vorbeigelaufen bin.
Verwirrt schüttle ich mich. Dann gehe ich wieder ein Stück zurück und ins Bürogebäude.

„Guten Tag, Becky!"
„Hallo Diana!"
Sie kommt aus ihrem Empfangsbereich und schmeißt sich an mich. Wir drücken uns ganz fest.
„Und? Was hat der Arzt gesagt?", fragt mich Diana neugierig.
„Ich muss bald sterben. Aber ich soll die Zeit vorher noch genießen. Denn mit meinem Bein ist alles in bester Ordnung", scherze ich.
Diana gibt mir einen ganz leichten Klaps auf den Hinterkopf.
„Ach, du kleines Biest!" Dann drückt sie mich schnell wieder.
„Übrigens habe ich auch eine gute Nachricht", sagt sie freudestrahlend.
„Ach ja? Was denn? Bist du schwanger?"
„Witzig! Echt! Zum Totlachen! Nein. Die Oberziege ist krank und fällt die ganze Woche aus!" Sie klatscht vor Freude in ihre Hände.
Leise und deutlich flüstere ich ihr zu: „Du bist ja der Teufel! Da freut man sich doch nicht so."
Sie zuckt mit ihren Schultern. „Ich mich schon."
„Miststück!", lache ich sie irgendwie begeistert an.
Als ich gerade zum Gehen ansetze, hält mich Diana noch fest.
„Was?", frage ich neugierig.
„Weißt du, was mir so durch den Kopf gegangen ist?"
„Nein?"
„Na ja. Wenn die Oberziege nicht da ist, würde mich ja mal interessieren, ob Chris dann auch abends so lange im Büro bleibt."
„Was?" Verwirrt sehe ich sie an.
„Du willst mir das mit der Affäre ja nicht glauben. Aber was würdest du denken, wenn er diese Woche jeden Abend zum normalen frühen Feierabend nach Hause kommt? Meinst du, er hat zufällig diese Woche zu wenig zu tun?"
„Diana! Jetzt hetz mich nicht auf!", mahne ich sie.
„Ich hetze dich nicht auf! Aber ich kenne dich gut genug, um urteilen zu können, dass es dir schon viel zu lange schlecht geht.

Und wenn du nicht endlich eine Wahl zwischen den Männern triffst, dann wird dein Zustand nur noch schlechter. Und irgendwann kann ich dich dann in einer psychiatrischen Anstalt besuchen."
Dianas Worte treiben eine Träne in mein Auge. Getroffen von der Tatsache, wie recht sie doch hat, fühle ich mich wieder ganz klein und schwach.
Diana nimmt mich in ihre Arme. „Hey, sei nicht traurig. Du musst dich nicht für andere entscheiden. Sondern nur für dich. Ich habe dich ewig nicht mehr lachen sehen. Und das vermisse ich. Ich bin für dich da, wenn du mich brauchst. Das weißt du ja! Sag mir, was ich tun kann, damit du endlich wieder glücklich bist!"
„Du bist da. Mehr kannst du nicht tun. Außer …", scherze ich, „außer, du triffst die Entscheidung für mich. Ich möchte, dass mir jemand anderes die Entscheidung abnimmt. Du bist da, also machst du das jetzt."
Diana lächelt mich an. „Du weißt, wie ich für dich entscheiden würde."
Sie drückt mir einen Kuss auf die Wange und verschwindet wieder hinter ihrem Empfangsbereich.
Mit schwerer Last gehe ich zu meinem Arbeitsplatz.
Die Tasche rutscht von meiner Schulter.
Chris kommt aus seinem Büro.
„Bringst du uns Kaffee?"
„Ja." Ich gehe in die Küche und gieße uns Kaffee ein.
Verträumt nehme ich die Tassen und schlendere ins Büro. Chris sitzt an seinem Schreibtisch und starrt auf seinen Laptop. Ich stelle seine Tasse neben ihn. Jedoch so weit entfernt, dass er sie nicht aus Versehen umkippen kann. Sein Blick ist ernst. Er greift nach seinem Handy und wählt eine Nummer. Dieser Moment genügt schon, um mich wie eine fehl am Platz sitzende Idiotin zu fühlen. Ich frage mich, wieso er mit mir Kaffee trinken möchte, wenn er mir dann keine Aufmerksamkeit schenkt. Aber das Denken bin

ich langsam leid. Also nippe ich resigniert, mit zusammengefallenem Rückgrat aus meiner Tasse. Ich lausche nicht dem Gespräch. Meine Gedanken schweifen. Sie schweifen unentwegt zu David. Ich sehe ihn. Wie er neben mir im Bett liegt. Seine strahlenden Augen, wenn er mich ansieht. Selbst wenn er gerade erst erwacht und noch müde ist. Ich spüre seine Berührungen. Wie er meine Hand im Schlaf greift. Wie er mir den Arm streichelt, wenn ich ihn im Schlaf umarme. Wie er meine Wange berührt, bevor er mich zärtlich küsst. *Du fehlst mir so unendlich!*

„Das musst du heute noch abfordern", reißt Chris mich aus meinem Traum.
„Was?", frage ich verwirrt.
„Die Unterlagen! Hörst du mir nicht zu?", fragt er mich entsetzt.
„Entschuldige. Du warst gerade am Telefonieren. Da hat sich meine Aufmerksamkeit verabschiedet."
Mit einem entsetzten Gesichtsausdruck redet er weiter. „Das ist ja untypisch für dich. Willst doch sonst immer alles wissen. Mit wem ich was rede."
„Ach so ein Quatsch. Du kannst doch ständig reden und telefonieren, wenn ich nicht in deiner Nähe bin. Was würde es mir nutzen, wenn ich dich in manchen Momenten belausche?"
In mir steigt bereits jetzt eine Wut hoch, denn ich kann nicht begreifen, weshalb ich mir ständig Unterstellungen anhören muss.
„Du bist doch so ein Kontrolletti. Vertraust mir doch sowieso nicht."
„Häh?!", rutscht es mir völlig entsetzt aus dem Mund. „Ich habe dir nicht zugehört! Wieso nennst du mich dann Kontrolletti? Was soll das? Wieso musst du mir wieder und wieder derartige Unterstellungen machen?"
„Na ja, wenn es nicht so ist, dann tut es mir leid", gibt er gleichgültig zu verstehen.

Mutlos atme ich aus. „Wieso musst du wieder die Stimmung versauen? Ich verstehe das alles nicht. Jeden verdammten Tag nörgeln wir aneinander rum. Ich habe die Schnauze so voll davon!"
Sein Gesichtsausdruck wird weich. Seine Stimmlage ist plötzlich liebevoll. „Das stimmt doch gar nicht. Niemand versaut dem anderen die Stimmung. Bilde dir doch so etwas nicht immer ein."
Sein Stimmungswechsel macht mich rasend. Ich fühle mich, als wolle er mich verarschen und psychisch fertigmachen. Doch ich entscheide mich für meine Ruhe und winke gleichgültig ab.
„Ach, ist gut. Sag mir einfach, welche Unterlagen ich anfordern soll."
„Wieso bist du denn jetzt so?", fragt er weiter, mit absolut weicher Stimme. „Es ist doch alles schön. Niemand will dich ärgern."
Völlig irritiert wünsche ich mir nur noch, schnell aus dieser grotesken Situation herauszukommen.
„Warum sagst du denn nichts mehr dazu?", fragt er weiter.
„Ich würde jetzt gerne anfangen zu arbeiten", antworte ich erschöpft.
„Es gibt doch jetzt aber etwas Wichtigeres zu besprechen. Nämlich, warum es dir wieder so schlecht geht."
„Mir geht es nicht schlecht. Ich werde nur gerade panisch, weil ich noch so viel zu tun habe", lüge ich ihn an.
„Na, wenn dir die Arbeit wichtiger ist", gibt er genervt zurück.
Ich stehe auf und gehe zur Tür. Chris macht es mir gleich. Er ist sogar schneller an der Tür. Er stellt sich davor und versucht, mein Gesicht zu berühren. Angeekelt ziehe ich meinen Kopf automatisch ein Stück weg.
„Was ist denn?", fragt er wieder liebevoll. „Jetzt darf ich dich wohl nicht mehr berühren?"
Mein Oberkörper sackt in sich zusammen. Die Häufigkeit derartiger Situationen lässt mich nur noch resignieren. Ich kann einfach nicht mehr. Dieser Kampf macht mich müde und kraftlos.

„Doch, du darfst mich berühren." Chris küsst mich. Dann sieht er mich an. Ohne Absicht stampfe ich leicht mit dem Fuß auf den Boden. Voller Ungeduld, endlich aus dieser Situation entlassen zu werden. *Fataler Fehler!*
Verständnislos schüttelt Chris seinen Kopf. „Was hast du denn nur?" Er redet mit mir, als sei ich ein armes kleines Mädchen und er ein hilfloser kleiner Mann. „Was macht dich denn so unzufrieden?"
„Unsere Beziehung macht mich unzufrieden. Diese ständigen Unterstellungen machen mich unzufrieden. Unser Umgang miteinander macht mich unzufrieden."
Wütend sagt er mir: „Dann geh doch! Dich hält nichts auf. Es gibt auch ein Leben nach dir! Oder was bildest du dir ein?"
Entsetzt schüttle ich meinen Kopf. „Wie kannst du so etwas nur sagen? Es gibt ein Leben nach mir. Natürlich gibt es das. Aber wieso sagst du das?"
„Weil es so ist. Ich bin ein wohlhabender gutaussehender Gockel. Und ich werde niemandem hinterhertrauern. Es tut vielleicht mal kurz weh, aber das Leben geht weiter. Mit oder ohne dich."
Ich bin von seinen Worten tief getroffen. „Dann geh ich eben."
Als ich an ihm vorbeigehen will, hält er mich fest. Sein Blick wird wieder weich. Seine Stimme ebenso. „Hey, jetzt warte doch mal."
Mit entschlossenem bösem Blick starre ich ihn an. *Fall um! Fall um! Fall einfach um!*
„Jetzt lass uns doch unsere Liebe nicht aufgeben", sagt er wieder liebevoll.
Mein Kopf droht zu zerspringen. Mit diesen Stimmungswechseln komme ich nicht klar. Kein klarer Gedanke will sich in meinem Kopf bewegen. Alles durcheinander und völlig trüb. Ich entschließe mich, einfach nur noch geschehen und dem Schicksal seinen Lauf zu lassen.
„Wir lieben uns doch", redet er weiter. „Alles wird gut, ja?" Resigniert nicke ich ihm zu.

„Na los, gib mir einen Kuss. Wir schaffen das schon." Resigniert gebe ich ihm einen Kuss.
„Schau mich mal an", befiehlt er, nach wie vor mit weicher Stimme. Doch fällt es mir sehr schwer, Blickkontakt aufzunehmen. „Ach komm, jetzt schau mich doch mal an." Fest entschlossen beiße ich die Zähne zusammen und treffe seinen Blick. Fest entschlossen versuche ich, diesem standzuhalten. „Jetzt sprich mir nach", befiehlt er. Ich nicke, um endlich aus der Situation zu kommen.
„Wir lieben und respektieren uns", gibt er vor.
Die Worte bleiben mir vorerst wie ein Kloß im Hals stecken. Doch dann gebe ich mir einen Ruck, denn sonst komme ich hier noch lange nicht raus. „Wir lieben und respektieren uns." Mein Blick senkt sich unwillkürlich. Chris nimmt mein Gesicht in seine Hände und hält es so, dass ich ihn wieder ansehen muss. „Wir werden jetzt glücklich miteinander, frei von Vorwürfen."
„Wir werden jetzt glücklich miteinander, frei von Vorwürfen", sage ich nach.
Chris küsst mich und dann öffnet er mir die Tür. Schnell verlasse ich sein Büro.
Mit einem Gefühl, als hätte ich gerade einen Boxkampf hinter mir, lasse ich mich auf meinen Schreibtischstuhl fallen.
Wieso bin ich noch hier? Was hält mich hier? Was? Dass ich solche Situationen aushalten muss? Wieso laufe ich nicht einfach weg? Nur, weil ich dann vorerst keinen Job mehr habe? Kann es das sein? Oder soll ich diesen Mann tatsächlich noch lieben und es mir nur nicht eingestehen? Was hält mich verdammt?!

Es ist bereits spät am Nachmittag. Vertieft arbeite ich alles ab, was auf meinem Schreibtisch zu finden ist. Chris öffnet seine Bürotür und sieht mich an. „Ich gehe jetzt nach Hause."
Verwundert sehe ich ihn an. „Okay?!"

Er verschwindet in seinem Büro. Ich höre, wie er sein Jackett vom Haken nimmt und anzieht. Nach einer kurzen Weile steht er wieder vor mir. „Kommst du gleich mit?"
Nach wie vor, sehe ich ihn verwundert an. „Okay?!"
Ich schalte den Computer aus und greife nach meiner Jacke, meinem Handy, meiner Handtasche. Gemeinsam verlassen wir das Büro. Diana steht am Eingangsbereich. Sie sieht mich erstaunt an. Als wir an ihr vorbeigehen, wirft sie mir einen Blick zu, der mir sagt: „Siehst du! Ich wusste es!"

Jetzt fühle ich mich noch unwohler. *Es ist Montag. Der erste Tag, an dem Francesca krank ist und ... Mann! Warum musste Diana eine solche Andeutung machen? Das kann ebenso gut ein Zufall sein! Na toll! Ich muss das jetzt unbedingt ganz schnell verdrängen. Diese Gedanken sind nicht förderlich für einen eventuell noch zu rettenden Tag ...*
Wir gehen über den Firmenparkplatz. An meinem Auto angekommen, gibt mir Chris einen Kuss auf den Mund und verabschiedet sich. „Bis gleich, Schatz."
„Ja, bis gleich", entgegne ich ihm unsicher.
Ich schmeiße meine Handtasche auf die Beifahrerseite und laufe schnell auf die Fahrerseite. Im Auto angekommen, greife ich nach meinem Handy. Vierzehn neue Nachrichten. Ich traue meinen Augen nicht. *Jetzt ist er doch noch verrückt geworden ...*
Doch beim Öffnen meines Nachrichtenprogrammes wird mir schnell bewusst, dass ich ihn zu Unrecht als verrückt betitelt habe. Allein neun Nachrichten sind von meiner Mama. Eine ist von Diana. Und vier Nachrichten habe ich von David erhalten. *Das geht ja noch ...*

Hallo, Becky!

Wie geht es meiner lieben Tochter?

Herz

Mache mir Sorgen.

Ich hoffe, ihr vertragt euch!

Kuss

Herz

lachendes Smiley

Herz

Wahrscheinlich ist meine Mama verrückt geworden ... Aber irgendwie ist sie auch süß.

Hallo Mama! Mir geht es gut. *Herz* Hoffe, Dir auch? Mache jetzt Feierabend und versuche zu entspannen.* Hab Dich sehr lieb!

Ich öffne Dianas Nachricht.

Kaffeepause??? *Kuss*

Schnell tippe ich ...

Sorry! Zu spät gelesen! Vielleicht morgen? *Kuss*

Und das Beste zum Schluss ...

Hallo, meine Traumfrau *Herz*! Du fehlst mir! Ich hoffe sehr, dass Du heute nach Hause kommst! Ich drück Dich ganz lieb! *Kuss*

Kommst Du heute? Ich würde etwas zum Abendbrot vorbereiten, wenn Du magst. Fühl Dich nicht gedrängt. Aber ich muss Dir sagen, dass ich Dich schrecklich vermisse. Ich liebe Dich unendlich.

Bitte antworte doch, dass ich wenigstens Bescheid weiß. Denke ununterbrochen nur an Dich!

Herz

Ich drücke das Handy an meine Brust. Eine tiefe Sehnsucht zieht sich durch meinen Körper. *Du fehlst mir auch so sehr ...*

Ich schaue auf mein Handy und denke nach ... *Was mache ich denn jetzt? Ich würde so gerne zu David fahren! Die Sehnsucht ist kaum auszuhalten, und ihm geht es ebenso. Dass er nach der langen Zeit weiterhin Geduld hat, auf mich zu warten, ist erstaunlich. Das muss Liebe sein. Aber wie soll ich Chris erklären, wo ich hingehe, oder besser noch, warum ich wo hingehe ... Wieso fällt es mir so schwer, ihn nach allem, was passiert ist, zu verlassen? Wieso gehe ich nicht einfach? Ist die Angst, die Arbeit zu verlieren, so groß? Ja, ist sie. Der Gedanke daran ist schon beängstigend. Nicht zu wissen, wann man wieder Arbeit findet. Wie lange würden meine Ersparnisse reichen ohne Einkommen? Nicht sehr lange. Vielleicht vier, fünf, sechs Monate? Wenn ich Pech habe, bekomme ich keine Anstellung in der Zeit. Auch wenn es mehr als wünschenswert ist. David bietet ständig an, für mich da zu sein. Mich finanziell zu unterstützen. Bin ich zu eitel? Ach, Quatsch. Eitel ist falsch. Es ist mir nur unangenehm, mich von der neuen Liebe aushalten zu lassen. Ich brauche einen Plan. Aber nach dem Reinfall des letzten Bewerbungsgespräches werde ich mich nie wieder trauen, eine Bewerbung abzugeben.*
Ich sehe die Bilder. Die Bilder der Vergewaltigung. Mir wird schlecht. Ich schüttle meinen Kopf. Doch bekomme ich die Bilder nicht rausgeschüttelt. Verzweifelt schaue ich aus dem Auto. Suche nach etwas Ablenkendem. Nichts. Kein Mensch läuft durch mein

Sichtfeld. Niemand, über den ich nachdenken könnte. Kleidungsstil oder Gang oder was weiß ich. Die Bäume kenn ich schon. Nichts Neues. Ich zittere am ganzen Körper. Ich presse meinen Rücken in den Fahrersitz und schließe meine Augen. Mit Atemübungen versuche ich, die Unruhe wieder wegzuatmen. Doch geschlossene Augen erweisen sich als fataler Fehler. Die Bilder werden intensiver. Ich reiße meine Augen wieder auf. Ich bekomme keine Luft. Panisch halte ich meine Hände gegen meinen Brustkorb. Als würde ich versuchen, meine Lungen am Ausbrechen zu hindern.

Erschrocken von dem plötzlich wahrnehmbaren, lauten Klingelton meines Handys, greife ich nach diesem. *Chris! Oh fuck ... wie lange sitze ich schon hier?*
„Hallo Chris", schnaufe ich ins Handy.
„Becky?! Ist alles okay?" Er klingt sehr besorgt.
„Ja, ja geht schon. Ich bin gleich da", schwindele ich ihn an.
„Okay. Bis gleich", gibt er schnell nach.
Ich drücke den roten Hörer und starte den Motor. Ein kurzer Blick in den Spiegel. *Hätte schlimmer aussehen können. Also keine Panik.*
Schnell fahre ich vom Parkplatz, um zügig bei Chris anzukommen. *Hoffentlich verzichtet er auf Standpauken. In letzter Zeit gelingt es ihm oft, ruhig zu bleiben. Ob es daran liegt, dass ich mir zwischenzeitlich ein paar Tage genommen habe, um alleine zu sein? Also eine Art der Trennung, die ihm Angst gemacht hat. Immerhin hat er gemerkt, dass ich auch ohne ihn kann. Und er hat gemerkt, dass ich ihm fehle? Vielleicht hat sich dadurch ein Schalter umgelegt und er weiß jetzt, wie er mit seiner Frau umzugehen hat. Dann stellt sich allerdings die Frage, ob ich der Ehe eine Chance gebe, sich wieder angenehmer anzufühlen. Vielleicht stellen sich auch wieder leidenschaftlichere Gefühle für Chris ein? Es bedürfte zumindest keiner großen Veränderung, wie Be-*

ruf, Umzug und so weiter ... Doch dann schweifen meine Gedanken wieder zu David. Ich sehe ihn neben mir im Bett liegen. Sehe sein Gesicht im leichten Mondschein. Ich kann seinen Geruch wahrnehmen. Und ich liebe diesen Geruch. Er lässt mich immer tiefer einatmen. *Ach! Mist! Jetzt habe ich ihm nicht geantwortet. Mache ich, wenn ich an einer roten Ampel stehe ...*
Sollte man der neuen Liebe eine Chance geben? Immerhin hat er mich verzaubert, wie es noch nie ein Mann geschafft hat. Ich rieche ihn so gerne, berühre seine Lippen so gerne mit meinen, streichle so gerne seinen Körper und genieße jeden Augenblick, in dem er mich berührt. Doch bedeutet diese Liebe auch eine sehr große Veränderung. Eine Scheidung kostet mit Sicherheit sehr viel Kraft. Habe ich denn so viel Kraft? Bin ich überhaupt gut genug für David? Vielleicht hat mich meine Ehe so zerstört, dass ich unerträglich bin. Vielleicht bin ich so kaputt, dass nicht einmal David mich retten kann ...
Die letzte auf meinem Weg liegende Ampel ist rot. Ich starre auf mein Handy. Entschließe mich dann aber doch, erst zu schreiben, wenn ich angekommen bin. Ist wahrscheinlich so oder so gleich wieder grün. *Sehr wahrscheinlich ...* Ich muss grinsen über meine selten blöde Logik und fahre weiter. Ich schalte das Autoradio an.

Comedian Harmonists – Auf Wiedersehen
Nein! Das ist mir jetzt zu traurig ...

Ich drücke weiter und weiter …
Comedian Harmonists – Du passt so gut zu mir wie Zucker zum Kaffee
Beim Singen wird mir bewusst, dass ich wieder nur David sehe. Und mir wird noch bewusster, dass ich ein Feigling bin.

Chris sitzt auf der Terrasse am gedeckten Kaffeetisch. Ich begrüße ihn mit einem Kuss. Während ich ihn küsse, achte ich genau auf meine Empfindungen. *Nichts. Kein Bauchkribbeln. Vielleicht*

auch normal nach der längeren Beziehungszeit. Aber nichts ist auch nicht gut, oder?
Ich setze mich zu ihm. Er sieht mich mit ernstem Blick an. Doch spricht er nicht. *Sehr untypisch.*
Verwirrt lasse ich meinen Blick in den Garten schweifen.
„Wieso kannst du mir nicht mehr in die Augen sehen?", fragt er mich unvermittelt.
Verwirrt sehe ich ihn an. Mit einem Kloß im Hals antworte ich ihm: „Tue ich doch."
Sein Blick verrät mir, dass er es mir nicht abnimmt. Mein aufgesetztes Lächeln würde ich mir selbst auch nicht abkaufen.
Gott! Bitte, lass die Situation jetzt nicht wieder im Streit enden. Ich habe keine Kraft mehr, um Kämpfe auszutragen. Bitte lass mir einfach meinen Seelenfrieden.
Chris dreht sein Gesicht in die Sonne. Schweigen!
Was er jetzt wohl denkt? Oder kann er so schnell wieder abschalten und einfach nur die Sonne genießen? Vielleicht weiß er etwas von David?
Mein Herz schlägt stärker und schneller.
Aber dann würde er vermutlich ausrasten. Oder er spannt mich absichtlich auf die Folter!
Immerhin ist er sehr berechnend. Oder er weiß nichts und ich mache mir mal wieder viel zu viele Gedanken ...
Chris dreht sich wieder in meine Richtung und spricht dabei: „Ich kenne dich, Becky."
Unsicher sehe ich ihn an.
„Deine Augen verraten alles. Du kannst nicht lügen oder Dinge verbergen. Du bist wie ein aufgeschlagenes Buch. Jeder kann sehen, wie es dir geht. Ob du unsicher bist oder versuchst, dich aus Situationen herauszureden."
Ich konzentriere mich stark, um seinem Blick standzuhalten. Nichts wäre verräterischer, als den Blick jetzt abzuwenden. Denke ich jedenfalls.

„Das ist Fluch und Segen zu gleichen Teilen", erwidere ich.
„Ja", entgegnet Chris mit einem heuchlerischen Lächeln. „Ja, allerdings."
Er dreht seinen Kopf wieder zur Sonne und schließt seine Augen.
„Ich weiß nicht, ob es nur so ein Bauchgefühl ist oder ob etwas an der Sache dran ist", sagt er ruhig.
„Wovon sprichst du?" Ich versuche, meine Stimmlage zu halten. Meine Unsicherheit darf jetzt nicht erkennbar sein.
„Ich habe das Gefühl, dass du dir jemanden warmhältst."
Er ist noch immer zur Sonne gedreht und sieht mich nicht an.
Ich fixiere ihn genau, um keine Reaktion zu verpassen.
Dann sieht er mich wieder an. Den kurzen Atemaussetzer versuche ich zu verbergen. *Ich muss jetzt stark bleiben! Fixiere ihn einfach weiter. Weiter mit gefeitem Blick ...*
Er legt sein Handy in meine Reichweite.
„Hier! Kannst du reinsehen und Nachrichten lesen."
„Wieso sollte ich das tun?"
„Ich möchte dir zeigen, dass ich nichts zu verbergen habe."
Ein Seufzer entgleitet mir.
„Du wirst schon clever genug sein, um Nachrichten zu löschen, die mich verunsichern könnten. Oder du schreibst über Portale, die ich nicht kenne. Warum sollte ich dann nach irgendetwas suchen. Das ist sinnlos."
„Du könntest mir auch dein Handy anbieten."
Mit einem gespielten Lachen entgegne ich ihm: „Hach, du hast dich jahrelang an dem Gedanken festgehalten, dass das Handy Privatsphäre ist und niemand sich daran zu vergreifen hat. Ich durfte nicht einmal abnehmen, wenn ein Anruf ankam und du nicht in der Nähe warst. Deine Reaktionen, wenn ich deinem Handy nur zu nah gekommen bin, waren heftig. Ich wollte immer, dass wir gegenseitig ganz offen mit unseren Handys umgehen. Du kannst meines jederzeit benutzen und ich deines. Doch du hast

immer ein großes Geheimnis daraus gemacht. Wieso willst du das auf einmal ändern?"
„Interessant", sagt er und sieht mich eindringlich an. „Anstatt mich einfach mal schauen zu lassen, lenkst du mit alten Kamellen ab."
„Was heißt hier alte Kamellen? Das war noch bis vor Kurzem so. Du wolltest es immer so. Jetzt hast du es so."
„Ja, weil ich es nie anders kannte. Jetzt fände ich das gut und es zeigt Vertrauen."
Sein Blick bleibt starr auf mich gerichtet. Es fällt mir schwerer und schwerer, ihm standzuhalten. Doch noch gelingt es mir.
„Nein", sage ich nur.
Endlich wendet er seinen Blick ab. Ich nutze die Gelegenheit, um einfach in den Garten zu sehen und etwas Druck von mir zu lassen.
„Also hältst du dir jemanden warm."
Ich kann nicht deuten, ob das eine Frage ist oder vielmehr eine Feststellung. Der Entschluss, nicht zu antworten, scheint mir der klügste zu sein. Bei meinem Talent zum Lügen.
Sein Blick trifft mich wieder. Doch mein Blick bleibt in den Garten gerichtet.
„Du sagst nichts dazu?"
„Was soll ich dazu sagen. Glaub doch, was du willst."
„Du hast es weder bejaht noch abgestritten."
Es herrscht Stille. Ich fühle mich sehr unwohl. Etwas sagen möchte ich auch nicht. Also entschließe ich mich, ins Haus zu gehen. Ich nehme mein Handy und schließe mich im Badezimmer ein.

*Schöner Mann! *Herz* Leider kann ich heute nicht zu Dir kommen. Bitte vergib mir. Es ist alles nicht so einfach, wie es für Dich vielleicht scheint.*

Davids Antwort lässt nicht lange auf sich warten.

Du bleibst also wieder bei ihm? Wann entscheidest Du Dich denn endlich? Willst Du mich noch lange quälen? Jeder Tag, an dem ich weiß, dass Du bei ihm bist, ist eine Qual für mich. Bitte komm zu mir! Ich liebe Dich, meine Traumfrau. *Herz*

Tränen drücken in meinen Augen. Es tut mir alles so unendlich leid. Natürlich möchte ich ihn nicht quälen! Es tut so weh, seinen Schmerz in seinen Nachrichten zu erkennen.

Es tut mir alles so schrecklich leid! Vielleicht ist es das Beste, wenn ich Dich gehen lasse. Du sollst glücklich sein. Und mit mir wird Dir das nicht so schnell gelingen. Ich bin viel zu durcheinander. Ich liebe Dich wirklich sehr! Und deswegen werde ich das jetzt beenden und Dir die Möglichkeit geben, Dich neu zu verlieben. Bitte sei glücklich!

Ich spüre einen unbeschreiblich starken Schmerz in meiner Brust.

Es klopft an die Badezimmertür.
„Becky?"
„Ich bin auf der Toilette!"
Ich höre, wie Chris sich entfernt. Schnell schaue ich auf mein Handy. Nichts.
Na los, jetzt sag doch was? Komm schon! Oh, vielleicht sagt er jetzt nichts mehr. Immerhin habe ich ihn gerade verlassen. Und das auch noch über Nachrichten. Ich bin ein schlechter Mensch ...
Unwillkürlich halte ich meine Augen mit meinen Händen zu. Ich kann nicht glauben, was ich da gerade getan habe. Die Gedanken kreisen mal wieder wild durcheinander. Kein verwertbares Material dabei. Nur Klumpen von Gedanken, nicht zuordenbar.
Vielleicht sollte ich mich einfach damit abfinden. In meiner verkackten Ehe bleiben, die sich vielleicht auch mal verbessert, nach dem großen Knall. David hat die Möglichkeit, sich neu zu verlieben und ein glückliches Leben zu führen. Ich stehe ihm dabei nicht

im Weg. Und irgendwann hört es vielleicht auf zu schmerzen. Dann habe ich noch die traumhaft schönen Gedanken des Erlebten mit David. Aber es hört bestimmt auf, in der Intension schmerzhaft zu sein. Ich bin stark! Das werde ich schaffen. Hauptsache, David wird glücklich ...

Ich verlasse das Badezimmer. Ich bin der Meinung, dass ich mich entschieden habe. Doch ertappe ich mich immer wieder dabei, wie ich auf das blöde Handy gucke. Und ich ertappe mich erst recht, wie ich jedes Mal aufs Neue enttäuscht bin. Nichts von David. Keine Reaktion. *Ich werde noch wahnsinnig ...*

Es ist bereits spät am Abend. Chris und ich, wir haben uns entschieden, gemeinsam einen Film anzusehen. Diesmal konnte er frei wählen, denn ich weiß so oder so nicht, ob ich folgen kann. Das habe ich ihm natürlich nicht gesagt.
Mein Blick wandert ständig zum Handy. Doch wage ich es nicht einmal, danach zu greifen, um zu schauen, ob David sich geäußert hat. Innerlich werde ich nervöser und nervöser. Nach außen versuche ich, ruhig und gelassen zu wirken. *Ob mir das gelingt?*
Ich schreie mich innerlich selbst an. *Jetzt hör doch endlich mal auf, Sehnsucht zu haben! Hör auf, dir ständig Gedanken zu machen! Du hast dich jetzt entschieden, um niemanden mehr zu verletzen und endlich wieder Ruhe einkehren zu lassen! Hör jetzt verdammt noch mal auf, ständig zu überlegen, und finde dich mit deinem Leben ab!*
„Geht es dir nicht gut?", fragt Chris.
Siehst du! Er bemerkt sogar, wenn es dir nicht gut geht, auch wenn du das jetzt nicht zugibst! Aber deine Ehe kann doch funktionieren, wenn du dich darauf einlässt. Chris weiß jetzt, was er an dir hat, und schätzt dich. Also bleibe einfach dabei und gefährde deine Ehe nicht weiter!
„Hey?", fragt er weiter besorgt.

Ich sehe ihn an. „Alles gut." Mehr kann ich nicht sagen.
Er sieht mich an, als wolle er mir das nicht glauben.
„Ich bin nur so schrecklich müde."
„Dann geh doch schon ins Bett. Der Film geht nicht mehr lange. Ich komme dann nach. Hm?"
Wäre er doch immer so liebevoll gewesen ...
„Ja, okay."
Chris drückt mir einen Kuss auf die Stirn.
Ich lächle ihn an, greife nach meinem Handy und gehe ins Schlafzimmer. Bereits auf dem Weg dorthin löse ich meine Tastensperre und schaue, ob ich Nachrichten bekommen habe. Enttäuscht gehe ich weiter ...
Im Schlafzimmer angekommen, entkleide ich mich langsam. So groß meine Traurigkeit ist, so langsam bewege ich mich auch.
Bist auch noch selber schuld ...
Nackt steige ich ins Bett. Ein letzter Blick aufs Handy.
Mein Mund öffnet sich vor Schreck. Meine Augen weiten sich. Der Atem stockt.
Er hat geschrieben! Ich öffne die Nachricht lieber morgen. Sonst kann ich gleich überhaupt nicht schlafen.
Ich lege das Handy auf mein Nachtschränkchen und kuschele mich in die Decke ein. Schnell ertappe ich mich dabei, wie ich im Halbdunkeln auf mein Handy starre. Ergeben atme ich aus und greife danach. *So oder so werde ich nicht schlafen können.*

Du verlässt mich? Weil Du glaubst, ich wäre dann glücklicher? Baby, ich liebe Dich über alles! Du bist mein Leben! Ich kann nur glücklich sein, wenn wir zusammen sind! Wenn Du mich verlässt, weil Du Dich für Deinen Mann entschieden hast, muss ich das akzeptieren. Und kann Dir nur wünschen, dass Du glücklich wirst. Aber ich glaube ehrlich gesagt nicht, dass Du mit Deinem Mann glücklich sein kannst. Das, was er Dir angetan hat, kann niemals Deine Schuld sein und es wird immer *wieder passieren! Auch wenn er sich einige Zeit im Griff hat. Immerhin kämpft er ja gerade um Dich. Aber glaube mir, wenn ihr eine schwere Phase habt, wirst Du seine Wut immer wieder abbekommen. Ich kann Dich nur bitten, mich nicht zu verlassen. Ich werde Dir immer ein treuer und liebevoller Begleiter sein! Und ich werde auf Dich warten. Egal, wie lange es dauern mag. Ich liebe Dich, meine Traumfrau! *Herz**

Teils erleichtert, teils schwermütig, teils verwirrt, teils klar verliebt drücke ich das Handy gegen meine Brust. Ich kann kaum glauben, dass es einen Mann gibt, der eine Frau so sehr lieben kann. Der MICH so sehr lieben kann. So sehr, dass er wartet, bis ich mich entschieden habe. So sehr, dass er wartet, egal, wie lange es dauert. Und das Gedankenkarussell ist wieder in Bewegung. Schwindelerregend schnell ...

Am nächsten Morgen im Büro.
Nachricht von Diana.

Kaffee??? *Tasse*

Schnell antworte ich.

In sieben Minuten in der Küche ... *Tasse* *Smiley*

Schnell beende ich die Klageschrift. Ich schnaufe erleichtert und greife nach meiner Kaffeetasse. Schnellen Schrittes schreite ich zur Küche.
Diana steht gerade an der Kaffeemaschine. Als sie mich sieht, wandert sie mit ihrem Blick auf ihre Armbanduhr. „Genau sieben Minuten", sagt sie begeistert. „Wie du das immer machst", lacht sie.
Sie nimmt mir die Tasse aus der Hand und füllt sie mit Kaffee, Milch und Zucker.
„Danke."

Ich schließe noch schnell die Tür. Wir setzen uns.
„Und? Wie geht es dir?", fragt mich Diana.
Ich zucke mit den Schultern. „Na ja. Bin ziemlich durcheinander."
„Wieso bist du immer noch bei Chris? Hast du David abserviert?"
„Nein. Ich bin irgendwie in die absurde Situation gekommen, dass ich beide irgendwie habe und doch nicht ganz. David vermisst mich schrecklich und sieht mich nur sehr selten. Ich schiebe unsere Treffen immer wieder auf. Trotzdem wartet er weiter auf mich. Chris müht sich auch seit einer Weile. Keine Ausraster. Meistens ist er sogar richtig nett. Er ahnt, dass ich eventuell eine Affäre habe oder so was in der Richtung. Aber er scheint auch irgendwie zu warten, was passiert. Hat sogar eine Paartherapie vorgeschlagen."
Diana sieht mich mit großen ungläubigen Augen an.
„Eine Paartherapie?"
„Ja! Und er sagt auch, dass er weiß, dass das für jeden von uns sehr unangenehm sein kann. Aber er meint, es ist der letzte Versuch, diese Ehe zu retten. Und irgendwie mache ich mir Vorwürfe, wenn ich darüber nachdenke, den letzten Versuch nicht wenigstens gestartet zu haben. Obwohl es dafür eigentlich auch wiederum zu spät ist." Ich schlage die Hände vor meinem Gesicht zusammen. „Ach, ich weiß es auch nicht."
Diana greift nach meinen Händen und zieht sie ganz vorsichtig von meinem Gesicht, um mir in die Augen sehen zu können.
„Becky, du musst dich entscheiden! Chris hat dir so lange so wehgetan. Er wird sich nicht ändern. Du hast endlich einen Mann gefunden, der so gut zu dir passt. Du liebst die Rock 'n' Roll-Welt und er liebt sie auch. Ihr seht traumhaft zusammen aus, vor allem, wenn ihr tanzt. Hast du das alles schon verdrängt? Chris wird niemals mit dir auf einem Rock 'n' Roll-Konzert oder -Festival Spaß haben.
Ihr passt nicht zusammen. Du kannst dich eine Zeit lang gut anpassen, aber wirklich glücklich bist du damit nicht."

Sie sieht mich wie eine Mama an, die ihre Tochter vor der bösen Männerwelt beschützen will.
Traurig senke ich den Kopf. „Du hast ja recht. Aber das ist alles so eine große Veränderung. Ich bin verheiratet! Eine Ehe ist doch so bedeutend und groß. Ganz zu schweigen von der Scheidung. Ich will nicht wissen, was eine Scheidung an Nerven kostet. Mal ganz zu schweigen vom Geld. Ich brauche eine neue Arbeit und eine neue Wohnung. Ich steige komplett aus meinem Leben aus. Verstehst du das? Das ist alles nicht so einfach. Ich liebe meine Arbeit."
„Ich verstehe dich ja. Aber so, wie es ist, kann es nicht weitergehen. Du bist doch fix und fertig. Du musst endlich Ruhe in dein Leben einkehren lassen."
Fast weinend sehe ich Diana an. „Aber ich weiß nicht, was ich machen soll. Ich will mein Leben nicht aufgeben. Und ich kann David nicht einfach aufgeben."
„Dir kann aber niemand die Entscheidung abnehmen", sagt sie vorsichtig.
Ich stütze meinen Kopf in meine Hände. „Ich weiß. Wieso eigentlich nicht. Kannst du sie mir nicht abnehmen?" Verzweifelt sehe ich sie an.
„Leider nein", sagt sie traurig. „Du hörst eh nicht auf mich", lacht sie dann.
Ich muss schmunzelnd zugeben, dass sie damit wohl recht hat. „Kann denn nicht einfach etwas passieren, was mir die Entscheidung abnimmt? Chris kann doch die Schnauze voll haben und mich einfach verlassen. Dann kann ich eh nichts machen. Oder David hat die Schnauze voll. Dann kann ich auch nichts machen."
„Wenn Männer spüren, dass die Frau Zweifel hat, werden sie kämpfen. Ich glaube nicht, dass einer einfach so aufgibt."

Die Tür öffnet sich. Chris betritt die Küche.
„Ihr habt wohl nichts zu tun?", fragt er irritiert.

„Diana steht auf und greift nach ihrer Tasse. Sie nickt mir lächelnd zu. Dann verlässt sie schweigend die Küche. Ich sehe Chris an und ziehe nichts wissend die Schultern nach oben.
Chris geht zur Kaffeemaschine und nimmt sich einen Kaffee. Ohne mich eines weiteren Blickes zu würdigen, grummelt er: „Wenn meine Sekretärin an ihrem Platz gewesen wäre, hätte ich mir keinen Kaffee holen müssen. Aber ich hab ja nichts zu tun."
Dann verlässt er die Küche. Wieder ohne einen Blick zu mir.
Resigniert stoße ich einen langen Atemzug aus und entschließe mich einfach wieder, an meinen Platz gehen.
Seine Art ist und bleibt einfach nervig. Will ich echt damit leben? Man soll ja seinen Partner so akzeptieren, wie er ist. Mit seinen guten und schlechten Eigenschaften. Immerhin hat jeder irgendwelche schlechten Eigenschaften. Aber will ich diese Art wirklich bis zu meinem letzten Atemzug an meiner Seite erleben? Eigentlich nicht!

X

Es ist Donnerstag. Heute habe ich mich endlich mal wieder mit Steffi zum Frühstück verabredet. Krisensitzung kann man dieses Treffen auch nennen. An unserem Lieblingskneipenrestaurant angekommen, sehe ich Steffi schon auf unserem Lieblingsplatz sitzen. Wir winken uns wie die verrückt gewordenen Hühner zu. Schnell gehe ich rein. Ich kann nicht aufhören zu grinsen, wenn ich sie sehe. Ihr scheint es ähnlich zu gehen.
„Guten Morgen!", begrüße ich sie mit einer herzlichen Umarmung.
„Guten Morgen, Becky!"
Wir setzen uns. Die Kellnerin scheint nur auf uns gewartet zu haben, denn sie steht bereits neben uns.
„Habt ihr schon einen Getränkewunsch?", fragt sie freundlich.
Steffi antwortet schnell: „Ja, einen großen Cappuccino, bitte."
Dann sehen mich beide an. „Für mich auch, bitte."
Die Kellnerin geht wieder. Wir stürzen uns auf das Frühstücksbuffet. Wie ausgehungerte Riesenbabys packen wir unsere Teller voll mit Brötchen, Wurst, Käse, Rührei und etwas Obst. *Yammie!*
Wir setzen uns an unseren Platz und beginnen zu essen.
„Und? Gibt es was Neues?", fragt mich Steffi.
„Na ja, nicht so wirklich. Bin, nach ein paar Tagen Flucht, wieder bei Chris gelandet. Aber ich bin mir nicht sicher, ob das der Weg fürs Leben ist. Der augenscheinlich einfachste Weg. Aber die große Liebe scheint woanders auf mich zu warten."
„Ach Becky", entgegnet sie liebevoll. „Es ist nicht immer der einfachste Weg. Du warst so lange unglücklich. Du hast ein fremdes Leben geführt. Dinge vernachlässigt, die dich immer glücklich gemacht hatten. Und sogar Dinge ertragen, bei denen ich jedem raten würde, die Beziehung sofort zu beenden."
„Ich weiß. Aber ich glaube, dass ich im Laufe meines Lebens unfähig geworden bin, große lebensverändernde Entscheidungen zu

treffen. Oder es liegt einfach nur daran, dass ich verheiratet bin. Also das ist ja jetzt nicht nur eine Beziehung, bei der man den Entschluss fassen kann, sich zu trennen, jeder geht seinen Weg weiter, ohne den anderen. Und keiner wird von dem anderen wieder gesehen. Das wäre so herrlich einfach. Vielleicht ist es auch das Problem, dass man Entscheidungen im Leben auch schon schrecklich bereut hat, und Angst davor hat, wieder einen riesen Fehler zu machen? Was ist denn, wenn die nächste Beziehung auch scheiße wird. Dann hätte ich mir das alles sparen können. Es gibt vielleicht nicht die für mich passende Partnerschaft. Vielleicht bin ich zu festgefahren und ertrage die Männer alle nicht. Oder die Männer ertragen mich nicht …"
„Warte kurz", unterbricht sie mich. Sie greift in ihre Tasche und zieht einen kleinen Notizblock und einen kleinen Kugelschreiber raus.
„So!", sagt sie entschlossen. „Außergewöhnliche Situationen benötigen ungewöhnliche Methoden. Das ist jetzt vielleicht kitschig, aber wir machen eine Pro- und Kontra-Liste. Danach handelst du dann. Ohne Widerrede."
Ich lächele bis zu den Ohren. „Du bist einfach unglaublich."
„Also? Deal? Damit nehmen wir dir die Entscheidung ab."
„Okay", sage ich selbstbewusst. „Aber vorher holen wir uns noch pancakes. Ich muss mich stärken."
Steffi schüttelt lachend den Kopf. „Na dann los!"
Wie kleine aufgeregte Kinder rennen wir zu den pancakes und hauen uns die Teller voll. Wir entscheiden uns für noch etwas Zucker und Zimt.
Kurzentschlossen greife ich auch zu dem Löffel in der mit Apfelmus gefüllten Schale.
Etwas vorsichtiger gehen wir wieder zurück an unseren Tisch. Vor lauter Hast die pancakes zu verlieren, wäre jetzt peinlich.
Steffi schneidet ein großes Stück ab und stopft es in ihren Mund. Dann greift sie nach ihrem Stift und zeichnet zwei Tabellen.

Chris
Pro *Kontra*
David
Pro *Kontra*
„So!", sagt sie entschlossen. „Wir machen einfach zwei Pro- und Kontra-Listen."
„Okay", entgegne ich ebenso entschlossen.
„Beginnen wir mit Chris", beschließt sie kurzerhand.
Sie sieht mich wartend an.
„Ähm, okay." Ich denke kurz nach.
„Er kann liebevoll sein", schlage ich als erstes Beispiel für die Pro-Seite vor.
Steffi sieht mich mit zusammengekniffenen Augen an. „Er kann liebevoll sein?" Sie hebt das Wort „kann" besonders hervor.
Ich sehe sie bittend an.
„Okay, okay. Wenn dir selten bis beinahe nie liebevoll ausreicht, um es auf die positive Seite zu schreiben, von mir aus." Sie zuckt mit den Schultern.
Wir überlegen beide weiter.
„Wir haben ein Haus!", platzt es aus mir heraus.
Steffi sieht mich irritiert an. „Ihr habt beide ein Haus?", fragt sie.
Ich ziehe eine Augenbraue nach oben. „Aber das weißt du doch."
Sie stößt einen kleinen Seufzer aus. „Ja schon, aber das ist materiell, Becky!"
Ich denke kurz darüber nach.
„Das ist nicht ausschließlich als solches zu betrachten", rechtfertige ich meine Ansicht. „Es ist etwas, das uns verbindet. Also ist es eine Gemeinsamkeit. Etwas gemeinsam Aufgebautes."
„In dem Fall würde ich das eher als Negativbeispiel werten", gibt Steffi leise von sich.
„Ach komm schon. Das kann man so nicht sehen."
„Na irgendwie schon, denn im Falle einer Scheidung ist das Haus nur eine Last und ein Streitfaktor."

„Ja, aber in der Pro- und Kontra-Liste gehe ich doch noch nicht von einer Scheidung aus. Wir bewerten alles, wie es ist. Und im Moment stellt sich das Haus als gemeinsames Etwas dar." Ich fuchtle wild mit meinen Händen, um meine Worte besser zu erklären.
„Okay, ich setze es auf die positive Seite. Aber nur für dich!"
„Gut."
„Fällt dir noch etwas für die positive Seite ein?", fragt Steffi.
„Noch nicht. Dir?"
„Nein", antwortet sie mir. „Wir können ja auch parallel dazu die negative Seite ausfüllen.
„Da fällt mir sofort der ständige Stimmungswechsel mit diesen miesen depressiven Verstimmungen ein", erkläre ich resigniert.
Steffi schreibt es unkommentiert auf die Liste.
„Dieses Chefverhalten, selbst zu Hause, kannst du gerne mit auf die Kontra-Liste schreiben. Mit dieser Eigenschaft komme ich auch nie klar."
„Das ist auch definitiv kontra", sagt sie, während sie schreibt.
„Dass er dich schlägt, schreibe ich auch gleich mit auf die Kontra-Liste."
„Ja, aber daran trage ich vielleicht manchmal selbst die Schuld."
Ich senke, peinlich berührt, meinen Kopf.
Steffi sieht mich mit einem traurigen Blick an. „Niemals! Niemals ist eine Frau schuld daran, dass sie von ihrem Mann geschlagen wird! Er hat keinen Respekt vor dir! Egal, was du sagst, es rechtfertigt niemals Schläge. Egal, wie stark sie sind. Keinerlei Schläge sind gerechtfertigt."
Ich sehe sie dankend an. „Aber, dass er keinen Respekt vor mir hat, müssen wir jetzt nicht noch mit aufschreiben, oder?", frage ich fast scherzend.
„Nein, das zählt mit unter den letzten Punkten", antwortet sie beruhigend.

„Aber dass er mich möglicherweise betrügt, sollte auf die Liste geschrieben werden."
Steffi schreibt wieder, ohne einen Kommentar.
„Obwohl", sage ich schnell. „Ich bin gerade auch nicht besser. Ich betrüge ihn doch auch. Verdammt." Ich lege meine Gabel auf den Teller und stemme mein Gesicht in meine Fäuste.
„Das ist doch was ganz anderes!", sagt Steffi entschlossen. „Du bist totunglücklich und musst einiges aushalten. Du hast sogar erfahren, dass er dich betrügt. Es war nur eine Frage der Zeit, bis du dich in einen anderen Mann verliebst", rechtfertigt sie meine Schwäche.
Ich sehe sie zweifelnd und zugleich dankend an.
„Eure ständigen Streitereien würde ich auch mit auf die Kontra-Liste schreiben", sagt Steffi.
„Ja, da sie selbst in Zeiten der romantischen Zweisamkeit entstehen. Also die Zeiten zu zweit, die romantisch sein sollten", sage ich trotzig. „Aber, dass wir verheiratet sind, nehmen wir vorerst auf die Pro-Liste. Auch wenn es gerade nicht so aussieht, als wäre das gut. Ist es doch etwas, das für ein Zusammenleben spricht. Scheiß Versprechen", platzt es noch aus mir heraus.
„Meinetwegen. Ich schreibe es auf die Pro-Liste."
„Wie sieht es bei euch mit Spaß aus? Mit gemeinsamen Interessen und gemeinsamem Lachen?"
Ich überlege. Doch dann winke ich ab. „Schlecht", ist das Einzige, was mir dazu noch einfällt.
Steffi schaut stumm auf die Liste.
Ich greife nach meiner Gabel und meinem Messer. Ich schneide ein großes Stück vom pancake ab und titsche es in das Apfelmus. Wie ein Teenager in seinem schlimmsten Liebeskummer halte ich mit der einen Hand mein Gesicht fest und führe mit der anderen Hand die gefüllte Gabel zu meinem Mund. Ich stopfe mir resigniert das große Stück in den Mund. Flehend sehe ich, mit vollem Mund, zu Steffi.

Sie sieht mich nachdenklich an.
Eine Weile sagen wir nichts.
Eine Weile denken wir nur nach.
Steffi isst ihr letztes Stück.
Dann nimmt sie noch einen großen Schluck ihres Cappuccinos.
„Okay, ich denke, das reicht. Fällt dir noch etwas Positives oder etwas Negatives zu Chris ein?"
„Nein", antworte ich, während ich nach Antworten suchend aus dem Fenster schaue.
„Dann lass uns doch mit David weitermachen. Mal sehen, wie viel uns da so einfällt." Sie sieht mich fragend an.
Ich fühle mich absolut schwach. Meine Beine sind wie Wackelpudding. Mein Kopf ist schwer. Meine Arme will ich nicht mehr bewegen. Am liebsten würde ich mich jetzt hinlegen und im Selbstmitleid versinken.
Aber ich entscheide mich für das Weitermachen und nicke ihr schwach zu.
Unbeirrt zückt sie ihren Stift.
„Er ist liebevoll", sagt sie entschlossen.
„Das stimmt", gebe ich zu.
Steffi lächelt vorsichtig. Dann sieht sie mich an, als würde sie gute Beispiele von mir erwarten.
Ein kleines Lächeln zeichnet sich auf meinem Gesicht ab.
„Er kann tanzen."
Steffi muss zwangsläufig mit mir lächeln und schreibt es kommentarlos auf die Pro-Seite.
Sie sieht zu mir und sagt: „Er steht nicht nur auf dich, sondern auch auf dieselbe Musik wie du. Und du kannst endlich wieder die kleine, verrückte, überaus glückliche Rockabella sein."
Ich sehe verträumt aus dem Fenster. „Das ist wahr! Und er liebt mich, so, wie ich bin."
„Das sind dann schon zwei weitere Stichpunkte auf der positiven Seite der Liste", sagt Steffi freudig.

„Er hat Geduld mit mir. Er gibt mir sogar so viel Zeit, wie ich benötige, um alles zu regeln oder mich zu sortieren."
„Das hätte Chris sicher nicht getan", sagt Steffi und schreibt.
„David schreibt mir jeden Tag liebevolle Nachrichten. Ist das ein Grund für einen Platz auf der Liste?"
„Schreibt Chris dir auch jeden Tag liebevolle Nachrichten? Oder halt ...", verbessert sie sich, „schreibt er dir mindestens einmal in der Woche liebevolle Nachrichten? „Nein. Aber wir leben zusammen."
„Also, mein Schatz schreibt mir nach wie vor des Öfteren, dass er mich vermisst oder sich auf mich freut und so weiter", rechtfertigt sie ihre Anfrage.
„Also gut", sage ich. „Dann nimm es auf die Liste. Dann ...", beginne ich zu träumen ..., „dann kannst du auch aufschreiben, dass David leidenschaftlich und wild und traumhaft gut küssen kann", schwärme ich.
Steffi muss lachen. „Süß", verteidigt sie ihr Lachen nur.
Ich hebe meinen rechten Zeigefinger. „Und! Wir haben viel Spaß miteinander! Und wir lachen sehr viel, wenn wir zusammen sind! Ach, was rede ich. Selbst wenn wir nur telefonieren, lachen wir viel.
„Gut, ich denke, das reicht für die Aufzählung auf der Pro-Seite", sagt Steffi entschlossen. „Was fällt dir denn zur Kontra-Seite ein?"
Ich schnaufe. „Puuuh, ähm. Ja. Warte kurz. Lass mich kurz überlegen."
Sie sieht mich wartend an. Aber sie drängelt nur mit ihrem Blick auf eine Antwort. Ansonsten sagt sie keinen Ton. Für eine ganze Weile starrt sie mich nur an und sagt nichts.
Ich sage im Übrigen auch nichts. Dann halte ich mir vor Scham und Belustigung die Augen zu. „Ich dachte mal, er wäre vergeben und hätte ein Kind."

Ich muss über meine eigene Dummheit lachen. Dann nehme ich die Hände wieder von meinen Augen. „Das wäre dann wohl ein ganz fettes, dreimal geltendes Kontra gewesen", lache ich.
„Aber das war eine Fehleinschätzung? Wie bist du darauf gekommen?", fragt mich Steffi mit einer hörbaren Belustigung in ihrer Stimme.
„Ach, er war auf dem Festival mit einer jungen Frau und einem Kind. Da ist das doch der erste Gedanke", rechtfertige ich meine Blödheit.
„Ja", lacht Steffi laut. „Und dass du mit Diana dort warst, hieß dann wohl für andere, dass ihr ein lesbisches Paar wart oder was?"
„Haha!", lache ich sie an.
„Gut", winkt sie ab. „Gut, das reicht, denke ich. Dir fällt doch eh nichts für die Kontra-Seite bei David ein."
„Na höchstens, dass ich ihn noch nicht so lange kenne und schwerer einschätzen kann", gebe ich zu bedenken.
„So ein Quatsch. Das kannst du ihm doch nicht als Negativeigenschaft unterjubeln."
„Überleg doch mal! Hättest du jemals gedacht, dass Chris so sein könnte, wie er eben ist?", gebe ich zu bedenken.
„Ich hatte, ehrlich gesagt, schon eine Ahnung. Also nicht so krass, aber er ist schon von Anfang an anders mit dir umgegangen als David beispielsweise. In der Öffentlichkeit war er dir gegenüber nie so liebezeigend. Eher hat er noch mit anderen Frauen geflirtet, selbst während du neben ihm standest. Hat David das bisher getan?"
„Nein", antworte ich ihr. „Aber David kämpft ja noch. Chris hatte mich von Anfang an am Haken."
„Das ist doch kein Grund", versucht sie mir zu verstehen zu geben. „Wieso verteidigst du Chris so sehr?"
„Ich weiß auch nicht", entschuldige ich mich. „Ich habe einfach Angst davor, mich zu irren. Ich habe Angst davor, dass David sich auch negativ entwickeln könnte."

„Ach, das ist doch Schwachsinn", sagt Steffi. „Entschuldige bitte, aber mein Schatz hat mich nie geschlagen, er hat mich immer gut behandelt, lacht mit mir, chillt mit mir. Er hat sich in keiner Weise negativ entwickelt. Klar streiten wir uns auch mal wegen Unstimmigkeiten. Aber das artet doch dann nicht so aus wie bei euch! Becky", sagt sie, während sie meine Hand greift, „hab keine Angst! Es sind nicht alle Männer Arschlöcher! Du kannst es nur versuchen! Chris ist ein respektloser Mann, Frauen gegenüber. Das weißt du schon. Aber David hingegen ist ganz anders. Und selbst wenn du David nicht kennengelernt hättest. Ich würde dir immer und immer wieder den Rat geben, dich zu trennen. Du bist nicht mehr du selbst! Du lachst viel weniger! Deine Augen haben ihr Leuchten verloren. Außer, du redest von David. Aber du bist in deiner Ehe definitiv unglücklich! Also kann ich dir nur den Rat geben, dich zu trennen. Ich helfe dir! Ich bin immer für dich da. Und wenn es dir doch zu früh sein sollte, dich auf etwas Neues einzulassen und mit David zusammen zu sein, dann ist das verständlich. Aber sei bitte wieder du selbst! So hast du mir am besten gefallen."
In mir entwickelt sich ein Gefühlschaos während ihrer Ansprache. *Ich bin totunglücklich. Doch bin ich, mit ihr als Freundin, der glücklichste Mensch auf der Welt?* Alles unklar sehend, frage ich sie nur noch nach der Liste. Ich brauche jetzt Struktur. Mit meinen wild gewordenen Gedanken und Gefühlen kann ich nichts anfangen.
Sie beginnt sofort, draufzuschauen und die Punkte zu zählen.
„Also gut. Das Ergebnis ist klar", sagt sie und sieht mich leicht lächelnd an.
Erwartungsvoll sehe ich sie an.
„Wir haben auf der Pro-Liste für Chris drei Punkte. Dagegen stehen acht Punkte für David. Auf der Kontra-Liste von Chris stehen 6 Negativpunkte." Steffi guckt erstaunt, als würde sie das erste

Mal auf die Liste sehen. „Auf der Kontra-Liste von David steht gar nichts. Das Ergebnis ist eindeutig, Becky."
„Ja", sage ich erstaunt. Obwohl mir das Ergebnis hätte vorher bewusst sein können. „Ja, eindeutig."
„Also, was wirst du jetzt machen?", fragt mich Steffi.
„Mich an unsere Absprache halten", antworte ich entschlossen.
Steffi springt auf und umarmt mich ganz fest.
„Ich bin so stolz auf dich! Wenn du mich brauchst, sagst du mir Bescheid! Ich werde immer für dich da sein. Egal, um welche Uhrzeit! Egal, wie! Ich bin für dich da!"
„Danke!" Mehr kann ich nicht sagen. Ich bin so glücklich, sie zu haben. Und ich bin fest entschlossen, sie nicht zu enttäuschen.

XI

Mit gutem Gefühl, neu gewonnener Stärke und dem Wissen, dass ich einfach alles drastisch in meinem Leben verändere, verlasse ich das Lokal. Es ist so gut, mich mit Steffi zu unterhalten. Danach fühle ich mich immer viel besser. Und dieses Mal fühle ich mich sogar noch viel stärker und selbstbewusster als sonst nach unseren Gesprächen.

Während ich zu meinem Auto gehe, sehe ich mich schon bei Dianas Großeltern einziehen. Ich sehe David. *Er wird ausflippen, wenn er von meinem Plan erfährt. Er wohnt in der Nachbarschaft und wir können uns so oft sehen, wie wir wollen. Ich kümmere mich in Ruhe um neue Arbeit und muss keine Angst davor haben, nicht rechtzeitig Arbeit zu finden. Dianas Großeltern sind einfach fantastisch. Sie wollen vorerst keine Miete. Wieso habe ich mich denn nicht schon vorher darauf eingelassen, wenn sie schon so entgegenkommend sind. Ach ja. Weil ich mich bei dem Gedanken unwohl gefühlt habe, ich könnte ihre Gutmütigkeit ausnutzen. Aber vielleicht sollte man es anders nennen und ihre Gutmütigkeit einfach nutzen. Ich werde sicher irgendwann etwas dafür zurückgeben können.*

Im Auto angekommen, sortieren sich meine Gedanken und Pläne weiter.

Morgen früh, wenn Chris aus dem Haus ist, werde ich meine wichtigsten Sachen packen. Er geht zur Arbeit und ich werde sagen, dass ich später gehe. Warum? Warum? War... Ja! Weil mir schlecht ist und ich abwarten möchte, bis es besser ist. Das klingt irgendwie gemein ...

Ach was soll's. Ich muss jetzt egoistisch sein! Wenn ich meine Sachen packe, während er da ist, dann wird er es mir ausreden und versprechen, dass alles wieder gut wird. Ich kenne mich. Er wird mich davon überzeugen, dann befinde ich mich im selben Karussell der Gefühle und Gedanken wie immer. Also egoistisch

sein! Gut! Als Erstes muss ich Diana ansprechen, wenn ich auf Arbeit angekommen bin, damit sie ihre Großeltern darauf vorbereiten kann. Wie packe ich am besten? Es muss schnell gehen. Kartons und große Taschen stehen im Keller. Ich schmeiße einfach alles aus dem Badezimmer in einen Karton, Klamotten, so viele ich greifen kann, in einen anderen. Die Bücher? Das sind viele. Und sie sind schwer. Die Schallplatten? Mein Auto ist definitiv zu klein. Vielleicht sollte ich mich mit Wasch- und Cremezeugs zufriedengeben. Und mit den wichtigsten Klamotten. Wichtig ist erst einmal, auszukommen für ein paar Tage. Er wird meinen Kram ja nicht gleich entsorgen. Hoffentlich! Dann kann ich den Rest später holen. Am besten, wenn er sich wieder beruhigt hat. Am allerbesten mit jemandem zusammen. David aber lieber nicht! Das könnte völlig schiefgehen. Vielleicht begleitet mich Steffies Freund, ausnahmsweise. Ach, so weit muss ich noch nicht planen. Hauptsache raus da! Und alles Weitere wird sich zeigen. Eine Scheidung muss ich ja dann auch noch durchleben. Gruselig! Aber was soll's! Ich will einfach nicht mein Leben lang unglücklich sein. Und dagegen muss ich eben etwas tun!
Ich muss David anrufen!
Es ruft.
„Hallo, meine Traumfrau!", begrüßt er mich glücklich.
„Hallo, schöner Mann!", antworte ich ebenso glücklich.
„Wie geht es dir?", fragt David.
„Gut. Sehr gut", antworte ich. „Und wie geht es dir?" Ich beiße mir auf die Lippen. Es fällt schwer, ihn auf die Folter zu spannen.
„Na ja, du fehlst mir sehr."
„Das wird sich morgen ändern."
„Versprich nicht, was du nicht halten kannst", sagt er traurig. „Die letzten Verabredungen hast du alle sausen lassen. Ich möchte nicht mehr enttäuscht werden und freue mich einfach, wenn du endlich bei mir bist."

„Ich verstehe", antworte ich schuldig. Ich fahre auf den Firmenparkplatz und parke mein Auto. Den Motor schalte ich ab, bleibe aber noch sitzen.
„Obwohl es jetzt zu spät ist", sagt er grübelnd. „Jetzt bin ich neugierig auf deine Planung zu unserem Wiedersehen."
„Dann darf ich dir davon erzählen?", frage ich aufgeregt.
„Na los! Erzähl schon!" Davids lachende Stimme steckt sofort an.
„Ich ziehe morgen zu Dianas Großeltern!"
„Ist das dein Ernst? Wie kommt es?"
„Ich habe mich einfach dafür entschieden, es jetzt durchzuziehen."
„Weiß Chris von deinen Plänen?"
„Nein", gebe ich reumütig zu. Ich höre David laut ausatmen.
„Es ist besser, nichts zu sagen. Er wird mich wieder aufhalten und dann schaffe ich es wieder nicht."
„Ja, das verstehe ich. Ist mir auch lieber, wenn du heimlich gehst. Sonst würde ich mir schreckliche Sorgen machen. Wer weiß, wie aggressiv er noch werden kann?"
„Hm. Jedenfalls packe ich morgen früh schnell die wichtigsten Sachen zusammen. Bis mein kleines Auto vollgepackt ist. Dann fahre ich zu Dianas Großeltern, packe die Sachen wieder aus und bleibe vorerst da."
„Und du bist sicher, dass Chris nichts bemerkt?"
„Ja. Er geht früh ins Büro. Ich muss kurz etwas schauspielern. Übelkeit vortäuschen wäre am plausibelsten. Aber nicht so sehr, dass er vor Sorge bei mir bleibt. So, dass ich nur etwas abwarten möchte, bis das Gröbste vorbei ist und ich mich in der Lage fühle zu arbeiten."
„Klingt nach einem sauberen Plan. Du weißt aber schon, dass du ein sehr schlechter Lügner bist?"
„Mach dir keine Sorgen! Ich schaffe das!"
„Okay, Süße! Ich vertraue dir und werde mich mühen, mir weniger Sorgen zu machen."

Ich muss kurz lachen. „Du bist so süß", schwärme ich.
„Ich? Du bist süß! Und ich freue mich auf unsere gemeinsame Zukunft."
„Ich freue mich auch auf unsere gemeinsame Zukunft! Ich liebe dich, David."
„Ich liebe dich auch, meine Traumfrau."
„Ähm. Ich stehe vor dem Büro und sollte langsam reingehen."
„Ja, mach das. Bis morgen!", sagt er freudig.
„Bis morgen!", entgegne ich aufgeregt.
Mit einem breiten Grinsen im Gesicht lege ich auf und entschließe mich, aus dem Auto zu steigen.

Die warmen Strahlen der Morgensonne berühren mein Gesicht. Ich genieße diesen Augenblick. Dann beginnt es in meinem Bauch zu kribbeln. Die Gedanken kreisen. *Ich habe Diana über meine Pläne informiert. Diana hat ihre Großeltern über meine Pläne informiert. Jetzt muss ich es durchziehen.*
Langsam drehe ich meinen Kopf zur anderen Bettseite. Chris sieht mich lächelnd an. Den kurzen Augenblick des Erschreckens vor seinem Blick kann ich hoffentlich gut verbergen.
„Guten Morgen, meine Frau." Er kommt näher und küsst meinen Mund.
„Guten Morgen." Ich versuche zu lächeln. Es scheint mir zu gelingen.
Chris verlässt das Bett. *Mist! Mir sollte doch schlecht sein! Egal! Mir kann ja gleich noch schlecht werden.*
Er geht zur Tür und dreht sich kurzentschlossen mir zu. „Ich bereite das Frühstück zu", sagt er lächelnd.
„Oh, das ist lieb. Ich weiß nur nicht, ob ich etwas essen kann", entgegne ich ihm.
Er sieht mich besorgt an. Schnell kommt er zu mir und legt seine Hand auf meine Stirn. „Was hast du denn? Fieber jedenfalls nicht", stellt er fest.

„Ich habe keinen Appetit und mir ist irgendwie schlecht. Na mal sehen, vielleicht geht es gleich wieder." *Mann, bin ich eine gute Lügnerin ...*
Ein schlechtes Gewissen versucht sich in mich einzuschleichen. Doch ich dränge es nach hinten, wo es hingehört.
„Dann mache ich trotzdem Frühstück. Und wenn du doch magst, kannst du ja noch etwas essen. Ich koche dir einen Pfefferminztee, ja?"
Scheiße, wieso ist er ausgerechnet heute so verdammt lieb?
„Ja, okay. Ich komme gleich nach."
„Lass dir Zeit. Ich gehe als Erster duschen und dann bereite ich das Frühstück zu."
Er gibt mir einen Kuss auf die Stirn und verlässt dann das Schlafzimmer.
Fuck! Fuck! Fuck! Es wäre leichter, wenn er heute ein Arsch wäre. Ist er doch sonst so oft! Ich bleibe stark und ziehe es durch! Jetzt wissen alle Bescheid, die involviert sein müssen. Wie peinlich wäre es, wenn ich jetzt kneifen würde ...

Nach einer Weile der Selbstmotivation erhebe ich mich aus dem kuscheligen Bett.
Ich ziehe meinen Morgenmantel drüber und gehe zur Terrasse. Chris hat tatsächlich Frühstück gemacht, eine Kanne Tee gekocht und eine rote Rose auf den Tisch gestellt.
Au Mann! Gleich wird mir wirklich schlecht! Verdammt noch mal! Aber da muss ich jetzt durch ...
„Geht es dir etwas besser?", fragt Chris besorgt.
„Irgendwie nicht. Ich trinke erst Tee. Vielleicht kann ich danach etwas essen."
Wenigstens kann ich ausnahmsweise relativ gut lügen ...
„Hm. Das ist ja schade." Er sieht mich enttäuscht an.

„Ach was. Falls es nicht sofort besser wird, komme ich einfach später ins Büro. Ich kann ja mal schauen, ob wir noch eine Tablette gegen Übelkeit haben oder so."
„Ja, haben wir. Aber um die Arbeit ging es mir jetzt nicht."
Verwirrt sehe ich ihn an. In mir stößt ein unbehagliches Gefühl auf.
„Um was denn sonst?", frage ich kleinlaut.
„Ich habe eine kleine Überraschung."
Meine Augen weiten sich unaufhaltsam.
„Ach, ja?", frage ich verunsichert.
Chris lächelt. „Ich weiß, dass es bei uns schon eine Weile ziemlich schlecht läuft. Und ich möchte dir ein besserer Mann sein. Jetzt hatte ich die Idee, dass ich dich unbedingt mal überraschen muss. Und es muss etwas Besonderes sein!"
„Etwas Besonderes?", frage ich weiterhin unsicher.
„Ja." Chris lächelt, als hätte er die Idee unter den Ideen. „Ich habe uns ein paar Tage Urlaub gegeben."
Entgeistert sehe ich ihn an. „Wie bitte?"
„Hey!", sagt er verwirrt. „Ich dachte, du würdest dich freuen?"
„Ja, ich freue mich auch. Aber, aber das Büro. Ich meine. Ähm. Ich habe Termine in deinem Kalender und, und es gibt so viel zu tun."
Chris legt seine Hand auf meine. Er lacht. „Mach dir keine Gedanken darüber. Ich habe schon vor ein paar Tagen mit Thomas gesprochen. Wir behandeln die zwei Wochen einfach so, als würden wir beide aus gesundheitlichen Gründen ausfallen."
„Und das findet er gut?", frage ich unsicher.
„Na ja, ich habe ihm schon von unserer, ich nenne es mal Ehekrise erzählt. Und er hat vollstes Verständnis dafür. Francesca ist ab nächster Woche auch wieder anwesend. Sonst hätte er es sich noch anders überlegen können, aber so." Er zuckt mit den Schultern. „So ist das doch alles kein Problem. Außerdem kann der Fall jederzeit eintreffen, dass wir mal gleichzeitig krank sind."

Mein ganzer Körper ist verkrampft. *Ich fasse es nicht! Wieso jetzt? Wieso immer ich? David verlässt mich ganz sicher. Fuck! Und Diana! Wie soll ich das Dilemma Diana erklären? Und ihre Großeltern.* Sie werden mich für völlig verblödet und noch dazu völlig unzuverlässig halten!
Mit einem sorgevollen „Hey!" reißt mich Chris aus meiner Gedankenwelt. Ich sehe ihn mit einem verzweifelten Blick an.
„Was ist mit dir?", fragt er irritiert.
„Nichts. Ich bin nur überrascht."
„Aber du magst doch spontane Ideen und Überraschungen. Oder magst du das jetzt auch nicht mehr?"
„Wieso auch?"
„Na ja, Sex scheinst du ja auch nicht mehr so zu mögen."
Ach, der nervt ...
„Das stimmt nicht", entgegne ich bestimmt. „Nach allem, was zwischen uns so vorgefallen ist, kann man mir diese Flaute wohl kaum verdenken."
„Hast ja recht. Vielleicht wird es in diesem Urlaub besser. Wir haben zwei Wochen nur für uns. Keine Störfaktoren. Keine schlechte Laune. Lass uns die Zeit genießen. Und vielleicht verlieben wir uns wieder mehr ineinander."
„Ich glaube nicht daran, dass wir zwei Wochen am Stück glücklich verbringen können. Das haben wir zu unseren besten Zeiten vielleicht mal gerade so geschafft."
„Das stimmt doch gar nicht", sagt Chris entrüstet.
Ich sehe ihn nur bestätigend an, um Streit zu vermeiden. Dafür habe ich keine Kraft mehr.
Chris rutscht näher an mich heran. Er legt seinen Arm um mich und sieht in meine Augen. Es fällt mir schwer, seinem Blick standzuhalten. Die Unsicherheit ist so groß, dass ich immer wieder wegsehen will. Er küsst mich.
„Lass uns gemeinsam ein paar schöne Tage verbringen."
Ich nicke und versuche zu lächeln ...

Chris nimmt mir die Tasche ab. Er legt sie im Kofferraum seines Wagens ab. Ich setze mich auf die Beifahrerseite des Wagens. Vor mich hinstarrend, kann ich noch immer nicht fassen, was ich da gerade mache.
Chris steigt in den Wagen. Er nimmt meine Hand und gibt mir einen Kuss.
Wir fahren los.
„Wie kommt es, dass wir Freitag losfahren? Ist doch ein ungewöhnlicher Anreisetag, oder?", frage ich Chris.
„Ach, wieso? Ich wollte die Woche etwas verkürzen. Donnerstag wäre mir sogar lieber gewesen, aber der Gerichtstermin in dem Streitfall Klausen gegen Richter war sehr wichtig. Den konnte ich nicht verschieben. Alles andere in den nächsten zwei Wochen ist Kleinkram. Dagegen bist du mir wichtiger."
„Und wie bist du eigentlich darauf gekommen, zwar an die Ostsee zu fahren, aber dieses Mal einen andren Ort zu wählen?", frage ich weiter.
„Ach, ich habe mal im Internet rumgeschaut, was es noch an der Ostsee gibt. Wir müssen nicht immer an die gleiche Stelle fahren. Vielleicht ist es gut, mal etwas Neues zu probieren. Diese Stadt wird als sehr schön beschrieben, besonders die Altstadt. Viele der alten Fassaden sollen wieder restauriert sein. Es soll dort auch schöne Häfen geben. Einen Strand gibt es dafür wohl nicht, aber falls wir an einen Strand wollen, können wir ein Stück mit dem Auto fahren." Chris sieht kurz zu mir rüber. „Das werden bestimmt schöne Tage."
Ich nicke, obwohl ich voller Sorgen bin.
Verträumt sehe ich aus dem Fenster. Zwischen den grünen moosbewachsenen Boden und die gemischten Bäume drängen sich immer wieder Bilder. Bilder der Erinnerungen. Ich sehe David. Ich spüre seine Lippen, wenn er mich küsst. In mir beginnt es zu kribbeln. Abwechselnd erfreue ich mich am satten Grün und dann wieder an den Erinnerungen.

Ich muss Diana noch schreiben. Und David. Oh je! Er wird sehr enttäuscht sein ...
Ich nehme mein Handy zur Hand und schreibe erst Diana. Das ist erst einmal einfacher.

Hallo Diana! Ich habe schlechte Nachrichten. Chris hat einen Ausflug geplant. Ausgerechnet heute. *verzweifeltes Emojie* Wusste nicht, was ich machen soll. Jetzt sind wir auf dem Weg zur Ostsee. Geplant ist, dass wir die nächsten zwei Wochen dort verbringen. *trauriges Emojie*

Bitte sei nicht wütend! Bitte nicht ...

„Mit wem schreibst du denn schon wieder?", fragt Chris genervt.
„Mit Diana", antworte ich kurz.
„Was schreibst du denn schon wieder mit Diana. Sie ist doch nur eine Kollegin", entgegnet er genervt.
„Sie ist mehr als eine Kollegin. Sie ist eine gute Freundin geworden", sage ich ihm bestimmt.
Er verdreht die Augen. Der Grund seiner Reaktion ist mir schleierhaft.

Dann schreibe ich David lieber später ...

Wieder schaue ich aus dem Fenster und suche nach Ablenkung. Schnell wird mir klar, dass ich an nichts anderes denken kann als an David. Die Gedanken wechseln ständig zwischen wunderschönen Erinnerungen an seine Berührungen, seinen Geruch und den eventuellen Reaktionen seinerseits auf meine noch bevorstehende Nachricht.
Wieso habe ich nur solche Angst vor der Trennung?
Mein Handy vibriert. *Antwort von Diana.*
Ich versuche, mir meine Unsicherheit nicht anmerken zu lassen. Doch Chris sieht ständig skeptisch zu mir rüber.

Das ist jetzt nicht Dein Ernst? *verzweifeltes Emojie*

Leider ja. Was hätte ich denn tun sollen? Ich wollte gehen, wenn Chris nicht da ist. Und dann das? Ich schaffe das nicht alleine ... *trauriges Emojie*

Dianas Antwort lässt nicht lange auf sich warten ...

Dann ist Dir nicht zu helfen ... Schade!

Sie ist sauer.

Wie soll ich das meinen Großeltern erklären? Sie haben alles für Dich vorbereitet.

Was denn vorbereitet?

Betten bezogen. Sie waren extra für dich einkaufen. Sie haben Dir sogar Blumen auf den Tisch gestellt ...

Jetzt fühle ich mich richtig schlecht ... Verdammt!

Es tut mir so unendlich leid! Was hätte ich denn machen sollen? Vielleicht ist mir wirklich nicht mehr zu helfen ...

Ich schalte mein Handy aus, denn ich will mit niemandem mehr reden. Mir reicht es ...
Chris scheint das zu gefallen, doch lasse ich seine hochgezogenen Mundwinkel unkommentiert. Mir ist weder nach Konversation mit ihm noch mit irgendjemand anderem zumute ...

Im Hotel angekommen, packen wir unsere Sachen aus. Bei jedem Aneinander-Vorbeilaufen berührt Chris meine Brust oder grabscht zwischen meine Schenkel.
Aus sich unendlich viel anfühlenden Gründen empfinde ich diese Berührungen als sehr unangenehm. Sei es, weil ich gerade ganz

andere, ganz große Sorgen habe, oder weil ich dieses unsensible tollpatschige Betatsche als eher abwertend empfinde. Jedenfalls fühle ich mich angewidert und hoffe, dass er das schnell sein lässt. Aber er betatscht mich wieder und wieder.
„Was ist denn mit dir los?", fragt er enttäuscht.
Ich überlege kurz, wie ich ihm meine Empfindungen so schonend wie nur möglich erklären kann. „Du willst mich wohl nicht mehr? Ich dachte, wir machen es uns hier mal schön und konzentrieren uns nur auf uns?" Während er fragt, lässt er nicht von mir ab.
Ich versuche, mich geschmeidig wie eine Katze aus der Situation zu winden.
„Doch, natürlich mag ich dich", entschuldige ich mich. „Aber ich würde gerne erst ankommen. Außerdem", gebe ich kleinlaut zu verstehen, „mag ich die Art der Berührungen nicht so."
Mit einem wütenden Blick sieht er mich an. „Ach! Jetzt darf ich dich auch nicht mehr anfassen?"
Kraftlos lasse ich meine Schultern fallen. „Doch! Aber vielleicht küssen wir uns erst. Oder berühren uns zärtlich. Nicht nur da."
Er winkt ab und zieht sich die Straßenschuhe an.
„Wo willst du hin?", frage ich verwirrt.
„Na, die Stadt ansehen. Oder soll ich hier warten, bis du endlich mal Lust auf mich hast?"
„Hey! Das ist nicht fair. Wir sind doch gerade angekommen. Ich habe dir doch nur erklären wollen, wie sich Lust bei mir entwickeln kann", entschuldige ich mich weiter.
Er kommt schnellen Schrittes auf mich zu und küsst mich. Er setzt seine Zunge ein. Doch leider fühlt es sich für mich an, als würde mich ein kleiner unbedarfter Junge küssen, der nicht weiß, was er mit der Zunge in meinem Mund nun anstellen soll. Ich kneife meine Augen zu und hoffe, dass es schnell vorbeigeht. Doch bleibt er hartnäckig.
Ich kann das gerade nicht ertragen und stoße ihn vorsichtig von mir weg.

Er sieht mich enttäuscht an und geht wieder zur Tür.
Traurig folge ich ihm und schlüpfe in meine Schuhe ...

Hand in Hand laufen wir durch die Stadt.
„Wow", sage ich. „Die Stadt ist wunderschön." Ich lächle Chris an. Doch sein Gesicht sieht steinern aus. Ich drücke leicht mit meiner Hand seine und sehe ihn fröhlich an. „Die alten Fassaden sind wirklich wunderschön. Findest du nicht auch?"
„Doch, doch", sagt er nur.
Ich beiße mir auf die Lippe und entschließe mich dazu, nichts mehr zu sagen. Einfach den Moment für mich genießen. Mittlerweile sind mir die Momente zu schade, in denen man sich aufregt. Niemand kann mir die Zeit wiedergeben, die ich mit Weinen verschwendet habe.
Wir gehen weiter, ohne miteinander zu reden.
Auf dem Boden unter dem Wassertor entdecken wir eine Platte mit einem Bild von Nosferatu. Chris starrt auf das Bild. „Kennst du Nosferatu?", fragt er nach einer ewigen Schweigedauer. Ich sehe ihn an. Er mich nicht. „Nein, noch nie gehört", antworte ich überlegend.
„Du kennst den Klassiker Nosferatu nicht?" Jetzt sieht er mich an. Allerdings mit einem Blick, den ich lieber nicht wahrgenommen hätte.
„Ich kann ja nicht alles kennen", entschuldige ich mich. „Ist das ein Film?", frage ich interessiert.
„Kannst dich im Internet darüber belesen." Das ist alles, was er dazu sagt, und sieht zur Fußgängerampel. Grün.
Ich habe Mühe, mit ihm Schritt zu halten, während wir auf die andere Straßenseite laufen. Ich entscheide mich mal wieder, nichts mehr zu sagen, bis mich jemand auffordert. Soll er doch schlechte Laune haben. Ich steige nicht auf diesen Zug.
Auf dem Wasser sind einige Boote, auf denen man Fischbrötchen kaufen kann. Die Möwen beobachten das Geschehen genau. Ich

muss in mich hineinlachen, als ich sie beobachte. Wie sie auf die essenden Menschen fixiert sind. Ohne Angst. Nur das Ziel, den Fisch, im Auge.
Chris geht stur an allem vorbei. Wir laufen weiter, immer am Wasser entlang. Wir sehen uns die Boote und Schiffe an. Ein großes Segelschiff aus Holz fasziniert mich. Es ist traumhaft schön. Ich bleibe davor stehen und fotografiere jede kleine Stelle mit meinem Gedächtnis. Aufgeregt rüttle ich am Arm von Chris. „Schau doch mal hin! Das ist so wunderwunderschön!"
Er dreht sich widerwillig zum Schiff und sagt: „Hast recht."
Ich will es nicht, aber in mir kocht langsam eine Wut hoch. Allerdings versuche ich, ruhig zu bleiben. „Chris. Ich denke, wir wollen uns ein paar schöne Tage machen?", frage ich ihn mit niedlicher Stimme.
„Ja und?", fragt er ausdruckslos.
„Na ja, wenn du schlecht gelaunt bist, fällt es mir schwer, die Zeit mit dir zu genießen", antworte ich vorsichtig.
„Du musst die Zeit nicht mit mir verbringen. Du kannst auch zum Bahnhof gehen und zurückfahren."
Ich könnte aus der Haut fahren! Was bildet der sich eigentlich ein! Am liebsten würde ich ihm sagen, was ich heute geplant hatte. Und dennoch versuche, seinem Wunsch zu entsprechen und wieder zu versuchen, dass irgendwas zwischen uns funktioniert.
„Was soll das?", frage ich ihn ungehalten. „Wieso kannst du dir keine Mühe geben? Die Zeit einfach genießen? Die Sonne scheint, es ist super schön hier! Warum hast du solche schlechte Laune? Wir fahren hierher und dann das? Erkläre es mir bitte."
„Maaan, jetzt nerv doch nicht schon wieder!" Er klingt, als würde ich ihm den letzten Nerv rauben. „Ich wollte mit dir ein paar schöne Tage machen. Jetzt sind wir doch hier. Was willst du denn noch?"

„Ich will, dass wir zusammen lachen und uns am Leben freuen. Sonst hätte ich auch in unserer Heimat bleiben können", antworte ich ihm wütend.
„Was bist du denn immer so genervt?", fragt er plötzlich mitleidig. „Dir tut doch keiner was."
Ist das sein Ernst? Echt jetzt?
Ich sehe ihn entrüstet an. Er sieht mich an, als wäre ich ein armes kleines Hündchen, welches den ganzen Tag aus Angst bellt.
„Sei doch nicht immer so nervös", sagt er mir. Doch ich könnte gerade wegen dieser Stimmungswechsel völlig ausflippen.
Sind das Psychospielchen? Will er mich irre machen? Der ist doch nicht echt so drauf, oder?
„Willst du mich gerade verarschen? Du warst doch die ganze Zeit schlecht drauf. Hast nicht einmal gelacht, geschweige denn gelächelt. Und jetzt drehst du den Spieß so rum?"
Er spricht leise und gediegen weiter. „Jetzt bleib doch ruhig. Komm, wir setzen uns zu dem Italiener hier vorne und trinken etwas. Ich kaufe dir auch ein Eis, wenn dich das glücklich macht."
Ich bekomme kein Wort heraus. Chris lächelt, als wäre es nie anders gewesen.
„Super", sage ich leise.
„Was hast du denn nur?", fragt er mich, wie ein Vater seine Tochter fragt.
„Ich kann nicht glauben, dass du den ganzen Tag böse guckst. Doch dann, wenn ich traurig oder wütend bin, lachst du."
„Ach, das stimmt doch nicht. Das ist doch deine Wahrnehmung. Es ist doch alles schön. Komm", sagt er während er mich zum Italiener geleitet, „jetzt beruhige dich, genieße die Sonne und unsere Zweisamkeit."
Ich sage nichts mehr dazu. In mir brodelt und kocht es. Ich habe jedoch mittlerweile gelernt, dass es nichts bringt, sich weiter aufzuregen. Ich lasse ihn einfach und versuche, mich wieder runterzufahren. Das ist schwer. Denn ich bin innerlich total aufgebracht.

Ich verstehe diesen Mann einfach nicht. Ich ärgere mich nun noch viel mehr darüber, dass ich heute Morgen nicht gegangen bin. Nachdem ich die Getränke- und Eiskarte studiert habe, ziehe ich mein Handy aus meiner Handtasche und schalte es wieder ein. Wie sollte es auch anders sein ...

Zwei Nachrichten von Diana. Drei Nachrichten von David.

Ach Becky, dann bleib doch in dieser verkackten Beziehung. Ich halte mich da lieber raus. Da kann Dir keiner helfen ...

*Ich habe meinen Großeltern gesagt, was passiert ist. Sie verstehen Dich. Dass es schwer ist, sich zu lösen. Aber sie hoffen, dass Du es Dir überlegst und Deinen Weg findest. Entschuldige, ich wollte vorhin nicht so hart zu Dir sein. Ich bin nur traurig und in Sorge, dass Du Dich nicht lösen kannst. Obwohl Du weißt, dass wir für Dich da sind. Und das werden wir immer sein. *Rose* Ich drück Dich, Deine Diana *Rose**

Ich antworte ihr, bevor ich die Nachrichten von David öffne.

Mach Dir keine Sorgen. Alles wird gut. Und solange ich Freunde habe, geht es mir auch gut.
*Nur bitte lasst mich nicht allein. Ich werde ihn verlassen. Bei der nächsten sich bietenden Gelegenheit. Hab Dich lieb. *Kuss**

Puuuhhh, dann öffne ich mal Davids Nachrichten ...

*Hallo, meine Liebe! Ich hoffe sehr, dass wir uns heute sehen. Wenn du Hilfe mit Deinen Sachen benötigst, lass es mich wissen. Ich bin für Dich da! Liebe Dich! *Herz**

*Ach, entschuldige, ich freue mich nur sooo sehr auf Dich! Endlich ziehst Du es durch und gehst einen Schritt in unsere Richtung. *Herz* *Kuss* *Herz**

Ich will Dich wirklich nicht nerven, aber kannst Du mir wenigstens eine ganz klitzekleine Nachricht schicken? Mache mir Sorgen um Dich. *Rose*

Oh je! Der Arme! Wie soll ich ihm das denn jetzt begreiflich machen? Ich bin so dumm! Wieso bekomme ich die Trennung einfach nicht hin? Wieso habe ich solche Angst vor seinen Reaktionen? Oder habe ich nach wie vor eher Angst vor falschen Entscheidungen? Eigentlich ist es doch klar! Chris ist ständig genervt und schlecht gelaunt, redet mit mir in einer Art, die mir überhaupt nicht gefällt ... die Liste. Ich brauche im Kopf nicht wieder alles aufzuzählen. Die Liste zeigt ein klares Ergebnis. Dann kann es nur Angst sein. Ich hatte mich doch schon entschieden ...
Mal wieder drehen sich in meinem Kopf die Gedanken, als säßen sie in einem wilden Karussell.
Doch ich nehme jetzt all meinen Mut zusammen und schreibe David. Ich kann ihn unmöglich länger warten lassen ...

Mein Traump... löschen.

Hallo David, ich ... löschen

Hey, entschuldige, dass Du so lange auf Antwort warten musstest. Es tut mir so leid, aber ich kann heute nicht zu Dir kommen.

Ich weiß nicht, warum es immer so dumm laufen ... löschen

Chris ist heute nicht auf Arbeit gefahren. Er hat für uns einen Überraschungsurlaub geplant. Bitte verzeih mir! Ich weiß nicht, was ich machen soll ...

Ich lege das Handy auf den Tisch und warte auf Antwort.
Nebenbei versuche ich, mit Beobachten der Menschen um mich herum Ablenkung zu finden. Doch beginne ich immer und immer

wieder zu träumen. Ich sehe David. Wie er vor mir steht und mich traurig ansieht. Im Augenwinkel sehe ich, dass Chris mich immer wieder skeptisch anschaut. Doch ich gehe nicht auf seine Blicke ein. Ich bin tieftraurig darüber, dass ich David so schrecklich vermisse und dennoch hier sitze, um meine Ehe zu retten. Wobei mir vorhin wieder klargemacht wurde, dass es nichts zu retten gibt. Diese Ehe ist gescheitert. Er macht mich wahnsinnig und ich scheine auch nicht gut für ihn zu sein. Warum sonst sollte er ständig schlecht drauf sein, wenn wir gemeinsam unterwegs sind? Warum sonst hat er schon des Öfteren zugeschlagen? Wenn ich ihm eine gute Frau gewesen wäre, hätte er sich im Griff gehabt. Ich müsste einfach ruhig bleiben, wenn er mich mental angreift. Aber das bin ich nicht. Ich will mich nicht mehr unterwerfen. Ich hasse dieses Gefühl. Dieses ‚sich klein fühlen', ‚sich nicht gut genug fühlen', ‚sich nicht schlau genug fühlen', ‚sich nicht auf gleicher Augenhöhe begegnend fühlen'. Ich hasse es. Nie mache ich etwas für ihn richtig gut. Nie sieht er mich an, wie mich David ansieht. Nie habe ich das Gefühl, seine über alles geliebte Ehefrau zu sein. Und bei David habe ich bereits jetzt das Gefühl, alles für ihn zu sein.
Unwillkürlich stelle ich meine Ellenbogen auf den Tisch und lege meinen Kopf in meinen Händen ab. *Ich bin so dumm und feige ...*

Ich sehe auf mein Handy. Es gibt jedoch keine neuen Nachrichten. Unruhig beginne ich, mit den Füßen zu zappeln.

Chris kommt aus dem Lokal zu mir. Verwundert sehe ich ihn an. Mir ist nicht aufgefallen, dass er reingegangen ist.
„Schön, dass du deinen Kaffee so genüsslich getrunken hast", sagt er sarkastisch.
„Oh!" Ich starre auf die Tasse. Schnell greife ich nach ihr und trinke einen großen Schluck. *Ist schon kalt ...*
„Warum setzt du dich nicht wieder?", frage ich ihn verwundert.

„Weil wir jetzt gehen", antwortet er ernst.
„Aber ...", will ich sagen.
„Hab schon bezahlt. Komm!"
Ich greife nach meiner Tasche und wir gehen weiter ...

Es ist bereits Nacht. Wir sind schon am Schlafen. Zumindest schnarcht Chris und ich liege mit offenen Augen zur Zimmerdecke gerichtet daneben. Von David gab es bisher keine Nachricht. Alle paar Minuten schaue ich auf mein Handy und lege es enttäuscht wieder auf das Nachtschränkchen.
Bereits seit Monaten wuseln meine Gedanken irre in meinem Kopf herum. Zwischen schmerzhaften Erinnerungen und den schönsten Momenten meines Lebens. Zwischen Hass und Liebe. Zwischen ekelerregenden Erfahrungen und dem leidenschaftlichsten Sex, den ich je hatte. Meine Gefühle sind schrecklich durchwachsen. Ich weiß nicht, ob ich glücklich oder traurig bin. Durch David und gute Freunde gibt es so viel Grund zum Glücklich-Sein. Aber durch die erniedrigenden Erfahrungen fühle ich mich so winzig und wertlos. *Wie kann sich dieser ekelhafte Anwalt nur nehmen, was er braucht? Wäre ich eine starke, selbstbewusste Frau, hätte er sich das niemals gewagt. Dazu das Verhalten von Chris mir gegenüber. Wäre ich eine gute, wertvolle Frau, hätte er nie die Hand über mich erhoben. Ich bin eine schlechte Ehefrau. Und eine schlechte Freundin bin ich noch dazu!*
Das Display meines Handys leuchtet kurz auf. Schnell greife ich danach. *David!*
Es fehlt nicht viel, um seinen Namen zu schreien. Aber ich kann mich gerade noch so beherrschen.

Liebe Becky,
ich verstehe die Schwierigkeiten, in denen Du steckst. Sich von einer Ehe zu lösen, ist nicht leicht. Es ist sicher sehr schwer, denn immerhin hat man ein Versprechen fürs Leben gegeben.

Es macht mich traurig, dass Dein Mann sein Versprechen nicht hält. Das Versprechen, das sich Eheleute geben, welches besagt, sich auf gleicher Augenhöhe zu begegnen. Welches besagt, sich zu lieben und zu ehren, in guten wie in schlechten Zeiten. Dieses Versprechen hat er nie gehalten. Dennoch kannst Du Dich nicht lösen. Ich hege keinen Groll gegen Dich. Du bist eine wunderbare Frau. Und hätte ich die Ehre gehabt, Dir ein Leben voller Liebe und Geborgenheit versprechen zu können, wäre ich der glücklichste Mann auf Erden geworden.
Aber mir wird mehr und mehr bewusst, dass dieser Kampf um uns nie enden wird. Dein schlechtes Gewissen gegenüber Deinem gegebenen Versprechen ist so groß, dass Du Dich niemals lösen kannst. Ich weiß, dass Du Dich in mich verliebt hast. Und ich liebe Dich. Doch der einzige Weg, um Dir Ruhe zu gönnen und auch in meinem Leben wieder mehr Normalität einkehren zu lassen, ist der des Vergessens. Das wird der schwierigste Weg in meinem Leben. Doch muss ich diesen gehen. Für Dich und für mich.
Falls Du es wider Erwarten doch noch schaffen solltest, Dich von ihm zu trennen, kannst Du Dich sehr gerne wieder melden. Bis dahin möchte ich nichts mehr von Dir lesen oder hören. Es schmerzt zu sehr, immer wieder enttäuscht zu werden. Sollte er Dich jemals wieder grob anfassen oder Dich verletzen, sag es mir. Ich werde Dir helfen. Aber ich möchte nicht mehr auf ein Leben warten, das nie einzutreffen scheint …
David *Rose*

Ich drücke das Handy gegen meine Brust. Tränen strömen aus meinen Augen und laufen mir die Schläfen herunter. Mein Atem wird lauter und ich weine ungehalten.

„Sag mal, spinnst du jetzt? Geh auf die Couch, wenn du nicht schlafen kannst", grummelt Chris.

Wie in Trance gehorche ich ihm, verlasse das Schlafzimmer und gehe zur Couch. Fassungslos sitze ich da. Das Gefühl, dass sich der Boden unter meinen Füßen auflöst, macht sich breit. Ich höre Chris laut schnarchen. Und ich bin so unendlich wütend, dass er schlafen kann. Es macht mich so rasend, dass er nicht für mich da ist. Er weiß nicht mal, um was es geht. Er interessiert sich kein Stück für mich.
Unwillkürlich erhebe ich mich von der Couch und gehe zum Badezimmer. Ohne darüber nachzudenken, was ich eigentlich vorhabe, greife ich nach meinem Bademantel und ziehe ihn über meinen Pyjama. Ich verlasse das Appartement. Alles um mich herum ist mir egal. Ob mich jemand sehen könnte, interessiert mich nicht. Dass es mitten in der Nacht und dunkel ist, interessiert mich nicht. Ohne klare Gedanken laufe ich durch das Wassertor. Nicht mal in dem Moment, als ich Nosferatu auf dem Boden sehe, bekomme ich ein Gefühl von Angst. Völlig gefühllos gehe ich weiter. Ohne ein Ziel. *Wieso solle sich auch jemand für mich interessieren? Ich bin wertlos ...*

Ich laufe auf einen alten Speicher zu. Ein Bauzaun trennt mich von dem Grundstück, auf dem er steht. Gedankenlos löse ich den Zaun von seiner Verankerung am Boden und lasse mir eine kleine Lücke, um näher an den Speicher heranzukommen. Er ist riesig, gewaltig und fasziniert mich. Ich laufe um ihn herum und finde die Eingangstür. Ich rüttle an ihr, doch lässt sie sich nicht öffnen. Schlösser knacken kann ich nicht. *Unbrauchbar eben!* Allerdings sehe ich auch ein, dass dieses Schloss selbst für Profis nicht zu knacken ist. Der Drang, in dieses erschlagend große Gebäude hineinzukommen, wird größer und größer.
Ich laufe von der Tür weg, um die Ecke des Speichers. Die Fenster sind nur mit Gaze bedeckt. Kein Glas oder ein sonstiger schwer zu durchbrechender Stoff. Es sieht sehr einfach aus, da durchzuklettern. Nur die Höhe zum ersten Fenster ist nicht zu

überwinden. Ich versuche, mich an dem Gebäude hochzuziehen. Doch das gelingt mir nicht. Nach ein paar Versuchen gebe ich schließlich auf. Ich gehe weiter um das Gebäude herum, um es zu betrachten. Als ich es einmal umrundet habe, entschließe ich mich zum Gehen. Der daneben stehende alte Speicher ist durch eine Baustelle von mir getrennt. Langsam wird mir bewusst, dass ich im Schlafanzug und Bademantel mitten in der Nacht, alleine in einer mir fremden Stadt, herumlaufe. *Was ist nur in mich gefahren? Ich sollte gehen ...*
Doch dann entdecke ich auf der Baustelle eine Leiter. Und mein gerade klarwerdender Kopf schaltet sich wieder ab. Blindlings laufe ich auf die Baustelle und schleppe die Leiter von ihr fort. Erfreut stelle ich fest, dass wir beide durch die Lücke des Bauzaunes am großen alten Speicher passen. Schnell gehe ich zum hohen Fenster. Ich lege die Leiter an die Hauswand an. Ein kleines Stück unter dem Fenster endet sie. Könnte, von hier unten aus gesehen, eine Armlänge sein. So entscheide ich mich, es zu versuchen. Ohne Vorsicht steige ich die Leiter hinauf. Oben angekommen, strecke ich meine Arme zum Fenster aus. Ich ziehe mich am unteren Rand des Fensters nach oben und falle im Speicher auf den Boden. Es ist dunkel. Aus meiner Bademanteltasche ziehe ich mein Handy heraus. Ich schalte die Taschenlampenfunktion ein. Dann entdecke ich eine offen stehende robuste Stahltür. Dahinter befinden sich nach oben oder wahlweise unten führende Treppen. Ich leuchte mir den Weg und gehe die Treppen hinauf. Auf einer Etage, leider weiß ich selbst nicht, wie weit ich gekommen bin, sehe ich alte große Strom- oder Sicherungskästen. Ich bin für einen Moment fasziniert, doch treibt es mich dann weiter nach oben.
Die Treppe endet in einem großen dunklen Raum. Ich richte meine Handytaschenlampe auf die mir gegenüberliegende Seite des Raumes, zu den Fenstern. Mit wenig Vorsicht gehe ich auf das erste von links ausgehende Fenster zu. Ich sehe nach draußen. Ich bin ganz oben angekommen. Nach einem tiefen Seufzer klettere

ich aus dem Fenster, auf das davor liegende Flachdach. Es ist ein paar Meter breit. Ich stelle mich hin und sehe auf der rechten Seite, dass es noch eine schmalere Etage nach oben geht. Allerdings sind die Fenster und das Stück auf das oberste Dach für meine Kletterkünste zu hoch. Ich gebe mich mit der Etage zufrieden und drehe mein Augenmerk auf die Stadt. Um ein Uhr morgens ist sie nicht mehr so gut beleuchtet. Aber die großen gewaltigen Kirchen kann ich von hier aus dennoch sehen. Ich setze mich und genieße den Anblick auf diese wunderschöne Stadt. Doch drängen sich immer wieder beunruhigende Gedanken in meinen Kopf. Ich sehe David. Meine Augen werden nass und schließlich muss ich weinen. Ich verstehe mich nicht. Warum ich unfähig bin, Entscheidungen zu treffen. Warum ich unfähig bin, einfach einen Weg zu gehen, der augenscheinlich der bessere ist. Dann sehe ich die Blicke. Die Blicke, die Chris mir zuwirft, wenn ich mal wieder nicht seinen Erwartungen entspreche. Ich sehe, wie er seine Hand gegen mich erhebt, mich bespuckt, mich beschimpft ... Es tut so weh! Als wäre das nicht genug, zeigt mir mein inneres Auge Frank Willert. Wie er mich berührt hat. Mir läuft ein Schauder durch meinen Körper. Doch kann ich die Bilder nicht abschütteln. Ich spüre förmlich, wie er seinen Penis in mich gleiten ließ. Dieser Ekel, der so unbeschreiblich groß ist, macht sich wieder in mir breit. Ich weine fürchterlich. Ich weiß nicht, wie ich das je vergessen kann. Ich weiß nicht, wie ich die Schläge jemals vergessen kann. Ich weiß nicht, wie ich mich jemals wertvoll fühlen kann. Ich bin nichts. Ein Fußabtreter. Jeder nimmt sich von mir, was er will. Und ich habe keine Kraft, das auszuhalten. Mein Blick geht ins Leere. Voller Trauer und Wut erhebe ich mich. Ich laufe das Dach entlang bis zur Kante. Der Gedanke, dass alles einfach beenden zu können, die Schmerzen einfach beenden zu können, scheint mir ein Gefühl der Erlösung zu geben. Ich breite meine Arme aus und schließe meine Augen. Tränen laufen mir unaufhaltsam die Wangen herunter. Will ich das wirklich? Dieses eine Leben aufgeben?

Ich höre aus meiner Bademanteltasche den Song **Why must I be a teenager in love**. Ich öffne vor Schreck meine Augen. Die Neugierde treibt mich dazu, das Handy aus der Tasche zu ziehen und nachzusehen, wer um diese Uhrzeit an mich denkt.
Thomas Mohr ...?!

Anmerkungen der Autorin

Für meine Leserinnen und Leser, die jetzt erschrocken über das Ende dasitzen und sich fragen, wie ich ihnen das antun kann.
Für alle, die sich darüber aufregen, dass sie den Weg mit Becky gegangen sind, bei allen Höhen und Tiefen mitgefiebert und gespannt gelesen haben, um endlich zu erfahren, ob Becky den Weg des Glücklich-Seins findet. Ihr werdet es erfahren. Nur eben jetzt noch nicht!

„Rockabella oder nicht?" ist ein rein fiktiver Roman.
Lediglich die Gedanken der Protagonistin wurden aus Gesprächen mit Menschen, die häusliche Gewalt erleben oder erlebt haben, übernommen. Denn dieser Roman soll zum Nachdenken anregen! Gleichzeitig soll er aber auch Spaß machen.
„Rockabella oder nicht?" verbindet die schönen, wichtigen Momente im Leben mit den traurigen, ernsthaften Momenten, die es zu verschieben lohnt.
Ich, als Autorin, weise mit Nachdruck darauf hin, dass in diesem Roman vorkommende Namen, Personen und Orte das Produkt der Fantasie meiner selbst sind.
Jede Ähnlichkeit mit lebenden oder verstorbenen Personen, Firmen, Ereignissen oder Schauplätzen wäre rein zufällig.
Lediglich das Gedankengut der Betroffenen wurde niedergeschrieben, um auf ein ernst zu nehmendes Thema aufmerksam zu machen.
Um zu vermitteln, warum sich Opfer nur sehr schwer von den Tätern lösen können, und dass es nur sehr schwer bzw. teils unmöglich ist, von außen betrachtet, zu erkennen, ob es in einer Familie Täter und Opfer gibt.
Ich möchte mit diesem Roman bewirken, dass die Lesenden begreifen, dass es viele Menschen gibt, die Hilfe benötigen!

Hilfe, in Form von Freunden und Zuhörern.
Hilfe, zum Reden über ihre Probleme.
Hilfe, um zu begreifen, dass sie nicht schuld sind.
Hilfe, um aus diesem Leben wieder herauszukommen.
Hilfe, wieder zu sich selbst zu finden!

Falls Du, als Person, die dieses Buch liest, Ähnliches wie Becky durchgemacht hast oder durchmachst, zögere nicht, Hilfe zu suchen! Es ist nicht peinlich, darüber zu reden. Es gibt Anlaufstellen, bei denen Du auch anonym an Gesprächen teilnehmen kannst. Oder Du nimmst Deinen ganzen Mut zusammen und redest mit der besten Freundin oder dem besten Freund!

Löse Dich von schmerzhaften Beziehungen! Und denke daran, Du hast nur dieses eine wunderbare Leben! Und Du hast es in der Hand, ob es ein glückliches oder ein trauriges Leben sein soll. Woran soll man sich erinnern, wenn man an Dich denkt? An die Frau oder den Mann, die oder der immer depressiv, traurig und unsicher wirkte?

Oder an die Frau oder den Mann, die oder der meistens lachte, tanzte, Spaß hatte? Glaube mir, die starke Frau und der starke Mann mit Humor begeistern die Menschen um sich! Und nicht zuletzt sich selbst!

Über die Autorin

*Nadine Weder, 1985 geboren, entwickelte schon sehr frühzeitig eine Leidenschaft für Bücher.
In den letzten Jahren beschäftigte sie das Thema ‚häusliche Gewalt'. Die dazugehörigen Fragen ließen ihr keine Ruhe.*

*So entschied sie sich, einen Roman zu verfassen, der viele Menschen auf dieses Thema aufmerksam machen soll.
Mit dem Wunsch, Opfer zu verstehen, Achtsamkeit / Wachsamkeit für andere im Umfeld zu entwickeln, Opfer auf Hilfe aufmerksam zu machen, arbeitet sie bereits am zweiten Teil des Buches und hofft auf rege Diskussionen und großes Interesse.*